流年暗香

袁敏◎著

北方联合出版传媒（集团）股份有限公司
春风文艺出版社
·沈阳·

图书在版编目（CIP）数据

流年　暗香 / 袁敏著 . — 沈阳 ：春风文艺出版社，
2022.4

ISBN 978-7-5313-6113-8

Ⅰ . ①流… Ⅱ . ①袁… Ⅲ . ①散文集－中国－当代
Ⅳ . ① I267

中国版本图书馆 CIP 数据核字（2021）第 257874 号

北方联合出版传媒（集团）股份有限公司
春风文艺出版社出版发行
http://www.chunfengwenyi.com
沈阳市和平区十一纬路 25 号　　邮编：110003
成都市兴雅致印务有限责任公司印刷

责任编辑：	韩　喆	助理编辑：	平青立
装帧设计：	四川悟阅文化传播有限公司	责任校对：	于文慧
字　　数：	234 千字	幅面尺寸：	145mm×210mm
版　　次：	2022 年 4 月第 1 版	印　　次：	2022 年 4 月第 1 次
印　　张：	10	书　　号：	ISBN 978-7-5313-6113-8
定　　价：	49.80 元		

暗香，翻山越岭飘过来

——读袁敏的散文集《流年 暗香》

○ 徐长东

　　前些天，江苏作家袁敏发来她的散文集《流年 暗香》，诚挚地请我作序。我踌躇再三，还是答应下来。因为她是我第二故乡宿迁沭阳的老乡，又是我文友足球诗人袁沭淮先生的堂侄女，还是我的朋友，我没有不答应的理由。

　　说到沭阳，我向来以文风浩荡、云蒸霞蔚来形容。在自然环境上，沭阳一年四季都是花的海洋，是享誉中外的花木之乡，长久浸淫其中，这块土地上的女子自然氤氲着花的芬芳；在人文环境上，沭阳是虞姬的故乡，冥冥之中的关照，仿佛有如梦似幻的暗香温润，自然使沭阳文风浓郁，百卉千葩，多的是熟谙诗词歌赋、琴棋书画且又上得厅堂、下得厨房的奇女子。

　　无疑，袁敏就是这群奇女子中的一个。

　　冰心曾说：花有色、香、味，人有才、情、趣。体现在文学创作上，这样的奇女子笔下的文字，不出意外，基本上都会让读者唇齿生香。事实上，如果你有幸成为她的微信好友，你会在她的微信朋友圈里，强烈感受到她的才、情、趣；当你深入她的文字中，你会发现，春夏秋冬都弥漫着不同的色香味……

　　这样想着的时候，我不自觉地打开这部散文集。说实话，在我的记忆上，一口气读完一部散文集只出现过三次。一次是读余秋雨的《文化苦旅》，一次是读张承志的《清洁的精神》，一次是读夏坚勇的《湮没的辉煌》——那还都是20世纪90年代的事。况且，我偏爱的亦是黄钟大吕般有历史纵深感的大散文。而今，在向耳顺之年疾驰的我，就像"已过万重山"的"轻舟"，已经没有什么可以让我过分执着或专注，可袁敏的这部散文集却让我一口气读完还意犹未尽。

　　这部散文集，处处充盈着花草植物的芬芳。这部散文集共分八辑，分别是"草木情缘""闲情雅趣""岁月沉香""思忆故园""书香墨韵""时光流影""山光水色""文赋"，八十多篇。其中，数十篇直接以花草植物为题，没有以花草植物为题却以写花草植物为主的文字更是比比皆是，这也从一个侧面彰显了花木之乡的人们对花草植物的偏爱。我甚至想说，这八辑之间，虽内容各有侧重，但又肌理相连，而连接它们内在关系的，无疑是处处散发着的花草植物的芬芳。

　　"上一次到未名园赏牡丹时，木香花才半开，花看半开，酒饮微醺，有种若即若离的美感。而此次正逢木香花盛，它铺天盖地的气势完全震撼了我。白木香和黄木香，从高高的棚架悬垂，像瀑布般倾泻而下。飞溅的水珠，是修长枝条上那些丰润的花朵，它们香气四溢，甩动满庭芬芳。"——这篇《木香花开》的开头，也是这部散文集的第一篇的第一节，让我感到极其亲切的同时，也吸引了我继续读下去！因为未名园是我们共同的文友未名的私家花园，也是沭阳周边文友吟风弄月的相聚之所。记得有一年初夏，我打算创作一组关于花木的诗，文友把我带到未名园，当时，杜鹃花、蔷薇花、芍药花、木香花、紫藤花正开得铺天盖地、密密匝匝，桃树、杏树、李子树也挂满了果实，樱桃树也长满了红豆一般的樱桃。主人未名热情地介绍着每一种植物的习性，并邀请我再过一个月来看凌霄花。从那时起，我才对各种花草植物有了粗浅的认识。而袁敏的这篇文字，恍若又带我重游了一次未名园，恍若又让我置身于处处是芬芳的亲切、美好之境。

接着的《芦蒿清香》《荠菜》《又闻红薯香》等篇，不仅让我沉浸于花草植物带来的芬芳，还勾起了我对可观、可赏、可品、可尝的花草植物的幻想："芦蒿需用旺火急炒，经过一番炙热翻炒后，颜色反而会愈加明艳。绿油油的身姿妙曼，全不像其他绿叶蔬菜烹制后的萎蔫黯淡……那种感觉真像是把春天都含化在了嘴里，顿令人心境澄明。""荠菜单单一样也能吃出它甘香的本味来。何况它的吃法很多，可凉拌、打汤、清炒、炸丸子、做馅包饺子或蒸包子。凉拌有蒜蓉、盐蒸、糖醋；做馅可放肉、蛋、虾皮等；做汤能搭配更多食材。无论跟什么食材搭配，都不会夺其本味，真正称得上菜中君子。""巧手的厨师把它做成精美的点心，端上宴席。居家则是煮红薯、蒸红薯、烤红薯、炸红薯、红薯片、红薯糖、红薯稀饭、红薯粥……各种换花样的做法，令它的滋味更丰富。"——人生本如寄，有味是清欢。袁敏把这些植物写得那么"好吃"、那么有"品味"，别说清秀的女子，就是清高的男子，也被"馋"得愿意做"吃货"。

我要说的是，袁敏不以花草植物为题的散文里，花草植物往往也占据着主角的位置。如《细雨有声》里："正是樱桃成熟的季节，院子里的两棵樱桃树，缀满红红的樱桃，饱满诱人。杏子、桃子褪去青涩，渐渐变黄变红，被雨水冲洗出光泽来。而月季正开得稠密，红粉黄紫，争芳斗艳。最妙是院前的一处池塘，很多睡莲依偎在一起，花瓣白的、蓝的、黄的、粉的，开得热闹，远远望去，像雨中眨动着的小眼睛。朦胧的雨丝衬托出一幅生动的田园水墨画来。"再如《临窗听雨》里："此时，阳台外面的树、花、草沐浴在大雨中，独具一番韵致。几株月季花粉红的花瓣，在深深浅浅的绿色草木中显得尤为醒目。一架葡萄的藤蔓已爬满了枝架，雨水落在那一串串葡萄上，越发显得青绿可爱。路旁两棵毛桃树上的桃子，也被雨洗得发亮，青中透红，鲜明欲滴。远处的每一棵树都绿得饱满厚重。"这些文字，写得细致入微，让人仿佛身临其中。我不能不想：是不是只有内心婉约美妙的女子，才能写出如此婉约美妙的花草树木？

这部散文集中的作品，大都取材于现实日常生活且多是有感而发。袁敏的散文无论写人叙事还是写景状物，大都取材于日常生活，是人人看得见、人人感受得到的人物事，让人想起梁实秋先生的《雅舍小品》。尽管她的作品缺少大师幽默诙谐、点石成金的功力，但她用率真的语言，坚持把质朴平凡的生活当成艺术精雕细琢，刻画入微，把平淡、平常的生活烘托得温暖而雅致，整体上做到了朴素、自然、冷静、客观，从中折射出生活的多彩和生命的感悟。不能不说，这是她的禀赋，也是她自带的光芒。

在写人上，她写善良的母亲："母亲对人对物都是一副菩萨心肠。几年前的夏天，有一只小鸟受伤，掉落在小院里。母亲为它上药疗伤，在母亲的饲喂养护下，不久，小鸟就能重新展翅于高空。以后每年的春夏，小鸟都会飞回来。"她写"抠门"的父亲："不消说在水、电、燃气这种常规上的节省，就连用完的油瓶、酱醋瓶、饮料瓶、洗洁精瓶、洗衣液瓶……也要充分利用起来。他将这些空瓶子修剪、洗刷，分门别类，做盛放大米、小米、糯米、红豆、绿豆、黑豆的容器，或改装成花盆、花篮、手工艺品等，物尽其用。牙膏用完了，实在是挤不出来了，就用干净的剪刀剪开，紧贴在内皮上的一些牙膏，又够多刷几次牙了。肥皂快用完时，零碎不好拿，就装在一个小纱布袋子里再缝上，这样就能干干净净地使用完。真是抠门啊！"

在叙事上，她吃过晚饭后，走在去超市买日用品的路上，遇见一个打扮时尚、长相特别美丽的女子，结果无意间听到女子在通话中满口都是"不屑与嘲讽，甚至夹带不敬与粗口"，"她语气里的轻浮与俗气，瞬间让美丽减分"。这现实中司空见惯的点滴，却让作者禁不住心生感慨："我倾慕那种温润如玉的女子。那种温婉的气质，在岁月的打磨下，愈久愈散发出玉样的光泽，剔透玲珑，内敛清雅，从不张扬跋扈，却从骨子里透着迷人的魅力。这样的女子，内外兼修，既有丰富的内涵，也不会让自己的外表随意邋遢，这才是真正精致的美。"并由此引出作者自己对美的认知，还暗示了作者对美的追求。这种心有所感即以文载之的自觉，无疑是取之日常又高于日常的，不仅充盈着浓浓的烟火气，而且特别契合"文章合为时而著，歌诗合为事而作"的文化传承。

在写景上，在《沂河滩的油菜花》中，她写道："它们约好了似的，同时绽开。簇拥在一起，株株相依，朵朵相拥，片片相接，汇集成花海，映入你眼帘的是无比的壮观与震撼。这是春日里的一幅醒目的巨大油画，令人驻足，陶醉其中，流连忘返。"寥寥数笔，一幅油画般令人陶醉的田野风光就呼之欲出。

在状物上，在《姥姥家的老房子》中，她写道："房子很多，前面四间，是姥爷为人看病的药房和他休息的地方，后面四间是家人住的地方，还有几间厢房偏屋，一个大大的院子。房子东面有一条小河，岸边长着许多高大的树，夏天在浓荫下，可惬意享受微风拂过水面带来的凉爽。河里的水，清澈见底，有时会看到一条大黑鱼后面紧跟着一群蝌蚪样的小鱼宝宝，悠闲地在水草间游动。"把一个"悬壶济世"的老中医房子多且环境好的特点就轻轻松松地勾画了出来。

这部散文集，大都短小精悍且直奔主题，彰显了作者干净洗练的文风。有句俗语说得好：文章长而空，好比苦瓜吃嘴中；文章精而短，好比蜜枣脆又甜。这部文集收录的散文，几乎都是千字文，特别适合在报纸副刊上发表。事实上，这部文集的诸多篇什的确都在各级各类报纸副刊发表过，这也从一个侧面证明了她的散文创作是获得广泛认可的。她散文的另一个特点是直奔主题，除了题目是文眼外，开头即进入自己想表达的内容，从不拖泥带水：《木香花开》开头"上一次到未名园赏牡丹时，木香花才半开"；《芦蒿清香》开头"每到芦蒿蓬勃生长的时节，母亲都会去田里采摘"；《高粱》开头"在我读过的书本中，农田里的高粱，无论土地的沃腴、贫瘠，它的身姿都高大结实"；《黄豆香》开头"黄豆营养丰富又性价比极高……"这样的句子俯拾皆是，这无疑成就了她干净洗练的文风。

好的散文，是形散神聚的和谐融合，就如《散文百家》的封面所言"形神有规矩、聚散无定法"，恰恰可以体现散文的共同遵循及多彩多姿。中国作为一个散文大国，从先秦的诸子散文和历史散文，到两汉的传记散文和汉赋四大家，到唐宋八大家，再到明朝的"七子"散文和归有光散文，到清代散文和近现代散文，可谓群星璀璨，蔚为大观。但无论时代怎么变，散文"形散神聚"的鲜明特征都贯穿古今。我甚至认为，恰恰是"形散神聚"的特征，造就了散文的"多彩多姿"。袁敏的散文，在短短的千字中，对所要展示的人与事、景与物，是与非、曲与直，真与假、善与恶、美与丑，都有自己的观点，且从不含糊其词、模棱两可，还几乎都能撒得开、收得拢。这其实是相当不容易的。

这里，我随便拿出她的一篇《雪映梅影》与大家一起欣赏：千余字，堪称短小精悍。开头"落雪了"三字点明时节，同时，引出了老家院子里的三株梅花树，两株已开花，一株打着花骨朵儿，可谓直奔主题。接着，话锋一转，转到"老房子今年要搬迁"，行文开始撒开。然后，又听父亲讲梅花树与老屋已相依相守几十年了，掀起读者情感上的波澜。接着写搬迁的前夕，所有的花草树木都将迁移别处或卖给别人，甚至"房前的那棵梨树""屋后的几株桃树"都已"隐去了踪迹……"接着又写到母亲疗治的小鸟和收养的一只流浪狗，因为搬迁，将给流浪狗盖一个新窝，担心小鸟找不到新居，思绪越撒越开，情绪越来越浓。而此时，竟来了几个买树人，一眼就相中了那三棵梅花树！——这一句在把情感推向高潮的同时，又把思绪收了回来。堪称大开大合，收放得宜。最后，"雪裹挟着淡淡的香飘过"，让作者在发出所有的留恋，无非是指"对一个温馨家园的渴望"的喟叹的同时，回归"雪映梅影"。可谓一波三折，千回百转，余音绕梁，百品不厌。

我们再看她的《未名园赋》："君知北大之未名湖，以未名而扬名天下，可晓吾沭阳之未名园焉？沭阳豪园之未名园，亦因未名而闻名矣。其主人未名，学养深厚，循善见贤。未名园鸿儒文宗悉知，远朋近邻哗传。"开头就在设问、对比中，把未名园烘托得倜傥潇洒，文采风流，抑扬有度，悬念顿生，也展示了作者气宇轩昂的"侠骨"。所以，我在上文说作者善于在散文中明确表达自己的观点，并不是说她的散文就像白开水一样淡而无味，而是说她的散文仍然像茶香，若有若无，似无还有，就像她笔下未名园的砚墨舫一般——"古韵时韵清风韵，书香花香翰墨香"，这也正是绝大多数读者说她的散文耐读的原因。

这部散文集旁征博引，像一部小百科全书。说实话，我向来不赞成文中过多地引用前人的诗词歌赋或约定俗成的烹调之技、食用之法，我总体上坚持能用自己语言表达的就尽量用自己的语言。但我也从不反对或抗拒旁征博引，甚至对引用得恰到好处的地方依然会击掌赞赏，并认为是对优秀传统文化的可贵续接。

记得某个评论家曾说：没有人可以在历史与传统之外，单靠个人的才能来写作，他所有的作品都建立在与前人创造的文化密码的某种关系中。腹有诗书气自华，所以，旁征博引是极其自然的，有的是有意识的引用，有的是如流水一般，流到此处，那些前人优美的文字就自然落下，浑然天成。对于爱好文学的人来说，这也是再正常不过的事，只要把握好"当行则行、当止则止"，无论古为今用，还是洋为中用都没有什么不可以的。

袁敏散文中的旁征博引，与袁敏自身的生活、学习经历及阅读禀赋和写作禀赋是密切相关的。在《童年与父亲》一文中，袁敏描写得很清楚："五岁前，我生活在河南省信阳市，是父亲读书和工作的地方，也是爷爷干革命最终安家的地方"。"五岁后，我和母亲一起回到江苏的老家，父亲在我七八岁时才调回江苏，一直在粮食单位工作。"在20世纪七八十年代那个相对艰苦的年代，相对不错的家庭环境，至少保障了袁敏物质上不至于过分贫乏，加之家里藏书丰富，又因为她的父亲对她要求太严，甚至不允许她和其他的小伙伴一起去玩，读书自然成了她唯一的乐趣。

俗话说：熟读唐诗三百首，不会写诗也会诌。从《诗经》到《楚辞》，从唐诗到宋词再到元曲、明清小说，她长期浸淫在浩如烟海的文学作品中，自然不见所长，日有所增，而传统文化中的精华部分，无疑已化为她的血液。因之，袁敏散文中的旁征博引，都来源于她丰富的文学素养和扎实的文学功力，无论是有意为之还是妙手偶得，都让她的散文不仅在内容上更加丰厚富饶，而且彰显了优秀传统文化的自觉传承，像一部小百科全书，在给人艺术享受的同时，还给人视觉、味觉、听觉、嗅觉以美的感受、妙的吸引。在《清秋桂韵》中，为了说明桂花是秋天的花，且香味浓郁，她引用李清照的词："幽芳不为春光发，直待秋风。直待秋风，香比余花分外浓。"在《雪映梅影》中，为了表达因房屋拆迁，梅花树将会送人或卖出的惆怅时，她引用杜甫的《江梅》："梅蕊腊前破，梅花年后多。绝知春意好，最奈客愁何？"

真的无须再举例了。袁敏的散文就像精美的未名园，而构成未名园的种种要素，如花木石径、亭台水榭、假山盆景……都自成风景，又都浑然而成花园的一部分，不可或缺，不可替代，不可位移。聚集在一起，都有不俗的表现，都得大自在。

当我合上这部散文集的时候，一个既有柔肠又有侠骨的奇女子的立体形象，宛如梅花的暗香，正翻山越岭地飘过来。她的一篇篇散文，也像一朵朵美妙的花，有的有"却把青梅嗅"的青涩，有的有"疏影横斜水清浅，暗香浮动月黄昏"的矜持；有的似"零落成泥碾作尘，只有香如故"的沉静和婉约，有的似"待到山花烂漫时，她在丛中笑"的豪迈与洒脱。我有理由相信，这个像梅花一样的奇女子，定会创作出更多像花一样美丽芬芳的美文！

我开始期待这种可能性。是为序。

（2021年6月4日—9日夜初稿于金陵，6月16日夜定稿于金陵。）

徐长东，又名徐慧、徐大禹。江苏沛县人。现居南京。中国诗歌学会会员，江苏省作协会员。客座教授。《中华论坛》杂志社副社长、《白天鹅》诗刊主任编辑、《汴河文学》杂志编委、《千高原》杂志签约作家。著有散文集《永远的异乡人》、诗集《用最坚实的脚步抵达你》《灵魂的村庄》等多部。20世纪90年代，作品获江苏省第七届报纸副刊好作品奖。

气盛言宜风雅颂

——读袁敏《流年 暗香》

○ 韩海涛

袁敏是一位颇具天赋才情、很有潜力的年轻女作家。袁敏写作，有别于一般作者的自娱自乐，她注重从源远流长的古文化土壤里汲取养料，尤其表现在对《诗经》等典籍的涵泳上，不仅时引诗句以佐文意，更萃取古典诗词文赋精华，赓续传统文脉，服务新时代文学的发展繁荣，这是极可喜的现象。

袁敏的本家，也就是曾在沭阳植下紫藤的文学先辈袁枚，极力倡导"性灵说"，主张诗文审美创作应该抒写性灵，要写出个性，要自由自适、畅快淋漓地抒发真情实感。袁敏在某种程度上延续了这种传统，她一贯以真情充盈作品内容，以自然清新、生动活泼、婉曲别致的表现手法，给读者留下难忘印象。

在乡土的诗意空间享受草木清香

袁敏以一颗敏锐善感的心将摄入她文学视野的一草一木都染上岁月的馨香。"草木情缘"里每一篇散文都像一盘鲜嫩爽脆的果蔬让人唇齿留香，回味无穷。

袁敏是诗人，她的语言颇具张力，富有磁性，有诗的韵味，且内蕴丰厚。比如《悠悠稻香情》第二节，寥寥数语，呈现全景式动态十足的画面。没有多余的烘托、注解，字字直抒胸臆却又妥帖。雷雨的急骤闪降、稻禾的畅快淋漓，农人的辛劳自甘——毕现。你不得不服膺作者对自然之物的精准观察、独特发现和用心洞悉。水稻、芦蒿、木香、海棠、高粱、黄豆、红薯等等，何其常见之物，而在袁敏笔下，不仅形神俱备，更兼有灵性的光辉，令人神往。这正是因为作者创作时没有停留在浅尝辄止的观感上，而是调动了丰富的人生阅历，贯注了饱满的情感，并以智慧的灵视之眼观照自然之物。咏物即咏人，人的品性格调、沧桑命运都在与各种动静之物的无声对话中水乳交融起来。

袁敏的草木之缘、亲情之爱、苍生之念、悲悯之思，加上语言之美，让她的作品读来如啜好茶，思之悠远而回味自甘。

比如写红薯，"它的香味里有浓稠的爱"。写木香花："极具沧桑后的平淡，是身处繁华时的空寂，喧闹时的虚静。"写芦蒿："一把青绿的芦蒿，从先秦的一篇文字里走来……它的温暖都会荡漾在人们的心底，飘出它久远的清香。"这不也是文字留下的清香吗？它带着历经沧桑的苦涩，如一剂中药，调治人们灵与肉的苦痛，使之嗅到一缕潜隐在命运深处的幸福幽香。

在《秋黍之实》中作者这样写道："今天的小米没有了黍黎之悲、战争之痛、穷困之苦，有的只是更加甜糯绵软的香浓。"匍匐在地的卑微的荠菜，在作者眼里也独具"贫瘠不嫌，遇僻不颓，静默不华"的品格，更进一步，"荠者，济也"。这样的表达升华了作品主题，让寻常之物染上了人性的芳馨。

"有了稻花香，才能有底气去感受生活的恬静之美，才能忘怀于大自然馈赠的快乐，才能拥有这丰收之年的悠然安适的情怀。"广受民众敬爱的"杂交水稻之父"袁隆平院士不久前驾鹤西去，引发人们对年景丰歉的追怀，对衣食饱暖的期盼。重读袁敏的《悠悠稻香情》，聊以表达对袁老的感恩与怀念吧。

巡行在袁敏草木染香的诗意田园，感觉这位对自然风物之性有着极高领悟力的知性女子实在不凡，她有自己所描绘事物的种种特性。读其文，如素心在野，纯朴，淡远；又似染尘的心在清水里洗过，净洁，澄澈。

日常情感向艺术情感的转化

狭义的情感仅指人由于受到外界的刺激而产生的心理反应，即喜怒哀乐爱恶惧。一般的写作者常常只在狭义的情感方面去写作，其结果很难使他所写的文字成为有艺术价值的文学作品。

袁敏显然意识到了这一点，或者说，是文学素养使然，决定她不会将自己的写作停留在浅表层面。她能够透过外在表象，深入文字肌理，以诗眼慧心摄取自然和社会隐藏的美。

散文需要揭开遮掩严密的现实生活的外衣，还原真实的自我。在现实生活的有我之境中，如何将日常情感上升为艺术情感，这是文学创作者绕不开的话题。

读袁敏文，于其神会物性、穷究物理、超脱物欲的自然描摹之中，可以想见花木之乡这位有着出尘绝想的佳女子与万物融通的心魂。对风物的赞美，对美食的品评，对亲情的眷恋，对友谊的珍视，对世态人情的解剖，对挚友作品的赏析，无不透露她对复杂生态的颖悟，饱含对世味甘苦时光沧桑的意味深长的喟叹。

女性的基因中天然带着家庭视角，携带着漫长历史镌刻的母性情感，也携带着感情用事。这一点在袁敏的作品中也有体现。

《冬至》是本书中最长的一篇，它稍微客观冷静地记录了弟弟车祸失明后一家人尤其是母亲所遭受的超乎寻常的精神折磨。冬至是一个节气，时令至此，季候为之一变。而袁敏的文笔格调、思维深度、胸襟境界也似为之一变。

生活经历对作家文风的影响是很大的。作品所映现的往往是生活经验的丰富与贫乏。读该书前半部分，我不由得想到袁敏的写作是不是太顺了。在钦佩她文学素养的同时，似乎感觉她的创作缺乏生活应有的涩感。

事实上，袁敏的生活和作品都是有波澜的。弟弟发生车祸事故引发亲人情感剧变，作为作家的袁敏将这种负面情绪通过心灵过滤转化成文学与人性之美。她没有脱离烟火人生的庸常，但又超越现实琐屑与苦厄。源自辛酸家事的沉重表达让我们看到作者在矛盾现实中内心的痛苦挣扎与信念的飞升。她经受灵魂炼狱，依然"愿世间一切美好皆有所安放、慈悲的善念皆能成全"。

文学是作家人格魅力和价值追求的映现。现实中的袁敏，感恩生活，以继承父业在粮食部门工作为自豪。其实她不论工作还是业余，都安身立命做"粮"心工程——为人们提供物质或精神食粮。一个高明的作者绝不满足于一吐为快的自说自话。袁敏的情感表达，字里行间可以品咂出悠悠世情，沧桑百态，乃至冷暖交织的家国情怀。

"标"新立"意"升华生命体悟

袁敏散文从题材上看，涉及面广，对主题的开掘是多方位的，有一定艺术特色和思想深度。她的诸多散文标题凝练新颖，内容情志婉曲，言在此，意在彼，蕴含丰富，很能触动读者心弦，比如以血泪凝成的长文《冬至》。

《淡淡篱边人》写家乡结婚三天就失去丈夫的老太淡雅如菊的落寞一生，文章采用第二人称，宛如面对面倾诉，忧伤感人。篱者，离也，它塑造的是一个从乱世走来的远离尘世喧嚣的孤独女人。

另一位离婚后自强自立的普通女子，作者以"火凤凰"喻之，并以之为题。

最有代表性的则是《藏》（《散文百家》）。这是一篇篇幅短小而寄寓深远的美文佳作。它从独特角度射出直击心灵的箭镞，靶心是自己深藏于内的巨大苦痛（这需要何等的勇气）。

弟弟因车祸右眼失明，而肇事方冷酷无情，逍遥法外。作者心里的伤痕很深，但她没有停留在发泄愤懑层面。在作者看来，像她这样背负着无形的壳，藏在自己的一方小天地里，独自舔舐不愿触及不为人知的伤痛，这是一种软弱的表现。内心不够强大，才会过多在意自己的荣辱得失。

作者进一步升华主题："把一颗心磨砺得坚韧些，胸襟变得开阔些，目光放得长远些，才能把弱小变成足够的强大。"

本是一碗腥咸难咽的苦汁，袁敏却把它熬成抚慰心灵的鸡汤。这是作者有别于平庸作家的高妙之处。

当然，对于有追求的文学创作者来说，对心灵鸡汤式的文章还是要保持警惕的，著名文学评论家汪政曾多次谈到这个问题。好在袁敏没有停留在心灵鸡汤的层面，她在不同文章中表达了对人性弱点的拷问，对人事天道的思考。

她把生活、把世界看作童话，心灵的童话。她企盼"一缕春风能唤醒草木无限的生机"。

她见识过各种恶，但仍热情地赞美善，呼唤良善之花处处开遍，她说："善，是人类全部道德的基础，是生命的黄金，是无价的宝藏，是让平凡的生命散发出熠熠之光的高贵。"

袁敏还谈到善良的智慧与旨归，是不要失掉淳朴的初心，是化腐朽为神奇，是让"开在心田里的花朵绽蕊吐芳"，是明灯照亮行途，是火种温暖绵延到世界的每一个角落。"坚强的人只能救赎自己，伟大的人才能拯救他人"。这无疑增强了文学参与生活，推动社会向善向美的力量。

固然生活中有暗伤，有悲剧发生，但作家袁敏以宏博的胸怀接纳了现实赋予她的一切，尽管她也曾与母亲彻夜痛哭，但哭完之后，世界没有改变，生活还得继续。她没有在悲观中消沉。

然而，作家的使命，作家之可宝贵处，并不在于告诉人们如何解决道德良知的问题，而只是——敏锐的发现，文学的表达，隐微的哲思……

这是文学的一脉"暗香"，似有若无，化人于无形。

登"高"作赋气盛言宜

"蕴大美,采芳醇,纳风华,显国色丰仪;大智慧,藏沧桑,呈雅尚,彰气度万方。壶中况味,如品世事人情;坛里乾坤,似通快意轻畅。一坛酒,倾江海,高贤献酬,天下尝;千盅旨,润口腹,莫耽觞酌,入醉乡。"(《天下第一坛赋》)

不见其人,你也许想不到这滔滔雄赋出自纤纤女子之手。袁敏的赋传承历代赋体咏物言情夸饰传统,尽态极妍,畅快淋漓,读来境界大开。

赋这个文体,不是谁都能驾驭得了的,它除了要词采铺陈才情卓然,更重要的是以生动的气韵贯注始终,这对作者的知识储备、天赋才力、内蕴修养要求是极高的。袁敏则以其超凡之功力,成为当地文学圈中能为赋体文者之翘楚。这无疑与她素重养"气"有关。

明代文学家宋濂认为,文章的高下,不应该仅仅在语言文字上去追求,而是要从根本着眼。曹丕的《典论·论文》提出"文以气为主"的主张,宋濂在《文原》中也说:"气得其养,无所不周,无所不极也;揽而为文,无所不参,无所不包也。""人能养气,则情深而文明,气盛则化神。"

"气"是一种自然物质,也是一种精神力量。气表现在人身上,就是人的自然禀赋、精神人格。就创造而言,所谓气,就是行文的气势,是就作者的气度、气概而言的。所谓养,是指品格道德的修养。养气,即孟子所谓"养吾浩然之气"。而这与文章的气,又是息息相通的。

赋,情以物兴,义必明雅,物以情睹,辞必巧丽。刘勰在《文心雕龙》中对赋的标准有个界定:"文虽杂而有质,色虽糅而有本，此立赋之大体也。"了解赋的特点我们就不难理解袁敏为什么偏爱赋这种文体。她外在文弱，而内心是宽阔强大的，这从她的赋中尽可看出。

赋起源于人对万事万物特征无穷地观照、描摹的欲望。袁敏是一个不甘平庸的赋家，她敢于以超凡的才华和绵密细腻的情思铺排非同寻常之物。赋苍松："虽志远而才高，非位下而心屈。"赋石榴："君子之馨德兮，俯低不夺其志，瞻高非傲其态。"以马以猴以虎等等为赋，皆喻于声，方于貌，拟于心，譬于事。托谕比兴，言近旨远。

袁敏作赋气魄非凡。一般的词句不过瘾，便采用富丽夸张的词句。这也是赋区别于其他文体的特点。她铺排一物不过瘾，便面向更广阔的世界。名酒之都，泉香酒洌咏佳酿；运河之滨，人杰地灵赞宿迁。远叹三沙绘奇景，瞻仰园庠颂人文。

赋体风格的总体特征是"夸饰"，在铺陈中它要将某一种类事物的描写铺陈推至极端。它通过层层推进奔向文章主题。袁敏以其富丽之才，宛如花木之乡一名贵盆景，于万千芳丛中难掩其灼灼逼人的绚丽典雅，充分展现了内外兼修的生命丰盈之美，更借赋体文的别有韵致，传承历久弥新的中华优秀传统文化。追怀古圣遗范，化育后世学子。弘名校多元文化，扬贤孝耕读家风。袁敏利用赋体文简约妍美，韵律谐和，便于刻铭传播的特点表情达意，传扬真善美，这是值得肯定的。

流年光影里的作家心灵成长史

读一本书，就是读一个人，读他的成长史，也即他的心灵蝶变史。袁敏的这部集子是流年岁月里悠远的记忆，镌刻在心灵的底版上，也许时间会让它蒙上浮尘，但轻轻一拭，就发出内敛的光芒，昭示深潜的生存哲理。

袁敏生长于花木之乡、崇孝之苑、文化之城，底蕴丰厚的历史文化沃土滋养了钟灵毓秀之地一株艳丽超凡的文学之花。袁敏近年来以一颗慧心、一支健笔活跃于项（羽）虞（姬）故里、西楚大地。她不仅自己勤奋创作，还像蜜蜂一样为成立沭阳县诗歌学会和宿迁艺坛概览等文化盛事殚精竭虑，为发展地方文化忙碌，累并快乐着。

通读全书，掩卷退思，《流年　暗香》呈现给读者的是一个绚丽多彩的人生长卷，有春的蓬勃、夏的奔放、秋的萧索、冬的苦寒。《流年　暗香》又是一曲多声部协奏曲。时而舒缓柔美，草木在春阳熏风中恬静惬意起舞；时而低回缠绵，幽婉的音符在故园上空飘荡，充满着怀旧的温馨与忧伤；时而弦断音稀，悲伤袭上心头，亲人命运不测的阴云挥之不去；时而乐曲渐欢遂入佳境，给人以希望……

不妨这样说，袁敏作为一方才女已足够鲜亮，但要在文学上有更大建树，以至在文学殿堂留下美丽的印记，还有长路要走。好的作家需要沉潜。要进一步锤炼语言，努力形成稳定成熟的语言风格，建议像袁敏这样怀揣梦想的文学可造之才，参加文学研讨班系统提升文学水平。同时还要向文学大师学习，领悟象外之象，境外之境，韵外之韵。向外国文学学习，借鉴各种文学表现手法以突破藩篱，在文学上实现更大发展。

言近尾声，想说几句题外话。当下的写作，不乏浅表性的表达，一如微风吹拂泛起的层层细浪，乍看似有可观，风过却什么也没留下。从文学史看，作品浩如烟海是好事，证明巍巍文学大厦，有着深厚宽广的基座。但就个体而言，写作者不应该满足于一直做陪衬大树的灌木，突显大厦的矮房。有追求的文学创作者务须在自己原来基础上不断突破窠臼，在超越中实现属于自己的艺术审美价值，从而在文学上占领高地，形成高原，攀登高峰。

沭城才女袁敏，素来为人仰慕。其于烟火人生之外，在文学苗圃勤奋耕耘，积数年心力集成一册，名曰《流年　暗香》，嘱我为序，自忖浅陋，不胜惶恐。有幸先睹为快，不揣冒昧，忝为之一说而已，见教于方家。

衷心希望袁敏在文学创作上更加沉实而不失浪漫，祝愿她的生命之树结出更加甜美的文学硕果！

（2021 年仲夏写于宿迁，定稿于南京。）

————————————

韩海涛，江苏省作家协会会员、江苏省报告文学学会会员、中国自然资源作家协会会员。鲁迅文学院国土资源文学创作培训班学员、江苏文学院第 2 期（江苏省作家协会第 30 期）专题研讨班学员。文学评论作品散见于《大地文学》《江苏作家》《白天鹅》《六合文化》《楚苑》《骆马湖文学》《宿迁论坛》《宿豫文艺》等。

目录
Contents

草木情缘

闲情雅趣

岁月沉香

思忆故园

书香墨韵

时光流影

山光水色

文赋

木香花开

　　上一次到未名园赏牡丹时，木香花才半开，花看半开，酒饮微醺，有种若即若离的美感。而此次正逢木香花盛，它铺天盖地的气势完全震撼了我。白木香和黄木香，从高高的棚架悬垂，像瀑布般倾泻而下。飞溅的水珠，是修长枝条上那些丰润的花朵，它们香气四溢，甩动满庭芬芳。小巧的花朵，玲珑精致，绵密地紧拥在一起，缀挂在长长的枝条上，摇曳成大片的花屏，迤逦生动。白木香雪堆似的晶莹洁净，星子样闪亮，是无数双眸子流转的笑意。浅淡的黄木香更像临风欲舞的少女，裙袂飞扬，轻盈如千万缕青丝在飘逸。它们毫不吝啬地展露自己，让远处的绿篱都沾满它的体香。

　　木香花的香气是飘散开来的，不用你费力去嗅，盈盈暗香，就氤氲到园子的每一个角落，所以它又名七里香或十里香，置身其中，整个人都被熏染得醉了。

　　我原有一本席慕蓉的诗集《七里香》，因封面破损，就自己做了一个封面。记得是用黄和绿两种颜色做背景，上面画一个半身长发女子的背影。女子头发是咖色的，披散在白色的裸背上，被淡淡的黄和嫩嫩的绿呵护着，透着浓厚的春天气息。那本书也不知遗失在何处，我依然清晰记得席慕蓉的那首《七里香》："溪水急着要流向海洋／浪潮却渴望重回土地／在绿树白花的篱前曾那样轻易地挥手道别 / 而沧桑的二十年后 / 我们的魂魄却夜夜归来 / 微风拂过时 / 便化作满园的郁香"。

诗写得唯美而伤感。诗人追忆的青春里有淡淡的忧伤，有深深的思念与怀想，还有深藏于心的懵懂和纯真。依然是那个篱笆，依然是那一丛绿树白花，微风吹过，所有的恩怨早已随风消逝，闻到的，唯有似远还近的一园郁香。这缕香，发自心底，是深沉而深切的真情，是曾经热恋之人的心香。愈纯真的情感愈让人难忘，就像愈寻常的花儿愈使人迷恋。

木香花是朴素的。它是家常的花儿，厚道实用。木香是蔷薇科的花儿，它的香是蜜糖般的甜香，和玫瑰、蔷薇一样，是可以吃的。未名园的主人说，每年木香开花的时候，她都要采一批欲放未放的花苞，用来沏茶，也可以把木香花与茶混着喝，那味道里透着初夏的感觉，美妙极了。木香花也可用白糖腌渍，制成木香花糖。方法与制作桂花糖的方法一样，一层花，一层糖，层层压紧放平，收进玻璃罐中密封好。吃时用干净的汤匙取出木香花糖，用它来煮甜汤、包元宵、做馅饼，若是直接兑点开水，也是滋养肺腑的好饮品，香甜润喉，回甘生津。不嫌费事的话，还能用木香花做花糕、制花酱等。完全开放的花朵也可剪下来晒干，填充在枕头里做花枕，能安神助眠，夜夜闻香入睡，令人身心愉悦！

木香花是娇媚的。蜂飞蝶舞，在阳光下熠熠生辉。爱美的女子摘下木香花，嵌在衣襟处，串在手腕上，簪在鬓发间，一闪一闪的小黄花，多有"当窗理云鬓，对镜帖花黄"的意趣。若是再折几枝木香花插在瓶子里，放置案头床边，则整个房间都飘荡淡淡的芳馨，如丝如缕，阵阵袭来，沁人心脾。

木香花又是低调的。只要有一隅之地，它便能生根发芽，开花结子。它不攀附、不缠绕，清爽素净，仅靠长长的枝条和皮刺，就能开成一堵花墙。它默默安身于庭里院外，蓬勃地生，热烈地开，平淡地落。因为木香花几乎同时开花，它的花苞一次性绽放，繁花似锦，绚丽而壮观，热热闹闹地开完，所以木香花的花期短，这样热闹的花事，也就半个月左右。花开的季节，又会多雨，一场雨后，木香花就会凋零大半。

特别喜欢汪曾祺先生的咏木香花诗：莲花池外少行人／野店苔痕一寸深／浊酒一杯天过午／木香花湿雨沉沉。木香花湿雨沉沉，雨打花飞落，满院的香味却迟迟不散，这雨也因有了木香而变得十分柔软，丰满动人起来。再绚烂的开放，终究要归于平淡，雨中的木香花，能拉长人的思念，平添了份怀旧的情愫。木香之幽思，极具沧桑后的平淡，是身处繁华时的空寂，喧闹时的虚静。情蕴所致，可得意，可失意。淡黄浅白的花瓣烙上迷蒙空灵，又质朴归真的印迹。

这清晨的木香花，带着露气的清新，有初夏的温良。醇厚内敛，悠长绵延的香气，让人的心平静安适，忘记尘世所有的烦忧。我的脚下有零星的花瓣，但枝头则是更多繁复重叠、簇拥向上的花朵。

此时，花开，繁盛，我在，不必等到明年，有多好！

（原载于 2018 年 5 月 25 日《江苏工人报》。）

芦蒿清香

　　每到芦蒿蓬勃生长的时节，母亲都会去田里采摘。芦蒿能凉拌、炒制和腌渍。可单独清炒，也可搭配其他食物烹调。母亲手巧，能把小小的芦蒿，做出不同的花样来。嫩嫩的叶茎和豆干、肉丝、辣椒等搭配，炝炒出的清香可口的各式菜肴，是经常端上我们餐桌的美味。母亲还会把干净鲜嫩的芦蒿叶晾晒好，制成容易储存的干芦蒿，用来烧煮我最喜欢喝的芦蒿咸稀饭。

　　芦蒿味美，皮相亦佳。深得文人墨客的喜爱。"蒌蒿满地芦芽短"说的就是早春景象。满地的蒌蒿、短短的芦芽，黄绿相间，清新迷人，充满活力。诗中所言蒌蒿就是芦蒿，又名藜蒿、水艾、水蒿等，中医称之为茵陈。

　　都说美人在骨不在皮，愈是经过岁月的沉淀，愈能散发其迷人的韵味。芦蒿就像是一位美人，长在水湄岸边的芦蒿，水润润，翠盈盈，满含氤氲水汽，生就清雅骨相。芦蒿需用旺火急炒，经过一番炙热翻炒后，颜色反而会愈加明艳。绿油油的身姿妙曼，全不像其他绿叶蔬菜烹制后的蒌蔫黯淡。炒好后，盛放在白色瓷盘里，宛若身着绿罗裙的佳人儿，又似云鬟碧翠的美玉簪。纯净的白盘衬托透亮的绿蒿，煞是诱人，望一眼，就叫人满口生津。用筷子轻轻一夹，就能闻到那种来自山野田园的独特馨香，入口香而脆美，鲜嫩清爽。怪不得汪曾祺老先生这样形容它："感觉就像是春日坐在小河边闻到春水初涨的味道。"那种感觉真像是把春天都含化在了嘴里，顿令人心境澄明。

"三月茵陈四月蒿。"芦蒿长在三四月，此时初春，草木葱茏，花枝绽放，多情的人儿爱心萌动，热烈地表达自己淳朴的情愫。早在诗经《周南·汉广》的篇章里，就有关于它的描述："翘翘错薪，言刈其蒌。之子于归。言秣其驹。汉之广矣，不可泳思。江之永矣，不可方思。"把高大的灌木做了柴草，把绿绿的蒌蒿割倒了聚拢起来。把马儿啊，喂得饱饱的，以便能够有机会让他去接时时记挂在心上的人儿。

这位痴情男子看到汉水对岸的女子，心生爱慕，可惜不能接近她，就写下了这样率直的话。在几千年前的诗歌描述里，蒌蒿竟然是用来喂马的草，而马儿的脚步是走向他爱恋的女子，是多么地浪漫美好、意境深远。

芦蒿蕴含诗意，更贴近生活。芦蒿长在沟渠江岸，它不计较土地的厚薄，贫瘠之地它也能生长。在从前，芦蒿作为食物，荒年里，那可是能帮助人度过青黄不接日子的宝贝儿。

它营养丰富，清香里稍有点苦涩，既可食用又可药用，非常实用。

外公在世时是位医生，听母亲讲，从她记事起，每年的春季，外公都会煎制几大锅的芦蒿汤药，免费送给村庄上的村民喝。春天的气候宜人，也是各种病菌活跃的时期，芦蒿能够防治多种病菌。它健胃护脾，能养肝护肝，提高人的免疫力。外公的医术好，他会用芦蒿搭配其他药材，来治疗村民的一些病症，效果很好。

"旧知石芥真尤物，晚得蒌蒿又一家。"大自然是多么地慷慨！芦蒿既能生长于野外，也可在棚院里栽种。而且因为有了先进的种植技术，过去受时令所限，只能在春季里品尝到的野蔬，如今一年四季都能看到它的身影。母亲采摘芦蒿，有时会连根挖几棵带回家，栽在院子里不大的一个小角落，它们很快就能扎根成活，不久就会长出绿绿嫩嫩的小叶片，在轻风中舒展自己柔韧的小腰肢。

冰箱里收藏着母亲春天时候晾晒好的芦蒿叶。想吃时，用清水洗净就行。在水的滋润下，芦蒿马上鲜亮起来，再泡上豆子、花生等食材。我把它们切碎放在锅里炖煮，想到它们浓稠的味道，忍不住的惬意就泛上了嘴角。豆子和花生的香甜加上芦蒿的一点点苦涩，咸香里略带着微微药香味，让人细嚼后又有回甘，就像是生活丰富而又简朴的滋味。

一把青绿的芦蒿，从先秦的一篇文字里走来，走过几千年的岁月，依然散发着它旺盛的生命力。无论是带着神秘多情走向心爱的姑娘，还是怀着虔诚仁爱无私地奉献于民众，抑或是包藏在一份粥饭里的醇厚朴素，它的温暖都会荡漾在人们的心底，飘出它久远的清香。

（原载于 2018 年 4 月 13 日《江苏工人报》。）

悠悠稻香情

当布谷鸟的鸣叫在乡村响起，绿油油的秧苗就担上农人的肩头，晃晃悠悠地走进蓄满汩汩流水的秧田。

一声惊雷，暴雨如注，让久渴的秧苗，咕噜咕噜地喝个够。闷热也在秧田里蔓延，农人细心薅除那些几可乱真的稗草，让秧苗更畅快地呼吸。它们在农人滴滴答答的汗水里抽穗、灌浆。

这时候的蛙鸣是最动人的天籁，此起彼伏，缓急有度，犹如伴着节奏的合唱。你看，还有那不知名的鸟雀也来凑热闹，它伸出长长的脖颈儿，贴近稻田，吸一口，再吸一口，捉一尾小鱼，戏一只小虾，清冽冽的水映照着它清亮亮的眼睛，它并不多做停留，吃饱喝足，扑棱棱地飞走了。只有稻田里的稻草人，穿着旧衣衫，戴着破草帽，拿着长竹竿，时时地站着，远远地眺望。它把孤独站成一个农人的姿态，忠诚地守望着这一片快要成熟的稻田。

等秋风风干农人脸上的汗水，大地呈现一片丰富的斑斓。沉甸甸的稻穗搂紧甜甜的梦境，是孕育丰收的喜悦过于强烈？它在睡梦里也笑弯了腰。金风吹拂稻浪，波涛起伏，像是对着农人轻快地耳语："快些收割吧，我要奔赴那踏实温暖的怀抱。"

儿时在餐桌上，奶奶总是提醒我把饭碗里的米饭吃得干净些，不要剩下一粒米，说吃不完就是糟蹋粮食。记忆中，奶奶常会给我开小灶，她会用一个自己缝制的细长小布袋，装上米，放在苞米稀饭里煮，吸进苞米的味道，煮熟的大米饭，倒出来就像是粽子，紧实香甜。

中学时在外地念书，每个月都要带米到学校，每个人用一个铝制的饭盒蒸饭吃。我读书早，五周岁念一年级，读初一时还不到十一岁，不会骑自行车，坐车又晕车，每次回家带米都是父亲或母亲骑车接送。几十里的路程，要驮着我，驮着几十斤的米和一些吃的用的，有时遇上逆风，更是吃力。

父母那时都在粮库上班，每到秋季收购期间，粮库的仓库和露天仓囤都收满了稻谷。他们在粮库的大场上收购粮食，大场上挤满了售粮的农民，一袋袋稻谷垒成粮垛，直堆至房顶。我对那热闹的场景记忆犹新。

从田间地头一粒稻穗的灌浆生长，到一只饭碗里的甜美温热，这中间要经历多少舟车相继的繁杂、辗转劳顿的颠簸、去壳蜕变的淬炼，每一个环节都穿起许多辛劳的汗水。稻谷终以一粒米的姿态，用清香味美的滋补，谦恭无私的给予，喂养了辘辘饥肠，喂养了幼年儿女，喂养了流金岁月，也喂养了乡村和城市。

丰盈的稻穗里有久远的影子。"八月剥枣，十月获稻，为此春酒，以介眉寿"是《豳风·七月》中的诗句。这篇长长的叙事抒情诗，详细反映了周代早期的农业生产情况和农民的日常生活，彼时周之先民还是一个农业部落。《七月》反映了这个部落一年四季的劳动生活，涉及衣食住行各个方面。而周朝兴盛，唯有一理：民以富实。而民之富实，乃与稻谷相关。五谷为养，唯有收获了那与人们息息相关、唇齿相依的稻米，酿造好春酒，才能实实在在地富足丰康，才能让老人家延年益寿哇！

稻花香里说丰年，听取蛙声一片。有了稻花香，才能有底气去感受生活的恬静之美，才能忘情于大自然馈赠的快乐，才能拥有这丰收之年悠然安适的情怀。

一粒稻米幸福地诠释了劳动与生息的诗意，农人弯腰劳作的剪影是时光中的一幅淡墨图。如今，在稻谷成熟的季节，随时可见大型收割机等机器在轰鸣中，开进如油画般辉煌的稻田，潇洒地挥戈如毫。而粮库的收购再也不需要手提肩扛的累叠，挥汗如雨的装卸，崭新的输送机轻轻松松就把金灿灿的稻谷华丽丽地送进了仓房。

走过上古农事的烦琐庞杂，手工收种的劳作辛苦，到现代机械设备的精简轻松，稻谷静默而谦卑的脾性却亘古不变，滤去浮华与虚无，犹保留谷粒饱满茁实的朴素，让人心安而欢喜。

（原载于 2018 年 5 月 19 日《粮油市场报》，原名《感恩一粒稻》。）

秋黍之实

看到小米总会想起诗经里那篇著名的《王风·黍离》："彼黍离离，彼稷之苗。行迈靡靡，中心摇摇。知我者，谓我心忧；不知我者，谓我何求。悠悠苍天，此何人哉！"

看过诗经里好多篇关于植物的诗句，无论是描写花草树木，还是一些可以食用的蔬菜野果，好像都会和情爱有关，大多表达一种美好与向往，唯独这首《王风·黍离》充满了忧国忧民、伤时悯乱的厚重。

黍就是现在的小米，早在三千多年前，那个时候还没玉米等农作物，黍应该是人们赖以果腹的主要粮食之一。

"那糜子一行行地排列，那高粱生出苗儿来。缓慢地走着，心中恍惚不安。了解我的人说我有忧愁，不了解我的人说我有所求。遥远的苍天哪，这都是谁造成的呢？"这是周朝的一位士大夫，路过旧都，见昔日的繁华宫殿，如今夷为平地，种上庄稼，感慨西周灭亡的痛惜伤感之作，读来让人心生叹息，悲怆而苍凉。

黍稷离离，中心摇摇。知我者，谓我心忧；不知我者，谓我何求。

一行行沉甸甸的谷子，在风中摇曳。从春天的嫩苗到夏天热暑时成穗，再到秋季里的籽实。我从没想过，在喝过的那一

011

碗碗可口小米粥里，缭绕着如此悲怆灵长的生命力。

小米，虽是粮食的一种，但和稻谷、麦子相比，似乎又多了几分野性和韧性。它，既耐干旱、贫瘠；又不怕酸碱，能在我国南北干旱地区、贫瘠山区种植，适应性特别强。农谚有"只有青山干死竹，未见地里旱死粟"之语，是指小米抗旱能力超群，像一个骁勇的斗士。

近代历史上，小米是战争里的功臣。"小米加步枪"说的就是我们八路军以及广大抗日民众抗击侵华日军的那段峥嵘岁月。小米在物资匮乏的年代作为人民军队的主要食物供给，是给抗战军队带来胜利的重要后盾，帮助人们度过了艰难困苦的战乱生活。透过历史的画卷，我仿佛看到，在陕甘宁边区那片广袤的黄土地上，那一丛丛、一排排，经过战火的洗礼依然站立着的红红高粱、黄黄谷子。

记得小时候我就很喜欢母亲煮的小米粥，中学时在外地读书，寄宿，那时我胃不好，常会胃痛。每逢我周末回家，餐桌上，总会摆上一碗温热的小米粥，母亲说小米粥养胃滋补，美美地喝上几口，真是暖到了心里。现在的粥种类繁多，皮蛋瘦肉粥、八宝粥、五谷养生粥等等，色美味香，不一而足。可我最喜欢的还是母亲熬煮的小米粥，虽然与别的粥相比，少了那般甜腻和浓厚，但平淡的味道里却能喝出小米原始的香醇。就像东坡所言：人间有味是清欢。

自然界的草木，春生，夏长，秋凋，冬藏，岁岁荣枯，四季轮回，引发了人们多少的感慨与联想。而一粒粒灿黄饱满的小米，在秋季里成熟弯腰，却总能叫人踏实安心。

小米既能制糖又可酿酒，还有食疗之效。小米味甘，和胃温中，《本草纲目》记载："治反胃热痢，煮粥食，益丹田，补虚损，开肠胃。"谷米炖煮后，性极平和，其营养丰富，滋阴养血，有"代参汤"之美誉。北方许多坐月子的妇女，都有用小米加红糖来调养身体的传统。如果嫌滋味寡淡，还可加红枣、桂圆、枸杞等以增其甜香。

　　一碗热粥里盛放的是母亲对儿女的慈爱，是妻子对丈夫的柔情，是孩子对父母感恩的心意，是游子对故乡牵念的情怀。今天的小米没有了黍离之悲、战争之痛、穷困之苦，有的只是更加甜糯绵软的香浓。

　　（原载于 2017 年 11 月 16 日《粮油市场报》。）

荠　菜

过了惊蛰，已是仲春时节。花红柳绿，草长莺飞，田地里的野菜也长得又多又惹人注目。麦蒿、茵陈、荠菜都争相冒出嫩芽来，数荠菜最为可口。它茎叶所含的谷氨酸可用于改善儿童智力发育。荠菜在众多野菜中也算得上数一数二的珍品。

老家的院墙外，南面有一片空地，长了许多鲜嫩的荠菜。晴空如洗，早晚微凉，此时却暖阳高照，和风习习。母亲说今天天气不错，去挖荠菜吧，好中午做馅，包饺子。我欣然同往，带上袋子和小铲。

这里野生的荠菜好多。窄长锯齿样的细叶，颜色碧绿，生机勃勃，有的已开了一点小白花，软软地散发一种淡淡的清香。母亲挑一些大的挖，我看到小的也想挖，觉得小的更嫩些。"别看有一些已开了花，其实还没长老，荠菜花好吃有营养，还是药呢。"母亲指着一朵开着白花的大荠菜说，"你看它叶子多青绿鲜亮，有的荠菜长得小，边上叶子已干枯发黄，皱巴巴的没精神，看着就没汁水。"我们边说话边挑挑拣拣，不长时间就收获劳动成果——两大袋子荠菜，满载而归。

择除有点老的叶子和根上的泥土，将整理好的荠菜拿出一些放在干净的水盆中，一会儿工夫，荠菜竟然"长"了。是涨开了，有了水的滋润，荠菜一下子饱满、鲜活起来，绿的叶、白的根，水灵得很，分量仿佛多了一倍。我切馅，母亲和面，开始包饺子。青翠翠的馅料，看着养眼，闻着鲜香。饺子出锅了，皮薄馅多，隐隐透着青绿的饺子，丰满光润，白胖可爱，令人食欲大增。今天是自己动手挖的荠菜，味道更是格外的好。

"小著盐醯和滋味，微加姜桂助精神。"荠菜单单一样也能吃出它甘香的本味来。何况它的吃法很多，可凉拌、打汤、清炒、炸丸子、做馅包饺子或蒸包子。凉拌有蒜蓉、盐蒸、糖醋；做馅可放肉、蛋、虾皮等；做汤能搭配更多食材。无论跟什么食材搭配，都不会夺其本味，真正称得上菜中君子。常食荠菜还能预防疾病和延年益寿。它还真是一种药材，《本草纲目》记载它可清肝明目、和脾利水、散热解毒、凉血等，花的效果则更佳。民间亦有"三月三，荠菜当灵丹"之说。

"城中桃李愁风雨，春在溪头荠菜花"；"春风只在园西畔，荠菜花繁蝴蝶乱"。荠菜拨开冬的严寒，用点点新绿装饰田地，伸出茸茸的触角，探寻春晖，触碰人心底的温柔，赢得诗人青睐，成为他们笔下的宠儿。溪头田畔、花下苗边，随处可见它的身影，不计较土地的肥瘦。在草丛石缝、瓦砾枯枝间也能破土而出。倔强的嫩芽传递着春的讯息，是生命的赞歌在风中吟唱。

"有萋萋之绿荠，方滋繁于中丘。"荠者，济也，是普济的慈悲与慷慨。荠菜这天然之珍，在物资匮乏的年代，是大自然赐予人们的珍贵食材，可果腹疗饥。它不择地势、水土，无惧贫瘠、风雨，在南北大地上顽强地铺展开它的一抹抹葱绿，像铺展开一片片盎然的春意。奉出原野独有的清新滋味，犒劳百姓的味蕾，温暖被寒冷封冻的心，是天赐的救命菜。

今天人们的生活已富足安康，荠菜只是一种在餐桌上尝鲜的时令佳蔬。曾经寄命于荠的艰苦岁月已一去不返，可吃在口中，内心须倍加珍惜，并感恩其以身馈赠。珍惜这一隅园地里生长的荠菜，贫瘠不嫌，遇僻不颓，静默不华，是生命的顽强。用心去感受那种泥土的芬芳气息，细细品味这份清醇。一粥一饭，当思来之不易；一饮一啄，饱蘸苦辣酸甜。岁月百味，调至中和。最自然的味道，都融化在这一碗朴素的饭食里。

（原载于 2016 年 3 月 18 日《宿迁日报》。）

菁菁葑菜

葑，草字头加个封字。带草字头的字，一般和植物相关，草有寒微、淡泊之性，封有密闭、限制之意，故葑是非常朴实的植物。

红紫芳菲，纷纷扰扰。任其千般柔情，万种媚态，荆钗素面的葑，犹自气定神闲地走进《邶风·谷风》。诗云："采葑采菲，无以下体。德音莫违，及尔同死。"他见着美艳的女子，举止失态，偶尔在惊梦里看到那个艳丽的身影，而忘了睡在身旁的人。字里行间，有一股无奈，有对轻薄之人的怨怼，那萍水之思怎抵得过日久相融的真情？有痴情女子对忠诚的渴望，渴望一种生死相随的永恒。

"爱采葑矣？沬之东矣。云谁之思？美孟庸矣。"葑在《诗经》中带有一种暧昧又伤感的色彩。到哪里采葑啊？当然是那沬水东边。我知道你牵挂的是谁？是那漂亮的庸姑娘。

诗里所说的葑，又名蔓菁、芜菁、诸葛菜，就是我们平常所说的大头菜，或称疙瘩菜，你看，这名字多么地普通接地气。

葑，纤维绵软，细密肥厚，瓷实如禾黍，故可果腹疗饥。《广群芳谱·蔬谱》说："人久食蔬，无谷气即有菜色，食蔓菁者独否。蔓菁四时皆有，四时皆可食。春食苗；初夏食心，亦

017

谓之薹；秋食茎；冬食根。"诸葛丞相曾经在蜀地大力推广蔓菁的种植，用蔓菁补充军粮。在谷粮匮乏的农耕时代，它和五谷之位等同，与民众的生活息息相关，能饱人口腹，自然备受青睐。

《封神演义》中有个片段：比干遭妲己剖心后，骑行出城。见菜农卖空心菜，问菜农："菜无心如何？"又转而问："人无心如何？"得到"人无心则死"的回答后，骑行片刻，倒地而亡。葑，不蔓不枝，实心实意，隐含的是一个"诚"字，不像空心菜那般枝轻叶浮，心虚气短。

葑，静默隐忍，远离纷扰。绿茎黄花，雅淡素朴；白肉褐籽，宁和静谧；圆身长叶，低调茁实。深埋于地下的块茎，吸收水的灵性、矿物的精华，长成坚实的骨架，细密的皮肉。它把大部分身体藏在厚实的泥土之下，只留茎上的嫩叶接收阳光雨露的恩泽。

春天，乡民在一畦一畦的田埂上栽下细小的青苗，耐心等待它长出结实的根茎。"一段芜菁浑著角，叶间犹有几花黄。"青绿叶子，清淡黄花，在花团锦簇、蝶舞蜂飞的春天，它平平淡淡，不绚丽不浪漫，默默地抱紧脚下的泥土。

"三春已暮桃李伤，棠梨花白蔓菁黄。村中女儿争摘将，插刺头鬟相夸张。"当芬芳与繁华退幕，热闹和喧嚣落定，姹紫嫣红凋疏，蜂蝶莺燕渐远，朴素的大自然、朴素的葑与朴素的人，方彰显物我相谐、泯然皆契的悠然之态。清新味美的葑，平和淡定，有随遇而安的脾性。走进千家万户，依然胸襟坦荡，朴实无华。

冬天里，家家户户，必备上一大缸秘制的蔓菁腌菜，从冬开始，便可脆生生地吃到来年。切开饱满紧密的根茎，凉拌、腌制、烹炒，尝一口辛辣脆爽的原香本味。以其清淡，冲和肺腑，舒爽一下饱食厚味的肠胃，调顺身心。

寻常而内敛的葑，如今早已走出《邶风·谷风》里的遗憾与惆怅。当秋风再起，广阔土地上那青绿的一片，新鲜如初，平实如初，献出赤子般的诚意。菁菁葑菜，食之珍之，方不辜负那片蕴藏于心的深情厚谊。

大头梨

　　下班回家时，听到路边车上大喇叭声飘过来："大头梨，又脆又甜的大头梨便宜啦。"本已准备迈进小区的脚又折回来。

　　"这梨粗不粗，酸不，好不好吃呀？"我问卖梨的姑娘。

　　"不粗，又细又甜，靠梨核的地方有点酸，很好吃。你可以少买点，好吃再来买。"她笑眯眯地回应。

　　我选了 6 个梨子称了。"6.7 元，要不再挑两个，凑个整数？"

　　"你识得好孬，帮我选个好吃的呗。"

　　"你别看这梨有的外皮被擦碰，不好看，里面都很好。"姑娘仔细地挑了一大一小两个梨子。我看大一点那个梨上有一个小黑点，听她这么讲，就没再调换。10.5 元，她大方地抹去零头，只收我 10 元钱。一袋梨子，提回家，沉甸甸的。

　　到家洗了梨子，将那个大梨子削皮。削到那个黑点处，呀！里面也坏掉了，一直烂到果核，只有半边好的，也不能吃了，从里面烂掉，味儿就不对了。再削那个小的，还好，这个没坏，味道也行，可总感觉心里不太舒服，梨子吃起来也不爽口了。

　　初秋，早晚微凉，白天的气温依旧如夏季般炎热，梨子是应季的水果，香甜可口，水润多汁，润燥清肺最相宜。

多年前，我家院前有几棵果树。杏树、桃树、李子树和一棵梨树。果树都不是栽种的，是它们自己出的。门前的那块地不大，也不平整，瓦砾石子较多。孩子经常吃完水果，把果核随手往外面空地处一扔。几场春雨，润物无声，没想到就长出果树来。桃李杏因常见，树形、叶子好辨认，没等开花结果就知道。梨树刚长出来时，我以为是苹果树呢，生了叶子也认不出。孩子的眼睛尖，有一天发现树上结了两个果子，小小的，青青的。他兴奋地问我是什么果子，我说是苹果吧。真奇怪，没看到开花，怎么就结果了呢？肯定是开花时被忽略了。这棵树在其他果树的后面，春天时，桃李杏赶趟儿似的开花，一个赛一个的美，而它是第一年挂果，开的花不多，又在后面不惹眼。孩子巴巴地问我："妈妈，果子什么时候熟哇，你确定是苹果吗？""等秋天熟了，就知道是什么果儿了。"

果子长大一点了，原来是梨子呀。

桃李杏的枝梢渐渐稀疏，果实除了落下的部分，树上的已被采摘完。只有梨树上的两个梨子在秋风中一天天长大。平常的水果，因是家里长的，总觉得和外面的不同，如同看自己的孩子，喜人又顺眼。一天早晨，无意中望了一眼果树，像是少了什么。咦！梨子不见了。谁摘了去？孩子？不对，这个高度孩子够不着，前几天他还问我梨子什么时候熟。我说再等等，这还等没有了，气人不？

是被嘴馋的人摘去了，是手馋的人，不能说是偷，一个大院里的人，顺手摘了也正常。这年月，谁家还缺吃的，再说梨子是再普通不过的水果。只是，一天天看着它长大，心里便有了一份期待，不知道它是怎样的味道呢。明明是两个梨子，为什么全摘了去？留下一个，尝尝味多好。

"白锦无纹香烂漫，玉树琼葩堆雪。"花明似雪，果白似锦，梨子有一种清新脱俗之美。咬一口，甜甜又清凉的感觉直沁入肺腑。梨的品种多，我不知道"大头梨"的学名叫什么，葫芦状，外形略显笨拙，有点藏巧于拙的意味。尝起来口味不错，甜中稍带点酸，果肉细腻，核也不大。经常买到味道寡淡的梨，也有肉粗核大的，难以下口。卖梨姑娘说得没错，这梨不是用纸袋套起来长的，吸收阳光雨露的精华，外表粗糙些，不好看，但味儿足，很好吃。也许她挑给我的坏梨子只是无心之举，再说其他的梨都是好好的。坏的扔掉了就行，不必在心中纠结。就像我家梨树上初结的果儿，摘去就摘去了吧，来年的梨花依然如锦似雪，会结更多清甜的果子，吃不完的果子还是要送给一个大院里的邻居的呀。

这样想着，心里就豁亮了，等梨子吃完了，我打算再去买点回来。

（原载于 2021 年 10 月 9 日《粮油市场报》。）

粗缯大布裹生涯

　　喜爱花生，始于幼年时初尝其味。却在成年后对它是既爱又恨。爱，是因为喜欢吃。恨，是因为我吃花生很容易胖。也真奇怪，我吃肉类、奶类等蛋白质含量高的食物都不会胖，唯独一吃花生就胖。我并不算胖，还称得上匀称吧，但我的脸一直肉乎乎的，胖一点就能从脸上看出肉来。假如我连着几天吃花生，就能肉眼可见地胖起来。

　　花生因其甘甜香脆、味美价廉、老少咸宜，向来是深受人喜爱的佳品。母亲也爱吃花生，我和母亲的不同在于，她喜欢吃油炸花生米，我更喜欢吃煮花生和生花生。记得读书时，每天放学回家，都会剥一把生花生吃。我的皮肤和头发都偏油，一头长发乌黑柔亮，从不分叉，皮肤也油光滋润。不知是不是常吃花生的缘故。

　　家乡潼阳的花生白香甜脆，口感极佳，声名远播。我们家不种花生，花生却从未断过，都是老家的亲戚相赠。每年初冬，母亲会将家里的花生剥些晾晒干净收好，留着做花生糖吃。母亲做的花生糖不是商店里卖的那种带包装纸的糖，也不是她自己做。她将做糖的原料准备好，请人做，给人加工费。母亲请人做的糖叫山尖糖，也叫大糖，三角形的，像个山字，非常形象。做好的山尖糖甜酥脆香，花生的香气扑鼻，入口那种嘎嘣嘎嘣的嚼感天然带着欢乐气氛，不粘牙，十分好吃，是我们这儿的特色点心。母亲每次都做得多，好送些给亲戚的孩子品尝。

出嫁后，洗手做羹汤。先生的口味像母亲，喜欢吃油炸花生。家里经常是水煮花生和油炸花生换着吃，有时粥里也煲上几枚。无论是油炸的还是水煮的花生都不宜放太长时间。油炸的会吸潮变软不酥脆，影响口感，水煮的容易坏。所以，每次做好后就会吃得多。我发现吃花生会变胖是那次和先生一起吃带壳的煮花生。他不太爱吃水煮花生米但很喜欢吃刚收下来的煮花生——带壳一起煮的那种，有花生壳特有的清香味。

彼时，我刚嫁过来数月，尚未褪去新嫁娘的羞涩。秋季是花生成熟的时节，婆婆家新收下的花生堆放在院子里，是带藤的那种，每棵花生藤上都缀满好多枚饱满的花生。先生下班后和大家一起摘花生，我要帮忙，婆婆说我没做过粗活，不让我伸手。

夜晚的月光照着寂静的大地。院子里高高的花生堆旁，有虫鸣声或高或低地响起，显得院子越发幽静起来。先生问我想吃煮花生吗。我自是点头应允。"那现在就行动去。"他冲我开心地笑。没开门灯，怕打扰了家人的睡眠。推开房门，房间里透出的灯光和明亮的月色映照在花生堆上，粒粒花生清晰可数。我们扯下一抱带藤的花生，他麻利地摘下花生，我负责洗。刚摘下来的花生带着泥土，灰扑扑的，并不受看。在水中洗涮了几次，就露出它莹白淡黄的光泽来。房间里有个小电锅，把洗好的带壳的花生放进电锅里煮，没多久，花生的奶香味就飘散开来。我们边看电视边剥花生吃，香甜可口的花生越嚼越有味道，不知不觉，一锅花生就被消灭掉。数日"深夜食堂"的滋补，与君美食复甘眠，被它温热的香气浸润。隔几天回娘家，母亲一见面就说我变胖了。照镜子果然发觉脸圆润不少。几天不吃花生，又慢慢瘦回去了。自此，我便知道自己吃花生容易发胖。

花生的果实生在地下，与大地融为一体，外壳颜色有点黯淡，那土黄的色泽让人忆起光阴里的暖。外形相似，品相普通，但妙处在内里。单从颜色上分就有淡褐、浅红、深红、紫红、红白、白、紫、黑和五彩多色的花生。其他的好，也不消细说，无论是其食疗、药用价值还是营养方面，皆称得上食物中的翘楚，兼有美好的寓意，难怪能博得"长生果"的美誉。花生有这么多的优点，为什么我一吃花生就会胖呢？

无意中看了一篇关于血型与人胖瘦关系的文章，说到 B型血，大意是说 B 型血是产生于游牧民族，胃消化力强，吃肉类食品和乳制品也和吃蔬菜一样容易消化，唯独吃坚果类容易发胖。我恰巧是 B 型血。哈！原来如此。其实也不全是这样，再好的东西也不能贪多呀。花生是坚果的一种，其他的坚果是当零食吃，偶尔吃一点，不像我吃花生是把它当菜吃，一不留神就吃多了。它油脂含量高，一次吃得多，身体消耗不掉，难怪会长肉。凡事需有度，有节有制，才能益于身心，健康苗条。

夏季高温，空气湿度大。前几天连续下了几场雨，房间里越发潮湿，而花生是很容易变质的食物。天一开晴，我就把存放在后阳台上的一小袋花生倒出来晾晒。用竹筐悬挂在阳台外面的晾衣架上，一个上午，花生就晾晒好了。我剥开几粒，只是花生壳和红皮的颜色稍有点深，里面依旧是白白净净的花生仁，一点也没有霉变。带壳的花生比花生米好保存，没了壳的保护，花生米非常容易受潮变坏。壳的表面凹凸不平，摸起来十分粗糙，麻衣粗布般，布满被岁月打磨的痕迹。壳是一双呵护它的手，是温暖的怀抱，更是它的盔甲和衣裳。

如果把花生壳看作衣裳，那花生就是一枚裹着麻衣粗布的红粉佳人。荆钗布裙不掩天香。况且，粗缯大布亦裁剪得精巧，线条毕现，玲珑有致又兼低调朴素。花生又像是一个沉稳内敛的君子。君子的美，不在肉身，在于他的思想。花生亦然，布衣粗衫藏不住丰盈而独特的姿质，不需美服华冠的装饰，其内在的气质自然光彩照人。更可贵处在它甘于平凡，不招摇，无奢求，自然而随性，踏踏实实做自己。

又快到花生成熟的季节了。一粒嘉实，包蕴精华，值得细细品味与珍惜。这份期待与欢喜，便让自己在心里有了安然的满足。

高　粱

　　在我读过的书本中，农田里的高粱，无论土地的沃腴、贫瘠，它的身姿都高大结实。像极乡野的汉子，粗衣陋食，却生就一副壮实的身体，火热的心肠。它们粗犷、豪放，顶天立地，一串串沉甸甸的果穗就像是一颗颗虔诚的心。

　　"著书都为稻粱谋"中，"稻粱谋"的意思就是指人谋求衣食的行为，稻粱引申为所有谷物的总称。《诗经·小雅·甫田》中记载说："黍稷稻粱，农夫之庆。"粱，就是今天的高粱，别称蜀黍、芦粟等。如今是一种粗粮，在古代却是很精细的一种粮食，与黍、稻比肩。膏粱厚味，借指美味的食品。"倬彼甫田，岁取十千。我取其陈，食我农人。自古有年。今适南亩，或耘或耔。黍稷薿薿，攸介攸止，烝我髦士。"

　　《诗经·小雅·甫田》中的片段，夹杂对农事和王者馌田的描写，正反映了农业古国的原始风貌。

　　等密密麻麻地生长在广袤肥沃农田的高粱成熟收获，"以我齐明，与我牺羊，以社以方。我田既臧，农夫之庆"。在民以食为天的国度里，这是上古先民对与农业相关神灵的无限崇拜，也是淳朴的先民对于农业的重视。

　　记忆中的高粱挺着粗壮高直的腰杆，在宽厚的大地上站成一排排茂密的青纱帐。夏天的高粱林，绿得恣意，绿得喜悦，绿得实在，繁茂浓郁成一片绿色的海洋，连风都绿得酥绵。青纱帐里穿梭着孩子们灵巧的身影，他们嬉戏、追逐，洒下笑语的纯真；他们割野草、挖野菜，挥动稚嫩的手臂。那是一个遮蔽烈日的大乐园。

高粱那结实的根，牢牢地深植于泥土，不计较土地的厚薄、肥瘦、御风雪、抵雨露，挺直坚韧的秆，垂下谦卑的头，奉上饱满的籽。秋天的时候，高粱顶着涨红的穗儿，像是害羞的姑娘，撑着火红的小伞，俏立于朝阳下、斜晖里，幽静安然，站成一首诗的韵味。远远望去，成片的高粱林，又像是举起无数燃烧的火把，与天边的云霞交相辉映，蔚为大观，犹如一幅色彩斑斓的油画。成熟的高粱林是人们辛勤耕耘后迎来的香甜果实，也是大自然的慷慨馈赠。

等待收割的高粱是鲜亮生动的，是笃实饱满的，是美丽壮观的。然而，也许人们更喜欢它实实在在的脾性。

它从头到脚，浑身都是宝。大家吃的是高粱面窝窝头，喝的是高粱面糙粥，烧的是高粱的秆与叶。用它的籽粒哺养饥肠，填饱肚皮，清香唇齿，抵御寒冷。脱去籽粒的翎穗用来织席、编笼、编玩具，做刷锅、扫地用的炊帚、笤帚。在物资匮乏的年代，它可是穷苦百姓的宝贝和救星，是带来踏实与温暖的依靠。

如今生活富裕，再没有人拿高粱面的窝头做主食。现在的高粱也不像稻谷、麦子那般种植广泛，因数量的减少，集市上很少出售高粱米。物以稀为贵，在大超市，高粱的身价并不低。高粱米营养价值较高，兼具食用药用功效，在盛放五谷杂粮的柜面，看到的高粱米，光鲜、敦实又自信。

高粱虽不能与稻、麦相媲美，其作用亦不可小觑。我们生活水平提高了，精米细面吃久了，就想换换口味吃些粗粮。高粱米可单煮，亦可与其他食材同煮，和带黏性的糯米一起熬粥，更加营养互补，健康瘦身又美味。三高的人爱它，爱美的人爱它，讲究生活质量的人更爱它。高粱自古就有"五谷之精、百谷之长"的盛誉。它是饭碗里的美食，酒杯中的佳酿。能果腹，可怡情，亦能制成实用的家庭用具。高粱的谷粒供食用、酿酒；高粱的秆可做糖浆或生食；高粱的穗可制笤帚或炊帚；嫩叶阴干青贮，或晒干后可做饲料；颖果还能入药。在酿酒业中，高粱更有着卓著的贡献。真是倾其所有，极尽其能。

高粱默默地充当着主粮的补充，像不事张扬、踏踏实实、低调做事的人。更可贵的是它朴实又感恩的精神，腰杆高挺，果穗低垂，面向广博无垠的土地，心怀赤诚，永远放低自己，既有硬气的脊梁又有谦恭的姿态。即便普通平凡，亦拥有高尚的气节，从不顾盼，不卑不亢，不屈不挠地繁衍在田畴地垄，蓬勃于平川旷野。它蕴含博大的胸怀，气势恢宏，在广袤的天地间生长、灿烂。其淡泊与坚守也无须谁去仰望，像阳光沐浴于身，茁壮它的伟岸。它踩着坚实的泥土，路就会从那里延伸出来。

（原载于 2019 年 2 月 23 日《粮油市场报》。）

黄豆香

　　黄豆营养丰富又性价比极高，一直深受大家喜爱，用它做原料制成的各式不同风味的食品，向来是老百姓餐桌上最常见的菜式。

　　也许是受了母亲的影响，我特别爱吃豆制品。豆腐、豆浆、豆腐皮、豆豉、豆腐渣都是我爱吃的。豆腐、豆腐皮无论是凉拌、清炒还是炖、煎、煮，它原汁原味的原生态，可做主角亦可做配角，搭配各种食材，都可以成为佳肴。炒豆渣要多放油，母亲炒豆渣会配一点红辣椒、韭菜或很嫩的小青菜一起炒，色彩分明，味道别致。除了这些家常吃食，我记得母亲会买一种叫植物肉的袋装干制品，也是用黄豆做原料做成的，清水泡软后，和蔬菜或辣椒一起炒，口感筋道，有吃肉的感觉。母亲用黄豆做成的小鱼豆，味道鲜美，让人一吃难忘。

　　小鱼豆热吃鲜香，冷吃味更美。母亲做小鱼豆一般在冬天，可多做些，放久些时日。用餐时，只需从大盘中拨取部分于小盘即可。准备做小鱼豆了，母亲先把锅烧热，放入洗净的干黄豆，等豆子开始噼噼啪啪地炸，就关火，不要太生也不能太熟。然后油煎小鱼虾，煎至两面黄亮，加些酱醋生姜、葱蒜花椒等调料，添足水，再放进炒好的干黄豆和红辣椒，武火烧开后再转文火慢慢炖，前后要花费一个多钟头。这样，尝一口就能鲜掉舌头的小鱼豆就新鲜出锅啦。鲜嫩的小鱼，红艳的虾子，圆溜溜、亮晶晶的豆子，浓浓的汤汁，香美的味道，望一眼，嗅一下，就让人忍不住要咽口水。

这些美味都是用成熟的豆子做的，未成熟的青豆更是物美价廉。

谚语说，五黄六月争回耧。每年的五六月份，麦收结束，天气开始炎热，黄豆就是在这时间播种的。母亲院子东面有一块空旷的地，她每年都会种上一些黄豆。一场透雨后，温和的气候，湿热的泥土，黄豆种子吸足了水之后，很快就会膨胀起来，发出嫩芽，钻出地面。要不了多长时间，黄豆苗就以其旺盛的生命力覆盖裸露的地面。施肥、除草、浇灌，七月份黄豆苗就开出紫色的花，轻盈的花一层一层地开，豆荚就一层一层地结。但要想吃上味美的青豆还需耐心地等上几个月，等豆荚变得饱满壮实起来。

市面上的青豆总是提前出现，母亲常会去买些回来，加些虾米、红椒一炒，就是一碟色香味俱全的开胃小菜。虾米白嫩，辣椒红亮，青豆碧翠，看着养眼，吃着舒心。等地里的豆苗长出鼓鼓的豆荚，青豆就可以吃了。母亲会连根拔上几棵，青绿叶子上还带着湿润的露水，层层的豆荚是柔软的，并不扎手，双手轻轻一剥就扒开青色的豆荚，露出同样青绿、圆润的青豆来。从夏末到秋初，青豆都是我们家餐桌上的主角，和不同的菜搭配就是不同的口味，叫人怎么也吃不腻。

到了秋季，地里的黄豆成熟了，母亲就收割、翻晒，收藏好，留待日后慢慢享用。晾晒干净的黄豆好保管、易储存，想吃时，取一小把黄灿灿的豆子放进水中慢慢浸泡就行。泡好的黄豆能磨豆浆、生豆芽、烧咸饭或是做成耐吃耐存的豆豉。

每年我都会从母亲那儿带回一小袋干黄豆，随吃随泡，很是方便。

作为一种含有丰富植物蛋白质的作物，黄豆不仅常用来做各种豆制品，还能榨取豆油、酿造酱油和提取蛋白质。它与人们的生活息息相关，日日相伴，时时相随。

黄豆性极温良，敦厚却不卑微，朴素而又皮实，只要你肯播撒下种子，无论是在沟边路侧的瘦田薄土，还是在平整辽阔的田畴，都能落地生根。"离离豆子荚，数枝忽堪把。"它随遇而安，平淡从容，将淡泊之心都包裹在青青的豆荚里，自有一份悠然自得的洒脱。

那无数郁郁葱葱的黄豆苗，结出层层叠叠的黄豆荚，奉献出金黄浑圆的黄豆粒，用其血脉精华，感恩勤苦的人们。它亲近踏实的泥土，也亲近温厚的人。像宽博的母爱，能让你从中感受到温馨、无私，品味出普通中的伟大、平凡里的恩泽。

（原载于2020年2月6日《粮油市场报》。）

又闻红薯香

下午去小区的超市买菜，忽然闻到烤红薯的味道，顺着香味望到了路边卖烤红薯的摊子。这是我的最爱。

虽然家中还有一些红薯没吃完，还是禁不住烤红薯香味的诱惑，买了一个回去。烤红薯，热乎乎的，和寒冷的冬日最相宜。拿在手里，暖手；吃到腹中，暖胃。剥开皮，冒着呼呼热气，还没入口，香甜温热的气息就已融进心底，赶走大冬天的冷，暖和又贴心。

红薯是一种高产且适应性强的粮食作物。因为容易种植，在粮食不丰裕的岁月，红薯充当着主食的角色，其活人养人的功劳，实不可没。

我小时候特别爱吃红薯。俗话说，隔锅饭香。

我爱去村东头的姥姥家，姥姥家的红薯稀饭会加一些豆子或米一块熬，非常好喝。姥姥家的红薯也会洗干净后带皮整个煮，一煮就是一大锅，人吃不完的就喂给猪吃。大锅煮得多、用时长，红薯反而更软香可口。有时，小姨会选出个大、通体无疤的好红薯，切成条状蒸熟，晒好后当作小零食吃。晒好后的红薯干装在我的衣兜里，想吃时，就摸出一条，甜甜的，既筋道又解馋。

后来，我们家搬到了爸妈工作的粮库住。对门的邻居家有一对小姐妹，和我的年龄相仿，我们常在一起玩耍，有好吃的会在一起分享。有一次，爸妈都去上班了，恰巧家中有亲戚送红薯过来，我们就合计着一起煮着吃。我自告奋勇，说能把红薯煮出糖丝来。我把红薯洗净放进电饭锅里煮，半小时过去了，水快煮干了，就是不见糖丝出来。我非常纳闷，想要煮干水试试，可又怕烧坏了锅，红薯的香味太诱人，大家就不管糖丝不糖丝了，开开心心地吃起来。后来听母亲说，刚收下来的红薯是煮不出糖丝的，要放一段时间，飕去一部分水分，糖分高了，才能煮出糖丝。

父亲年龄愈大愈关注养生。他也喜欢吃红薯，自从订了健康报，天天把红薯的好处挂在嘴上。说红薯是一种营养齐全而丰富的天然滋补食品，含有蛋白质、脂肪、多糖、磷、钙、钾等，还有多种维生素。什么食用的、药用的，一讲一大堆。说叶子和茎也是好食材。我们家的院子前面有点空地，但地方不大，只能种点蔬菜，无法种植红薯。父亲就在旁边的水泥地上，用砖头砌出一个长方形的高台，又垒满土，栽上一些红薯苗，留着掐叶子吃。他将红椒白蒜切好倒进热油烧出香味，再放入绿油油的红薯叶，快速翻炒几下，一盘色香味俱全的炒红薯叶就出锅了。他还用红薯叶子加上花生和豆子烧咸稀饭喝，味道也是好极了。

老家的亲戚给父母送去许多红薯，母亲打电话叫我有时间回去拿些来吃。前段时间，在网上看到有人分享关于红薯的挑选和储存方法。视频上介绍了好几种储存方法，其中说到用大纸箱，隔一层报纸放一层红薯，既吸水分又透气，常温下也能放好长时间。讲到红薯也分公母，那种身形匀称，两头稍尖是公红薯，个头大、有点圆溜敦实的是母红薯，公红薯比母红薯甜，口感更好。我就告诉母亲如何识别和储存红薯。等我回去时，母亲已把红薯用一个大纸箱装好。一层层地隔上报纸，整齐地摆放好，一看就知道是精心挑选出来的匀称漂亮的红薯。

"旧年果腹不愿谈，今日倒成席上餐。"红薯于今，只是点缀。人们的生活条件越来越好，甜美的红薯已从养人的主粮变成有助健康的食物。巧手的厨师把它做成精美的点心，端上宴席。居家则是煮红薯、蒸红薯、烤红薯、炸红薯、红薯片、红薯糖、红薯稀饭、红薯粥……各种换花样的做法，令它的滋味更丰富。红薯既是雪中送炭的珍馐，又是锦上添花的佳品，使生活变得多姿多彩，它是真正的美物。

又闻红薯香。它的香味里有浓稠的爱，爱它的朴实敦厚，也爱它渗进流年里的那份情愫。有恩情，有感动，有快乐，有幸福，都与温暖有关，与爱有关，是素净日子里的一份相守与怀念。

（原载于 2021 年 1 月 30 日《粮油市场报》。）

蒹葭苍苍

秋天的苇丛依然茂密，郁郁芊芊的芦苇就像阿苇细密的心思，在秋风的吹拂下，一浪一浪地起伏。

从春天，它变得青绿开始，阿苇就时常一个人伫立在这片长满芦苇的河岸。多少个清晨和黄昏，他多情的眼眸，望向河中的小沙洲。在那儿，他第一次见到露儿，那个穿着素色衣衫，像水样柔美的姑娘。她说她叫露儿。"露儿"，多美的名字，阿苇的嘴唇喃喃一动，水灵的露儿就已滑落进他的心里。

清晨的雾气很重，苇叶上圆润的露珠，明净透亮，摇摇欲坠。朦朦胧胧中，阿苇又见到令他朝思暮想、魂牵梦萦的露儿。一袭白衣若雪，在水湄处，她转首回眸，浅浅的一个微笑，撩人心扉，摄人心魄。他朝她走去，近些，再近些。密密的芦苇挡住他的视线，他拨开散乱的苇叶，却不见了佳人。

失望的阿苇随手折断一枝芦苇，做成一支芦笛。他吹起了芦笛，笛音婉转悠长，透出一股凄怨忧伤，似乎是对心上人诉说又深又浓又恼人的相思。笛声久久回荡在雾气氤氲的岸边，叫人凄然肠断。

太阳升高了，雾气渐渐地消散开。阿苇坐在岸边，开始编织苇席。这是旧年的芦苇，浸湿后，摩挲掌心，洁净柔软，宛如肌肤。他细心地编织着，俯下英俊的脸庞，灵巧的手指上下翻飞。

阿苇一抬头，竟然看见了露儿。露儿就站在他编织的苇席旁，静静地看着他。露儿低垂着头，眉眼含羞。阿苇的怀中像揣了一只兔子，就要挣跳出胸膛。"露儿"，阿苇温柔地轻语。他拉过露儿，握紧露儿纤细的手指，露儿黑色的长发被风吹起，贴上阿苇的脸，痒酥酥、顺滑滑、暖熏熏，他舍不得用手撩开那缕青丝，任由它们在面颊纷乱、缠绕。他只痴痴地对着露儿笑，阿苇思绪恍惚，忽然觉得露儿的身体变得虚幻模糊，似有若无，他更紧地攥住露儿的手。是露儿的指甲划了他的皮肉吗？阿苇忽然感到手指一阵疼痛，这疼痛让他一下子清醒过来。零乱的苇叶遮盖住他的脸，他的手里紧紧抓着一把芦苇，尖薄的枝叶扎破了手指，鲜红的血，一滴一滴洒落在叶子上。他才发觉刚刚只是做了一个梦。他的露儿在哪里呢？

　　"蒹葭苍苍，白露为霜。所谓伊人，在水一方。溯洄从之，道阻且长。溯游从之，宛在水中央。"《诗经·秦风》里的蒹葭，缠绵凄婉，悱恻深情，缥缈幽寂。

　　蒹葭、白露、伊人、秋水，营造出朦胧唯美又空灵的意境。可望而不可即，情之所系，所谓伊人，在水一方，终不知其所在。深情的男子，他隔着苇丛眺望，有期盼、烦恼、怅惘与失落……

　　蒹葭就是芦苇，我记忆里的芦苇则是有温度的，沾满浓浓的烟火气。

　　快到端午了，我和伙伴们去采苇叶。这段时间的苇塘最热闹。我们的笑语盖过了蛙声与鸟鸣。芦苇长得繁茂，纤细轻薄，又挺拔如竹。随风摇曳，自然如斯，却拥有这般的生机与魅力。清风过处，绿波荡漾，苇影婆娑，指尖轻触，那青翠，溢出清香的气息，仙境般的美。

我挑选大小适合的苇叶，脑海里浮现的却是热气腾腾的粽子。袋子装满了，还想再采一把，好让妈妈多包几个美粽。有个小伙伴采的苇叶不多，她说家里没有人会包粽子，端午节只是将采来的苇叶洗净放进米里一起煮，粥融合芦苇的清香，味道也是蛮好的。

"我家包的粽子好吃，等粽子煮好了，我送你几个。"我们相视而笑。这是实话，妈妈包的粽子特别好。每年端午时，就会有阿姨或姐姐们上门讨教，但她们会是会了，总赶不上妈妈的好手艺。妈妈包的粽子又大又紧实，速度也快。她包粽子，用柔韧的苇叶将其熟练地扎起，不需要用棉线来回地缠绕，煮好的粽子也没有破的，每一个都漂漂亮亮的。还将花生、红豆、蜜枣等拌匀了包进去，味道好极了。包好的粽子放在炉子上煮，满满一大锅。多是在晚上煮，煮好了，封了炉门，锅还搁在炉子上，第二天早上，粽子还是热乎乎的。妈妈装了几份粽子叫我送给相邻不会包粽子的人家。我很乐意去跑腿，因为每次都有甜果子或小点心回赠。

一株芦苇，兀自生长，临风而立，脱俗而有灵气。若远离喧嚣，隐逸淡泊，亦亲近红尘，至纯至善。见证恒久的爱恋，表露蚀骨的相思，包裹甘美的食材，寄托诚挚的温情，都是最朴素的情感，蕴含旷达之美。

这世间的美与爱都是环环相扣，就像苍苍蒹葭，择水而生，相依相存。它能净化水质，其繁密之处，必定是干净的水域。干净的水又滋养着素净的蒹葭，也滋养着纯朴的情怀。是千回百转的情思，还是温暖人心的情谊，从《秦风》里走来，走过千年，它的爱依然是如此的热烈和美好。

（原载于 2021 年 9 月 4 日《江苏工人报》。）

绿肥红瘦

老家的院子前面，有一大片垂丝海棠。海棠开花时如霞似雪般，煞是好看。我时常蹑足其中，慢赏花开。大部分的花单株开着也有情致，但有些花要整片地开起来方能彰显它的韵味，海棠便是如此。一层层的花蕾相继开放，端坐在纤细枝杈上的团团红云，胭脂似的晕染开来，从朱红到粉红再到粉白，颜色愈来愈透亮，十分有层次，一树树的花热热闹闹地开出气势，扣人心弦，令人动容。身边、眼中、心里，荡漾开来，都是你的秾丽娇娆。让人想把你的美留住，想把春天留住。

海棠素有花中神仙的雅称。历来的文人都对你情有独钟，爱你的优雅，爱你的妍妩。但这世间万物没有极致的完美，总会有所缺憾，于人如此，于花亦如此。张爱玲曾说人生有三大遗憾：鲥鱼多刺、海棠无香、《红楼》未完。感慨海棠无香，觉得遗憾。古时，石崇非常喜爱海棠，只是海棠虽美却无花香，让他备感遗憾，对盛开的海棠叹道："汝若能香，当以金屋贮汝。"也有人说，海棠花是怕人闻出心事，所以舍去了香。其实，有缺憾，才是生活的常态。芸芸众生大可不必为了理想去过分追求完美，那恰恰是一种不圆满。所谓花半开、酒半醉、七分茶、八分酒，皆是人生的大智慧。残缺的美，如同留白，让生命有更丰富的想象及以无胜有的宽广。

海棠鲜有香气，但某些海棠是有香的，只是不浓烈。细细地嗅，是那种极浅极淡的香，浅淡到几乎让人闻不到的清香。而雨后的海棠，香味会浓些。

去年春末，几个文友相约去海棠园赏花。恰逢一场雨后，滴滴雨露尚留在海棠的花间叶上，像刚洗过的脸，清新润泽。昨夜这如丝的细雨，是否也像你的轻愁。在夜的寂静里，轻扰着你无眠的心事？你是否在遥想宋朝时那位多情的诗人，殷勤为你高烧银烛照红妆？像饱满的情愫，似心灵的呓语。只有接近你氤氲的芬芳，才能静静聆听你心底的歌声。几经夜雨香犹在，染尽胭脂画不成。你隐忍的坚守与执着，只为这一季花开的绽放。孕育生命的美丽，即便转瞬即逝，却执意无悔。

海棠开在暮春，绿肥红瘦。它的凋零有一种凄美和壮观。眼前的海棠已部分凋落。一阵风吹过，又一片云霞飘落，翻飞的花瓣让人震撼，地面粉红一片，带点潮湿和厚重，梦幻般的朦胧，又像诗意的流淌，绵延到远方。仿佛每一片都藏着一个心事。花瓣在风中轻颤，有种声音跌落，有种忧伤漫过心底，会有一阵婆娑的疼。向不同方向飘散的花雨，像美人含愁结怨的眸子，那一回转的凄婉，盈盈带泪，有多少的挣扎、无奈和怅然。林花谢了春红，太匆匆。而镜头定格下的，依然是一幅绝美的画。

清风拂来，簌簌飘落的花瓣，似花雨，更似花语。缕缕情思侵入怀。绽放是惊喜，凋零是落寞。挽留不住岁月匆忙的脚步，总还有下一个春季里的轮回。这份美好的情怀，是你心灵默默相守的等待。忘记孕育的冗长、困苦，唯有轻看过往沧桑，才能笑对红尘浮沉。你涉过那酷暑、秋凉、冬寒，坚守寂静、孤独、伤痛。淡然光阴飞逝。灿烂春光里，才能恣意地盛放，在朝晖下袒露你鲜艳的颜。所有艰辛蝶变芳华，只将明媚，赠予时光。

夏有凉风

晚饭后，我信步去超市买些日用品。夏日的傍晚，因为刚下过雨的缘故，空气湿润凉爽，风吹在身上，非常舒适。没有白天的忙碌，褪去燥热，一路上，行人的脚步，也少了一份匆匆，似乎都变得格外轻盈了。

我在柜面挑选东西的时候，迎面看到一位漂亮的女子，正在接电话。她妆容精致，衣着新潮，身挎名牌的包包，堪称靓丽时尚，像一颗诱人的蜜桃。此刻，我若转身离开，留在记忆里的，该是一幅多美的画面哪！然而，现实却让人心生遗憾。我听到她语气里的轻浮与俗气，瞬间让美丽减分。虽然不甚分明，也无从揣测对方与其的关系，可从她的电话里听出，满是对容貌平凡和年龄稍长女性的不屑与嘲讽，甚至夹带不敬与粗口。仿佛年轻与美貌就是她的利器，驰骋疆场，杀敌于无形，娉婷一立，倒伏一片。朗朗的笑声中，透着得意。

望着眼前的美女，我揣度她是否想过，自己也像是一枚果实，从酸苦的青涩到饱满的成熟，只是成长中的一个过程。此时的娇艳，假以时日，也会枯萎、颓败。待其脱离枝头，红衰翠减物华休，到那时，是否也会沦为别人口中的笑柄？乐在当下，何曾想得那么远，我不禁摇头莞尔。

沉鱼落雁，羞花闭月。古代的四大美人，皆有令人惊羡的容颜，只可惜都香消玉殒于青春年少。"一去紫台连朔漠，独留青冢向黄昏"的王昭君，年岁稍长，也卒于盛年。这倒好，不许人间见白头，芳华在那一刻定格，永远留住青春，让人心生惋惜。但也正因如此，方能流芳千古。时间对人与万物都是公平的，当光阴之溪在眼前汩汩流过时，既能带来繁茂葱茏，亦能偷走韶华瑰丽。这世间，缺少的恰恰是圆满与完美。"你再活下去，就好看不成了。"看木心的文章《论美貌》中上帝与拜伦的一句对话，耐人寻味之语，想来道理颇深。

我倾慕那种温润如玉的女子。那种温婉的气质，在岁月的打磨下，愈久愈散发玉样的光泽，剔透玲珑，内敛清雅，从不张扬跋扈，却从骨子里透着迷人的魅力。这样的女子，内外兼修，既有丰富的内涵，也不会让自己的外表随意邋遢，这才是真正精致的美。不像眼前的美女，徒有一副好皮囊，浅薄的话语更是煞风景。

可美往往是可遇而不可求。也许遗憾与缺失，才是世间常态。你才华横溢，往往难遇伯乐；你健康强壮，偏偏劳碌辛苦；你处境安逸，不会富足多金；你权贵显要，却顶压力重重……但若换个角度思考，何尝不是另一番景象？才华横溢的才智是自己的，健康强壮的强健是无价的，处境安逸的悠闲是惬意的，权贵显要的职位是成功的……而我们，只有珍惜过往，满意当下，才能拥有俗世里的快乐。没有遗憾的人生才是真正的不圆满。心怀坦荡，不抱怨，有光芒，将会朝向更远处的幸福进发。

如同四季风物。人生在秋冬往返、春夏交替中成长沉淀。阴阳潜移，时间分分秒秒地飞逝，在无声无息的渐进中，在不着痕迹的流年里，在难以觉察的眉宇间，悄悄地改变着每个人的模样，同时也会让人的心智日渐成熟。这世上没有不变的容颜，同样也不会让幼稚永远止步。

　　每一季有每一季的风景，每一季也有每一季的无奈。春阳和煦，草木葳蕤，也有乍暖还寒，最难将息之时；夏日繁盛，花开绚烂，多有骄阳炙热，酷暑难耐之际；秋高气爽，果实丰硕，偏有万木凋零，衰微萧瑟之感；冬韵如诗，霜洁梅素，时有寒风凛冽，刺骨袭面之苦。放得下，看得开。以纯粹之心，面对平淡的日常。用从容之态，静享生活的清欢。过分的要求则是一种贪婪。春夏秋冬，也各有各的美。"春有百花秋有月，夏有凉风冬有雪。若无闲事挂心头，便是人间好时节。"

　　此刻，我只投入愉快的采购，忘却"美女"那不和谐的音符。夏有凉风，拂面爽心，清新怡人。享受大自然这美好的馈赠。放下"闲事"，时时皆是好时节！

清秋桂韵

　　说到桂花，让人首先想到的便是它的芳香。其味道别有奇处，拥至浓之香，具至清之韵。很多时候，你是先嗅到那追魂的香气，隔着很远的距离，去找寻它的存在。那种香气是从骨子里透出来的，清清爽爽、干干净净，却能袭肤入心。桂花之香与韵才是其美的根本。倘若无香，娇小的它，该是多么的平淡无奇。也唯如此，无桃李之华、梅兰之雅、松竹之格的桂花，方能得到千古才女李清照的青睐，赐予"花中第一流"的嘉名。

　　"揉破黄金万点轻。"易安这句咏桂的词句真妙，借花之形将其花性挥发开去，紧紧抓住桂花清香流溢的金玉之质。桂花的外形小巧，在那些妖艳丰满的大花朵面前，稍显逊色。它胜在轻柔的体态，胜在疏朗的心性，胜在沁人的香气，这才是它的神韵与灵魂。

　　桂花是秋天的花。它的香陪伴三秋，传得浓郁、长久。桂花不惧秋天的清寒，小小的花瓣紧实稠密，枝叶翠绿，四季常青。那缠绵的香，靡靡无尽，弥漫苑空。长长的花期，带来整个秋季的美好，让你一提到秋就会想到它，仿佛秋就是桂花的季节。"幽芳不为春光发，直待秋风。直待秋风，香比余花分外浓。"

桂花普通。它轻柔的四瓣花苞，环抱一团，成簇而开，仿若娴静含羞的少女，玲珑有致、端庄内敛又优雅不俗。它是公园里的花，是路边的花，是寻常百姓庭院中的花。

　　我家院子里有两株桂花，一株金桂，一株丹桂。原来两株都在院子东面的石榴树附近，金桂因离石榴树太近，去年被移栽到庭院西边。没有石榴树遮挡住阳光，金桂今年长得更茂盛了。金桂有点黄白的颜色清淡朴素，不似月季枝上的招摇；丹桂的朱红也恰到好处，没有石榴花热烈的奔放。好像每年，粗心的我，都是先闻到桂花的香味，然后才惊喜地发现，我家的桂花已经悄悄地开放了。

　　每当石榴成熟的季节，桂花那雅淡的香气便氤氲了整个院子，其实在离院子很远的外面就能闻到它的香味。路过的人会说，谁家的桂花开了。那层层叠叠的黄，猗猗郁郁的红，热闹却不张扬，让人见之欣喜，闻之忘忧。

　　桂花开得繁盛的时候，我都要摘来泡桂花酒，制桂花糖。轻轻地摘下娇嫩的花朵，放在干净的袋子或筐子里，细心地不让花瓣散落，每每要忙上几个钟头。摘好的桂花，用纯净的水滤一下灰尘，放在阴凉处稍稍晾干。酒瓶的瓶口一般有点偏小，瓶子多不透明，看不到桂花酒那色泽亮丽的美来。每次我都购置透明的盛酒器皿，用纯粮酿造的高度白酒泡桂花。数月后，便可细品色泽金黄、清新醇和的纯天然桂花酒了。制作桂花糖也很简单，准备一个大口的干净瓶罐，放一层桂花再放一层糖，一层层地放好后，盖上盖子，放置一段时间就可以了。用腌好的桂花糖做元宵或糕点的馅，咬上一口，甜糯味美，真正是齿颊留香。每于此，就会想起林清玄《菊花羹与桂花露》中的桂花露："桂花露是秋天桂花开的时候，把园内的桂花全摘下来，放在瓶子里，当桂花装了半瓶之后，就用砂糖装满铺在上面。到春天的时候，瓶子里的桂花全溶化在糖水里，比蜂蜜还要清冽香甘，美其名曰'桂花露'。"花果是植物的精炼。桂花无私地奉献出它最好的部分，我们吃进去的是桂花的精魂。

月明中秋之际，清辉如霜。好风如水，吹送满园桂花的香。品着红石榴酸甜的籽粒，杯中桂花酒泛着琥珀的光泽，举杯向月，晃动迷人金光。宜慢呷、合豪饮，余味悠长，真乃人间之乐事也。其实还未入口，心，已醉了……

（原载于2016年11月11日《宿迁日报》，原名《金丹秋桂只留香》。）

雪映梅影

　　落雪了。初雪悄无声息地落下。曼舞的雪花，丰腴了梅枝，让瘦小的花瓣，闪现一种生动的美。梅花喜欢雪吗？其实它更憧憬春天。清瘦的梅与洁净的雪是冬之笔挥洒出的逸韵与写意，也是冬的一种萌动和期盼，它们是春天将临的注脚。

　　院子里，只有三棵蜡梅在雪中孤独地开。

　　是今冬的天气偏暖，还是冥冥中梅的预知？留恋这快要消失的庭院？它们赶在冬至前，就开了满树的花朵。院子的中间有一条小路，上次回家，小路东边的两棵蜡梅已绽开蓓蕾，西边的那棵还打着骨朵儿，微露着淡黄。老房子今年要搬迁，看着蜡梅，在阳光下无忧无虑地伸展着的枝条，心中忽然有隐隐的不忍。

　　听父亲讲，梅树长在院子里已有几十年了。老梅亦如老屋，相依相守的情感早已深植于家人心中。梅的根部粗壮，树冠开张，大概是时常修剪的缘故，盘根虬枝，造型十分优美。清幽的梅，撷取阳光雨露的精华，也贪恋着父母悉心的侍弄，开得极有神韵。它的花期很长，每年花落后都会结果实，初结的小果也翠绿可人，成熟后的果实变成灰褐色，是一味中药，又叫土巴豆，有毒，不可食用。从十一月份开花直至来年春夏，半年多的时间里，它是装扮小院的一道亮丽风景。

再回家时，西边的那棵梅花已完全开放，和东边的两棵争香斗艳，我老远就望见那处醒目的黄。"梅蕊腊前破，梅花年后多。绝知春意好，最奈客愁何？"杜甫的《江梅》蕴含春光虽好，但寄居异乡的愁苦。而我惆怅的是怒放的梅将会送人或卖出，从此要移栽在别处的院落。几个月后，它的故园会矗立起高楼，再也觅不见它们娇俏的身影。

房前的那棵梨树，变成了深深的大坑，不见了屋后的几株桃树，秋天还挂满红灯笼一样果子的柿子树也隐去了踪迹……是父母叫亲友们挑选一些自己喜欢的果树移栽了。父亲只关心着哪儿有果树和花草重新落地生根的地方。母亲面容倦怠，我知道她又好几天没睡好觉了，嘴角也起了燎泡。母亲心思重，她考虑要搬去的住处是否称心妥帖。母亲白天忙碌着日常，只有我知道她经常睡不着觉的忧心，她的皱纹，她的白发，都叫我心痛。母亲用她那勤劳的双手操持着家庭的琐碎，为子女，为孙辈，在本该安逸的晚年，却依旧闲不下来。

这院中的蜡梅，盘根错节，铁虬银枝。雪欺霜侵，都不曾让它屈服，铮铮傲骨，在寒风中屹然挺立。那粗大的根节，盘曲的枝条，透着一股不屈的坚忍。枝条上朵朵绽放的花儿，就像它的儿女，在阳光下姿采润泽，每一瓣的馨香，都是深埋于地下梅根奉献的精华。倔强的梅，总是让我联想到母亲，母亲就是家的依靠。她担起所有的烦恼与伤痛，却随时敞开温暖的怀抱，呈现给儿女的永远是慈蔼的目光和笑脸。

母亲对人对物都是一副菩萨心肠。几年前的夏天，有一只小鸟受伤，掉落在小院里。母亲为它上药疗伤，在母亲的饲喂养护下，不久，小鸟就能重新展翅于高空。以后每年的春夏，小鸟都会飞回来。有时我回家，母亲就会指着它对我说："我们家树多，它又飞回来了。"还有那只蝴蝶犬，当初可是一条百分之百的癞皮狗呢。生了癞，掉光了毛发，浑身光秃，还是被人遗弃的流浪狗。当初不知怎么来到我家的小院就不走了。我第一次看到它，问母亲，怎么养这么丑的小狗？母亲说它是自己跑来的。父母精心地喂养，父亲买药治好了它的癞皮，它长出一身新的皮毛，长胖了，变得很漂亮。搬了房子，父亲肯定会为小狗再盖一个新窝。可明年夏天，每年飞回院子的小鸟，我担心它找不到我们的新居。它每次的飞回像是对善良母亲的回报与不舍，母亲住的地方也是它垒窝筑巢的地方。或许它凭着感觉还能找到父母的新居，也或许它能觅到更广阔的新天地。

雪不停地落，银装素裹中，铁干横斜，黄花数点。漫飞的雪片，穿庭过户，挂上母亲的睫毛，像小星星，一闪一闪的晶亮……蝴蝶犬趴在炉子边打盹。这静谧的画面让我想起了前几日的喧嚣，那几个买树人一眼相中了几棵蜡梅，但母亲说梅花不卖，其他的树看好了，价钱上不计较。

一朵一朵的雪花像枝头的梅，次第打开。蜡梅用灿黄的花朵，点缀着安静的庭院，看着盛开的梅花，总会让人忘记冬的寒冷萧瑟，会有丝丝暖意涌向心头。小院的梅花兀自娴雅。日后的动荡暂且放下，是送给亲友还是有缘人，我想它一定会有个好去处。只要有泥土、有爱，一定可重绽新蕊。雪裹挟着淡淡的香飘过，让人仿佛嗅到这小院里春的气息。

"年年雪里，常插梅花醉。"所谓岁月静好，现世安稳，不单指的是对美好爱情的向往，更多指的是对一个温馨家园的渴望。而无论旧家新居，有母亲在的地方就是一个温馨的家。

（原载于2017年2月21日《宿迁日报》，原名《小院梅香》。）

秋风至

"清晓上高台，秋风今日来。"夏天的热浪尚未退尽，秋已急急赶来。春花绽放，秋叶收敛，生命中那些葱茏繁茂，皆无计奔赴了秋，逐渐走向萧瑟衰败。

我心底则是盼望着秋的。

身处江淮之地，多能感受到夏季的炎暑难挨。入伏后，天地间潮湿闷热，人仿佛被关进一个大烤箱，被烘烤得心神烦躁。这个时候总想着秋早点到来。

何况这个夏天于我，在酷热之中又夹杂着一丝不安。

按理，接到家中长辈的电话，是欣喜与温暖的。可自从在几年前的某个晚上，接母亲电话，惊悉弟车祸，家人的电话就常使我心生惶惶。母亲常为弟的事情打电话来，愁苦与眼泪凝结成冰，堆积着，压迫着，硌得人心头生疼。那次事故后他一只眼睛失明，人也变得消沉，进而引发一系列的苦痛与无奈的事情。官司、工作、婚姻，挫折、颓废、抑郁……太多的不如意，是我们所无能为力的。像这漫长季节里的物事，一切都是煎熬。

住在低楼层。楼下一些草木的藤蔓几欲攀爬至阳台，没有草色入帘青的雅趣，倒添了畏惮蚊虫叮咬的忧烦；树上高亢的蝉叫声，喧扰本就不沉的睡梦；风扇和空调的噪声让耳根不得清静；清晨的鸟鸣也变得嘈杂，不能让心境平复下来。燥热令人寝寐不宁，会在午夜时分醒来，再难成眠。却又想不出万全之策为他分担些什么，只能哀其不幸，徒然忧叹。

今夜，我在忽远忽近的蟋蟀声中醒来，有丝丝缕缕的月光透过未拉紧的窗帘进入室内。

"庾郎先自吟愁赋，凄凄更闻私语。"在姜夔的词中，蟋蟀悲吟声凄切细碎，像是有道不尽的愁怀伤情。而此时的蟋蟀声却清亮、干净，在朦胧的夜色中，如一汪水似的纯净，反叫人心生宁静。

过了立秋，一夜比一夜清凉。蚊虫已隐匿，抱足裹羽，躲身于角落暗处，留待来年重整旗鼓。只有这孤单的蟋蟀，在弹拨弦歌，一声清越的鸣声悠长，萦绕于耳畔。不知它是来自楼下的草丛还是藏在室内？抑或是从两千多年前《诗经·唐风》里跑出来？

"蟋蟀在堂，岁聿其莫。"鸣声喓喓，长长短短，高高低低，带我穿过迷离的月色，探寻旧时光的温暖。

"月亮在白莲花般的云朵里穿行，晚风吹来一阵阵快乐的歌声……"那个月夜更明更美，母亲的脸庞亦如月亮的光洁。我们围坐在她的身旁，聆听她深情的哼唱，陶醉在轻柔的歌声里。纤细而隐约的虫语，与之巧妙地重叠，振羽和鸣，像是伴奏，将一个美好的夏夜烘托得如梦如幻。辽阔的星空下，院子里很安静，只有氤氲的香气缠绕扑鼻，那是栀子花和瓜果蔬菜散发的清香。厚实饱满的栀子盛开着纯洁的花朵，弥漫着沁人心脾的芳香，夏夜的风把它的香气传得很远。被母亲打理得井然有序的菜园里，那些青椒、黄瓜、豆角、南瓜、苞米、西红柿、短豆荚、长丝瓜、葫芦果、马齿苋……月影婆娑下，千形万状，宛若披挂一园子生动的修辞。

"蟋蟀在堂，岁聿其逝。"流年似水，秋凉总是与生命串联在一起，是岁月之秋，也是人生之秋。如今，老屋消失，长满栀子花和蔬果的庭院也不复存在，只有一丝浅淡的香气时常从遥远处飘来。母亲光洁的额头已布满皱纹，每一道沟壑都填满心事。从什么时候开始，母亲的唠叨变得多了起来，生活中琐碎的事、烦心的事、忧虑的事……一件件消磨我的耐性。

其实身体就像一所房子，我们的身体是灵魂寄居的房子。当身体年轻、健康，心也是安稳妥帖的；当病痛、衰老与疲惫一点一点地侵蚀我们的身体，一颗心就会变得动荡不安。

回眸处，夏夜的气息依旧清澈纯粹，母亲的容颜依然年轻美丽。时光如剪，转瞬而逝，匆匆得让人无法分清楚那到底是现实还是梦境，就已无声无息地走过。草木黄，秋风至。春秋代序，四季交替。时间像是看透一切的先知，永远是那么理性地昭示它的次第，从来不会出错。在凋落与新生的无限循环中，它自顾流逝，没有温度和情感，但人和房子会有，家与过往会有。

流光掳走了母亲的芳华，我是否还能坦然面对母亲在苍老和病痛前的无助失落呢？

"蟋蟀在堂，役车其休。"夏遁，秋来。虫鸣，岁暮。一株植物从干瘪瘦小长成丰硕多汁的果实，要有付出、期待、生长。经过春夏的浓烈，走向秋天，收获成熟，其中又流失了多少肥沃的光阴。母亲辛劳一生，已该是颐养之年，在母亲面前，我是否能站成一株高大的植物，成为她岁月里最饱满的部分？而今夜，她是否能拥有一个安稳的睡眠？不被这喷喷虫鸣声和清幽的月光惊扰。

秋来，清凉的秋风将吹尽夏日的炎热与烦恼。只留躲在睡梦中的一丝愉悦，留下希冀与一种莫名的感动，留一缕芬芳始终飘荡在梦的源头，充盈浸染着人生。

在如水的月华里似乎能嗅到栀子和蔬果的香气，在平淡、温馨的外表下，蕴含的是坚韧而又醇厚的生命本质。在这个秋夜，我拾起记忆长河里一些零星的碎片，把它们穿成一束珍藏，安放在内心深处的角落。

（原载于 2020 年第 1 期《微山湖文化》。）

离亭燕

燕子身姿轻盈。翅尖长，尾叉开，如剪状。因背羽都呈灰蓝黑色，古时又叫玄鸟，以貌取名，简单朴素。《诗经·商颂》有云："天命玄鸟，降而生商。"燕子乃祥瑞之鸟。

燕为候鸟，每年四至七月份从海岛回归，在第一次寒潮来临之前南迁越冬。燕子喜在树洞或缝隙中营巢，或在沙岸上钻穴，或在楼道、房顶墙上做窝。善捉蚊、蝇、蝗虫为食，是大家公认的益鸟。人们喜爱燕子，家燕亦和人类亲近，更爱在农家屋檐下筑巢。

每当春回大地，花初绽，叶渐丰，杨柳含翠，百花吐艳之时，燕子就穿梭于红花绿叶间，盘旋在人家的屋檐旁，翻飞于公园的池塘边。优美的姿态令人赏心悦目，婉转的鸣叫嘹亮于耳畔。

灵巧多情的燕子在文人诗句中似乎又携带了春愁秋恨、伤离怀远的情绪。"秋风萧瑟天气凉，草木摇落露为霜，群燕辞归雁南翔。"凉风起，草木黄，燕南飞。

词牌《离亭燕》，始于宋人张先，因其词有"随处是离亭别宴"句，取以为调名。此调稳重严整，兼用仄声韵，故有抑郁之声情。

秋浓，露重，多起情思。清女词人庄盘珠有作《离亭燕》："露白一蝉吟，秋在碧梧高树。晓月帘梢斜度。"不说悲秋，一番情绪，恁般滋味，心儿便觉，是为秋思；或为感世，如宋张昪的《离亭燕》："多少六朝兴废事，尽入渔樵闲话。怅望倚层楼，寒日无言西下。"词人关念时政，发怀古之幽情。借景抒情，豪气内藏。于清秋寒日，独倚层楼，"无言"寂寞，冷峻中寄怅惘之情，寓悲凉之感。

世事的动荡令人感怀，季节的更替亦让人心生惆怅，徒增愁伤。"秋去何所归，春来复相见。"秋去春来，离燕南飞，天涯岸边，海角云端，明春复还。而青春无多，一去不返。

人生暮秋，多少纷扰尘事皆如流水，多少绚烂至极的鼎盛都成云烟，多少坎坷不平的路已经走过。秋已深，花事了。辞赋别恨，无语离愁。身边事，身后名，看得开，看得透。那绿叶葱茏、苞蕾绽放的初春，烈火烹油、鲜花着锦的浓夏，仿佛一个转身，叶渐稀，花将落，人已老。

执着的热情会被消磨，锋利的棱角会被打磨，顺意与逆境都会遇到。不必慨叹，也不必苛责，大可从容看过，淡然待之，内心安宁，方得圆满。繁华喧闹终会归于朴素平淡。人生五苦，生活千辛，百般滋味，万种变数，皆可付之一笑。通透方可解脱，豁达才显大度。顺应变化，接纳遗憾，包容这世间的一些不完美，也是一种获得。

愿如秋树之静，恬淡安然，无欲无求，让命运在平和中运转，站成别样的风景。半亩方塘，可养清风荷韵；一道竹篱，能植绿藤黄花。于庐舍池畔，置几杯薄茶，青梅煮酒，邀芳邻挚友，把盏话桑麻。风吹岸柳，暗送稻香，不究真世事的浮沉，不纠结离亭燕的沉滞。但这也许只能是每个人心中向往的桃花源。"人生如逆旅，我亦是行人。"生活总是现实的，总要去面对。别离、寂寞、坚苦，像不能摆脱的影子，是每个行人的宿命。

"草木黄落兮雁南归。"远行是一种逃离吗？人生中，多有不得不行的无奈辛酸，为生活打拼，必须在路上，必须有远行，必须有舍却。远行是一种追寻吗？怀揣美好的愿望，有多少孤独的身影在努力，坚韧隐忍，百折不回。

在燕语呢喃声里，远离过往，别了故土，奔赴新的前方……

那些苍凉的背影为谁而留？是为寂静村庄里的父老乡亲？是为出门在外的旅人？还是为灯火辉煌的城市？背影渐行渐远，一道道背井离乡的背影告诉所有的人，在历史的书页中，有他们宏大而质朴的篇章。

"雨湿东风，谁家燕子穿庭户。"家在何处？唯乡情难离，家园难忘。羁旅情愁，浪走天涯，梦回故乡的思绪一直萦绕心头，千山万水之后，不会忘记了来时的路。

（原载于 2020 年第 1 期《微山湖文化》。）

逛街雅趣

　　我素来很宅。因为有点路痴，不喜远足，偶尔逛街，也是在所居附近。无意中，在离家很近的名品虞姬城商业街，觅得一妙处。店名云裳，位于商业街西首，分上下两层。上楼琴馆，下楼服装店，中间有回廊相隔，沿阶绿植，葱郁纷披，倒显得楼上、楼下和周边仿佛是两个世界。楼上琴馆因为刚装修好，尚未涉足。楼下的服装店却已是去了几次。此处地处繁华，商铺众多，但小店却闹中取静。

　　"云想衣裳花想容"，店如其名，雅致得很，一看到就让人想起李白的这句诗。店铺不大，收银台前置一茶几，香茗、茶具一应俱全；左面摆放一架古筝、几盆盆栽；右边墙角处还有一个小书架，码放着几摞整齐的书卷。室雅何须大，它的趣味就能把人整个心房装满。

　　店内服装多是棉麻质地，形素朴、色雅淡，独具汉风唐韵、民族情调。一些小挂件、小配饰，更是古香古色，多像是些年代久远的木雕、陶器，非常别致。读书、赏味，有暗香浮动；喝茶、聊天，听琴音如流水，心静亦如流水。真是应了陶潜的诗句："结庐在人境，而无车马喧。问君何能尔？心远地自偏。"在这样优雅的环境里试美衣，心情越发舒畅起来。

　　主雅客来勤。今天又闲逛至服装店。主人雀好，眉清目秀，笑容温婉。她细心地向我介绍服装的风格式样、挂件的色彩搭配。服装试穿，款式风格、肥瘦大小、颜色深浅，是否合适相宜，都温言细语，坦诚相告。这倒很难得，多数商家只会违心地说好。见她名字不俗，我问雀好何意呀？她笑言是牡丹的一种。怪不得举手投足间，清新出尘，原来是花王的气韵哪。

她是我的微信好友，常在朋友圈晒一些自己拍的图片：精美的手工编织，装饰着有趣的图案，灵动可爱；应季花草、各式盆栽，红花绿叶，生机勃勃，让人感觉满屏的春色扑面而来；写的字、画的画、撰的文，勾画描叙，皆能看出主人的用心，更难得的是每次晒图时的缀文，虽短，字里行间却透着质朴。

雀好一边和我闲聊，一边忙着手工——她在编织一条米白色的围脖。上次我来店里时看到她脖子上戴了一条，上面钩一朵小巧的梅花，十分漂亮，诚心夸赞了一番。当时她问我喜欢什么颜色的，我说她戴的颜色就很美，衬肤色，缀上那朵红梅，特别亮眼。

"一会儿就能收针了，美女姐姐戴上看看合不合适。"雀好将围脖向我举了举。看到我疑惑的表情，她笑着对我说："上次你夸围脖好看，我想着织一条送你呢，你不会嫌弃我的手艺吧？"

"怎么会？外面买不到这样精致的手工围脖，简直就是私人订制呀！"我由衷地赞叹。

戴上一试，果然很合适，熨帖肌肤，柔软又暖和。我拿钱给雀好，可她怎么也不要。说和我有缘，是谈得来的朋友，不要嫌她织得不好就行。望着她真诚的眸子，我也不再坚持，趁她转身时，悄悄把钱压在一个花盆底下。

三餐饭式，四季衣裳。既可暖身，亦可暖心。心所需的不是足够多，而是足够欢喜。收藏人生中的小确幸，珍重这一份美好。在琐碎的生活里，安然平淡，不忘初心；在宁静的时光中，解读生活，感悟生活。因为平凡的相遇很纯，浅淡的微笑很美，柔和的细语很暖，单纯的友情很诚，明净的心境很真。慢慢沉淀自己的心灵，才能感受这生命的美丽和淳厚。

（原载于 2016 年 7 月 20 日《宿迁日报》、2021 年 3 月 12 日《江苏工人报》。）

细雨有声

　　因今天约好，要去新河的小姨家做客，便早起梳洗。推窗一看，才发觉外面下雨了。吃了早饭，淅淅沥沥的雨，仍没有停下来的意思。家离站台还有一段路，看时间充裕，我就撑伞走过去。道路上徐徐移动着的雨伞，五彩斑斓，像雨中飘着的花朵，是雨天一道亮丽的风景。雨下得不猛，却也不算小，虽是初夏时节，微风裹着雨丝，拂过身边，还是有些许凉意。

　　公交站台三三两两候车的人，也并不显得急躁。站台上停放着一辆小三轮环卫车。车上坐着一位老人在打盹，她穿着橘黄的环卫工作服，却在腰间裹了一层黑色的塑料袋，可能是怕雨淋湿衣服。老人是一位六十多岁的大妈，黑瘦的脸上，满是岁月的沧桑。雨水冲净了路面的尘土，扫帚静静地停靠在车旁，像主人一样，仿佛也在享受这场雨带来的难得的空闲时光。

　　虽是雨天，但车上的人并不少，几乎满座，只有一个清秀姑娘身边有空座，却被她放上手提袋和雨伞。我看她那张漠然的脸和沾了雨水的袋子、雨伞，心想还是站着吧，路程也不远。清秀姑娘前排一个胖胖的小姑娘转身抵了抵那个占座的姑娘，她才从空座上提下袋子、雨伞。我看到座位上有一摊污渍，心想，算了，还是站着吧，十几分钟就到了。也许心底是不想挨近那张冷漠的脸。站好后，我开了免提给小姨打电话。我没有方向感，有点路痴，她让我到新河街下车，在第二个红绿灯附近，等她开车来接我。

到了街头，有几个人下车，我刚想下去，那个胖胖的小姑娘拉了拉我说："不是叫你在红绿灯附近下车吗？还没到呢。这是第一个路口，你下车的地方在下一个路口。"我看向这个热心又细心的小姑娘，连表谢意。公交车又开了一段路后，我和小姑娘一起下车，她手指了指前边说，那就是红绿灯。我说，谢谢你，美女！望着姑娘朴实的笑脸，心头暖暖的。

小姨一会儿就开车来了。到了小姨家，一下车，就闻到一股淡淡的花香，沁人心脾。小姨家上下三层、六百多平方米的别墅，很是气派，房子四周都是郁郁葱葱的花草。"榆柳荫后檐，桃李罗堂前。"新河是远近闻名的花乡，这里家家户户的房子都被美丽的花木环绕。"雨中草色绿堪染"，刚才在车上，已经饱览了一路芳菲，眼前更多名贵花草，在雨水的滋润下，越发娇艳。空气格外清新，深嗅一下，让人心旷神怡，真是一个天然的大氧吧。

临窗远眺，院前屋后的景致一览无余。

正是樱桃成熟的季节，院子里的两棵樱桃树，缀满红红的樱桃，饱满诱人。杏子、桃子褪去青涩，渐渐变黄变红，被雨水冲洗出光泽来。而月季正开得稠密，红粉黄紫，争芳斗艳。最妙是院前的一处池塘，很多睡莲依偎在一起，花瓣白的、蓝的、黄的、粉的，开得热闹，远远望去，像雨中眨动着的小眼睛。朦胧的雨丝衬托出一幅生动的田园水墨画来。

滴滴答答的雨，落在窗台，有温软的回声，滤去繁杂，让人能够安静下来。停下来，暂且放下俗世的追逐，只享受这一刻的轻松。就像那位环卫老人，在雨中偷闲的小憩，不去想晴日里的劳碌；就像我只会记住淳朴姑娘美好的笑脸，而忘记清秀姑娘的冷漠；就像欣赏雨中花草与果实带来的愉悦，不去抱怨道路的泥泞。

　　雨中归来，如丝的细雨，洗尽尘埃，让心境也清爽了许多。如是，暂且放下所有的烦虑，只在暮色里聆听细雨的吟唱。

　　静夜无思，细雨有声。在这滴答的雨声里，一定会有一个安稳甜美的梦在等着我吧。

莲 意

六月，赤日炎炎，一年中最热的季节，许多植物在酷夏的灼烤下无精打采，只有荷塘中的荷花精神抖擞，愈开愈妍，因而，六月也称为荷月。荷又名莲花，在盛夏里怒放，出尘的花朵，田田的叶子，初结的莲子……你似出浴的佳人，用明媚的眼波，在微风中，抛来阵阵清凉，用如水的柔情涤去燥热，让人忘却烦恼。

白莲与红莲，一样绚烂如明珠，耀目惊艳。顶着三伏的阳光，恣意绽开。端庄高洁，坦露赤诚。宛如清逸的雅士，不枝不蔓，胸无杂念。亭亭的茎，高出水面，将霞光辉映澄塘的画卷，在清波里，荡开诗意……

喜欢夏季里的这份热烈与素净。一粒种子，在黑暗中，无论经历怎样的挣扎苦痛与煎熬等待，终究以无惧的姿态，努力向上，单纯地绽放。花开独枝，澄明净植，若君子之范。心如明镜，无尘无埃，在一湖碧波里悄然独立，安静美好。泰戈尔说"生如夏花之绚烂，死如秋叶之静美"，此花当为莲。

"红衣脱尽芳心苦。"秋来，莲安然故我，静谧清灵。在烟雨蒙蒙的氤氲中，在秋阴霜飞的晨昏里，留得枯荷听雨声。红颜褪去，风骨彰明，更似笔墨的白描、琴韵的灵动。记忆里深刻的，还是你凝立水中的娉婷，迎风浅笑的明媚。此时，在摇落花瓣后的孤寂里，是否悱恻着你心底的一丝忧伤失落？

　　阳光碎暖，流光潋滟，零落，并非这一季的终结。在静默里，在泥沼间，在隐忍的黑暗中，深藏着的，才是你不渝的初心。你萌动的情愫，酝酿发芽，果实，在悄悄地生长。

　　风中摇曳的，是你头顶的婀娜，风姿从容。在泥泞的黑暗里，一节节，努力生长的，方是你一颗颗晶莹剔透的心。忘记世界的纷扰，在湖底的深邃里坚韧地穿过，探索前行，终得圆满。

　　"水上摘莲青的的，泥中采藕白纤纤。"不迷恋消逝的芳华，向着白云，面朝太阳，于蓝天下，展露别样的风采。圆鼓鼓的莲蓬、白嫩嫩的莲藕，是生命奉出的精华。走近你，走近那芳香与饱满，人们脸上是掩不住的丰收的喜悦。清苦的莲子，清甜的藕芽，煮羹煲汤，下火滋补，餐桌上的给养，是无私的馈予，让人感受到这个世界的爱与善意。

　　经风历雨，依旧花开嫣然，你将美与圣洁留在世人心中，独把苦深埋莲心。这拥有佛性与禅意的植物，立于淤泥，却不染纤尘。莲者，怜也，大自然对虔诚者的慈悲与眷顾，是对一粒种子不懈努力的怜惜，也是对水面下那些看不见的根和本，在艰辛中执着成长的回报。

　　（原载于 2016 年 7 月 22 日《宿迁日报》、2016 年第 4 期《石榴》卷首语，原名《灼灼荷花瑞》。）

临窗听雨

　　午后的一场大雨让气温下降了许多，风透过窗子吹进一阵阵的凉爽。因为眼结膜有点发炎，医生嘱咐尽量少看手机和电视。原来天天看手机，好像形成了一种习惯，早晨刚睡醒、晚上休息前、白天空闲时，几乎都是在翻看手机，兴致盎然。这几天没看朋友圈，反而兴趣索然，没有了想看的欲望。仔细想想，每天乐此不疲，走马观花翻看各种的晒：吃的美食、游的风景、工作的、感想的、推销的……既浪费时间又没多大意思。倒不如在这样一个凉爽的夏日午后，安静地看看书、喝喝茶，想一些旧的物事，或者闭上眼睛什么也不用想，放松一下身心。

　　一直喜欢下雨的天气。四季的雨各有不同的美。春雨柔媚，秋雨缠绵，冬雨冷峻，而夏天的雨却是最随性的，亦最叫人欣喜和向往。它有一种潇洒的脾性，说来就来，想走就走，狂放不羁，干脆利落，从不拖沓痴缠。"江村入夏多雷雨，晓作狂霖晚又晴。"我想古人大抵是很喜欢雨的，雨可入诗入画入梦入心。"昔我往矣，杨柳依依；今我来思，雨雪霏霏。"诗经《采薇》中描写冬日雨雪纷飞的诗句就像是一幅画，把一个离家多年，饱受戍役劳苦将士的心情表达得淋漓尽致。"小楼一夜听春雨，深巷明朝卖杏花。"陆游《临安春雨初霁》中酥润的小雨，淡雅的春意，令人想起江南湿润葱绿的幽幽春色，似浓而淡，浅浅且深，深而又远。而李商隐的《夜雨寄北》让诗人独对秋雨孤寂，以雨寄思，情丝委曲，悱恻缠绵。苏轼的《饮湖上初晴后雨》以明快的笔调把山峦在细雨中迷蒙的秀丽景色，描绘出别有的一种奇特的美。

而现时我窗外的雨也是惬意酣畅的，淋漓而尽兴，把饱满的情绪漫天挥洒开来，如果雨是天空的眼泪，那就在电闪雷鸣中流一个痛快，要是还不够奔放，再顺带点狂风撒撒野。夏天的雨真好！直接、猛烈、无遮无掩，尽情地释放，从不压抑自己。

此时，阳台外面的树、花、草沐浴在大雨中，独具一番韵致。几株月季花粉红的花瓣，在深深浅浅的绿色草木中显得尤为醒目。一架葡萄的藤蔓已爬满了支架，雨水落在那一串串葡萄上，越发显得青绿可爱。路旁两棵毛桃树上的桃子，也被雨洗得发亮，青中透红，鲜明欲滴。远处的每一棵树都绿得饱满厚重。草尖上、花瓣上、树叶上、瓦楞上……浮尘沙土，所有的无根之物都被冲刷得入定成泥，落地为安，像蠢蠢欲动的心，归复平静。

雨是嘈杂的，有雷鸣的音，有闪电的光，有雨滴落地的沙沙声，给人的感觉却是极安谧的。也许是因为下雨，到处湿漉漉的，哪也去不了，就安了心。即便是在路上，有行人，有车辆，但撑起了一把伞，就像是隔挡住了周边的扰攘。因为晴天太过明亮，步履杂沓，声光喧腾，阳光仿佛有一种催逼人的气势，让人无法慵懒。

没有电视、手机的干扰，只静静聆听窗外的雨声，心境祥和，也不失为一种情趣与满足。听雨读书，读书会因雨声而平添一份浪漫，让人思绪悠邈。在雨的宁静中，有一书在握、一茶在几，静坐而思，远离尘嚣是非，只一己之灵魂神游书中，思接古今，可穿越时空，与先贤对话，是一种精神境界的超脱。雨和书一样能滋养人的灵性。雨滴落下的沙沙声和笔在纸上落下的沙沙声，竟是如此的和谐悦耳、美妙动听。一位名诗人曾有心得寄语：不要在手机或电脑上写诗，一定要用笔在纸张上面写，才能写出好诗。写诗如是，写文亦当如是。也许，只有当笔尖触摸纸的沙沙声，才能使人的思想安静下来，才能让人的心性沉淀不浮躁，才能打开心灵的翅膀，放飞自我，才能让人自由翱翔于文字那片广阔的天地间。

雨声渐小。疏风细雨，风过窗棂，雨打台阶，隔一帘，雨落檐如丝，观景可诗可画，聆音似梦还真。其境空灵，其意清幽，其情安然。点点滴滴皆入心，心境被这滴答声熨帖得净明清爽，似涤荡去无形的重，有一种说不出的轻松。一杯淡茶可暖心，几页诗书能怡情，旧物旧事足可怀念。安享这夏日午后的清闲，可以想些什么，也可以什么都不想，诸般杂事暂且放在一边，只静静聆听雨声就好。

（原载于 2017 年 8 月 18 日《江苏工人报》。）

沂河淌的早春

这个春日的午后，风或许尚带着些许凉意，但温暖就像藤蔓一样，已从心底向外滋长。一个人驱车前行，想去看一看沂河淌的春天。孤寂，苍茫，却丝毫没有寒意。走在大堤上，春风拂面，暖意融融。

走在麦田中间蜿蜒的小道上，眼底是麦苗大片的绿色。在早春二月的微风里，绿得昂扬，绿得饱满，绿得喜悦。田间手持风筝的孩童们嬉戏奔跑，丝毫不用担心踩疼麦苗柔韧的叶子，它的根，已经深深扎入泥土，经过一场春雪的洗礼，越发坚韧。树木、野草，大多还是沉静淡然，没有过早表露它们的急切。偶尔发现几种不知名的草木，已悄悄探出绿色的小脑袋，在这片浅黄的枯草间，有种突兀的醒目。

和麦田相邻处，有多片的浅水池塘。水，清澈见底，水草慵懒地伸展着腰身。池中的芦苇和菖蒲尚没到生出青绿叶子的时候，那浅淡的黄，多像大地那暖暖的色泽，隐隐透出一股恬然的温和。"蒹葭苍苍，白露为霜。所谓伊人，在水一方。溯洄从之，道阻且长。溯游从之，宛在水中央。"看到芦苇，总是不由自主地想到这首秦风，想到蒹葭婆娑的绿裳轻扬，在秋风里依依可人。

蒹葭，是离爱情最近的草，虽然繁芜，却比鲜花平易，素淡而又清雅。走过千年，无论是春水溶溶，夏水漾漾，秋水汤汤，仿若总有一人站在岸边，看着这芦苇大片大片地开过。从新绿，到浓翠，再到微黄……绿叶摇曳，白花旋舞。隔着苇丛远眺，看看有没有伊人站在水之湄，亘古不变的，唯有那份深远执着的情怀。

春风尚未完全唤醒沉睡的泥土。不到耕种的时节，正是农人闲暇、气候宜人的时候。几处池塘边有农人垂钓，其情趣似不在几尾鱼虾，更似在这明媚的春日里，放松一下封藏已久的身心。

啾啾鸟鸣，天空高飞的鸟儿，掠过这片麦田，飞过沂河淌那片更宽广的水域。水光激滟，随手拍下，便是一幅绝美的画面。太阳倒影于河面，两个圆遥遥相映，阳光的金辉与水面的波纹，相映出奇妙的美景。欸乃一声山水绿，一叶扁舟过，在渺渺处有人摇橹清歌。高空的白鹭翱翔，岸边的白鹅悠闲，坡上的羊群正于林间低头觅食。枯叶中冒出簇簇新绿。

最喜人的还是荠菜，多是密密地挤在一处，锯齿样的叶片柔软地紧伏地面，有一些已开出小白花来。俯下身子，仔细地看，你会发现一只蚂蚁或是几只瓢虫在松软的土地上爬行，虽然还没到春雷萌动的惊蛰节气，小动物们已被春风惊起。

"愿借天风吹得远，家家门巷尽成春。"在这春寒料峭的空旷里，总是梅花传递最早的春意，怒放春天的第一缕灿烂。几树红梅毫不吝啬它们的美丽和香气，空气里氤氲着芬芳。春，正一点一点地走近，不等梅花落尽，杏花的芽苞就已鼓起，柳树枝条的鹅黄也急急地吐露心声，那边妖娆的桃枝蓄势待发，正暗地里攒着劲儿。

沧桑的沂河淌，你从齐鲁大地奔流而来，从这苏北平原透迤穿过，婉转萦回，像一根银弦，一路弹奏，淙淙流淌，生机勃勃，滋润农田草木、鱼虾生灵。我望见靠近河岸的一艘渡船，好像渡口一样悠久。此时，它静静地停靠岸边，只有陈旧的桅杆斜搭船身，饱经风霜，就像沂河淌的历史一般久远。

我们都是这生命长河中的匆匆过客，站上摇晃的船头，感觉时光亦如汩汩流动的河水，分分秒秒永不停歇。河两岸的草木，总会在秋风里变黄、枯萎、凋零、衰败，又总是在来年的春风里萌动、发芽、泛绿、蓬勃。而柔柔的春风，也会吹醒我们内心深处的"种子"，就像吹醒万物生灵，吹醒沉睡的梦。

（原载于 2020 年 3 月 27 日《江苏工人报》、2020 年 3 月 28 日《粮油市场报》。）

沂河淌的麦田

沂河原为古泗水的支流。沂河下游新辟排洪河道，为泗、沂、沭河洪水东调南下的重要组成部分，绵延几百里。宽阔的沂河直通黄海，沿岸长满茂密的树木，幽静的树林是小动物们的天堂。这里自然环境好，风光迷人，广阔的水面，碧波如镜，时常能看到一些珍稀的飞禽在河畔徜徉。

春天时和友人一起去看沭阳沂河淌桃花岛上的桃花，娇艳的桃花盛开，像粉色的花海，我的目光却被河流对岸，大片绿色的麦田吸引。

沂河淌的麦田开阔辽远。它是河岸边村庄上农民的土地，和别处的土地一样，都是秋种夏收。因为地势特殊，夏季汛期，上游沂、沭、泗河洪水需取道沂河淌东调入海，沂河淌一年只能种一季小麦，还要抢收抢种，要不，有时一场洪水就能使一年的辛苦付诸东流。它原先的种植面积并不大，后来陆续建了多道河闸，人工便可以控制泄洪，在沭阳沂河可以排水放水的许多河流中，沂河水向南可以从柴米河、柴沂干渠排掉，向北也可以从沂北干渠、后沭河、岔流河、沭新河，然后经蔷薇河、古泊河排掉，现在种植面积就逐渐变广。但沂河淌是泄洪区，有时上游要减少水库的压力，会在六月中旬左右放水，小麦收割日期也是尽量提前。好在沂河淌辽阔空旷，日照时间长，麦子生长周期缩短，会比其他地方的小麦早熟，一般不影响收成。

一水之隔，阳光下的麦田像是另一片海洋，那微风下起伏的麦浪是如此的近，又仿佛一下子荡开出久远。

我行其野，芃芃其麦。这是出自《诗经·鄘风·载驰》里的诗句，描写许穆夫人归途的所见所思。麦苗青青，长势正旺。作者有救国之志、爱国之心，可壮志难酬，不免苦闷，故而行动迟缓，行走在田埂上，这田野中的麦浪就好似她起伏不定的心潮。

几千年了，人们与麦子，互相依靠着、守候着，渗透进忧喜、甘苦、爱惜、感恩的繁复情愫，休戚相关，形影相随。

绿油油的麦田能让人嗅出青涩和成熟的味道来，这陪伴人走过四季雨雪风霜的麦子，历经秋凉、冬寒、春暖、夏炎，走过了一个生命孕育的长度。令人叹服它不卑不亢、芒刺如锋的风骨，又敬佩它毫无保留、最终完完全全奉献的精神。它让人怀念起故乡，怀念梦境里那些裹着麦香的笑容。

秋天是最丰富的季节，花木萎谢，瓜果丰熟，凋零与希望共存。而麦子则是农人在深秋里播种下的希望，是秋天存放在土地里的秘密，是土壤擎举起的湿漉漉的梦境。在微凉的晨曦中，褐色的麦子和农人的汗珠一起洒落进刚刚犁开的肥沃泥土。种子们静候着霞光的温和，在虫声的低吟中、鸟鸣的啁啾里，暗暗地攒着力，探出婴儿般娇嫩的绿苗来。

冬天的麦田是最醒目、最喜人的，翠绿得像青葱少年。四周一片空旷萧条，望着远处翠色的麦苗在田野里生机勃勃，头顶恬淡的云飘过，身边轻缓的风吹来，农人的笑脸就在暖人的冬阳下舒展开。村庄、麦田，是如此安静闲适，像意境融彻的水墨，守着这片绿，农人夜晚的睡梦就更踏实温暖。

雪花是珍贵的礼物。皑皑白雪就像一床棉被，覆盖住麦苗，像是它最美的图腾。"今冬麦盖三层被，来年枕着馒头睡。"农谚说得没错，大雪能冻死那些躲在泥土下面的虫子，明年又是一个好收成。麦苗像被无数精灵的小手温柔地抚摸过，它打个哈欠又幸福地睡去，等着春风唤醒它呢。

早春的麦苗还是柔软的，那些放风筝的孩童追逐五颜六色高高飞起的纸鸢，尽情地在它身边嬉戏奔跑，此时，它还没有长出筋骨，不怕踩踏。

粉红的桃花开了，洁白的梨花开了，金黄的油菜花开了，把麦田衬托得更亮了。双飞的燕儿来了，勤劳的蜜蜂来了，翩翩的蝴蝶来了，麦苗又换了一身新绿，它要抽穗扬花了。只一夜间，哦，不，是一瞬间！蝴蝶、蜜蜂、鸟雀都屏住呼吸，聆听这天籁的飘落，陶醉在覆满田野的清香里。淡淡地，一阵南风过后，麦芒上空空荡荡，小麦花，就像没有开过一样，这世界上寿命最短的花儿，比昙花更短。小麦开花的时间大约为五分钟至三十分钟，就是这么短促，它把更多的时间留给了孕育、生长。

杏子黄，麦上场。硕大的果子在枝头摇晃，金黄的麦浪在田间涌动，夏季的麦田才是最醉人的，一浪一浪地荡起，氤氲一穗穗的麦香。六月，麦地变黄，麦粒饱满得像汗珠，虔诚弓成了一个圆满。这和大地一样质朴的颜色，温暖而撩人，像农人望向它们的目光，深情而热切，满足而踏实。他们播撒、灌溉、施肥、捉虫、除草，多少个日子的期盼，多少滴汗水的浸润，才换来这丰满的成熟。碧空下，一颗颗金色的麦芒向上，再向上。农人却俯下身体，弯身如镰，用粗糙的双手虔敬地迎接一季季的收割。

看过这样的一句话：麦子的历史就是村庄的历史，麦子的历史也是人类生生不息的历史。是呀，千百年来人们都离不开它，小小的麦粒汲取了土壤最美的精华，它又无私地供给于人类。四季里的麦田，或青或黄，每一幅都是大地上最美的图画，它们辽阔而旷远，朴实而淳厚，默默守候着村庄、河流，守候着土地的灵魂，守候着农人的憧憬。

这大片的麦田，每一株麦穗都是从田野接过的真诚，都是家乡那些粗糙手掌里的纹路，都是背井离乡者眼里隐藏的希冀。它是如此的宁静，仿佛让人一下子打开了宽广的视野，让人有想触摸小小麦芒那战栗的冲动。看着它，你不会孤独，那蓬勃向上的亲和力，就像是对你敞开宽厚又博大的胸怀。

开阔的沂河淌，目之所及，是大片饱满的绿色。葱郁的麦田，调和出明亮的主色调，麦海绿涛涌动，向前漫延，就像没有边岸。草木与村庄衬托这幅大美画卷的恢宏，河流是它的留白，带给人无尽的遐思。

世界上哪一种花的明媚，能比得过麦田的壮丽？隔着河岸，我凝望这片生命之根的茁壮，一些过往，已渐渐模糊远去，只有柔和的阳光照耀着沂河淌这片辽阔的麦海，在微风中波涛起伏。

（原载于 2018 年 8 月 31 日《江苏工人报》、2018 年 11 月 22 日《宿迁日报》。）

沂河淌的油菜花

　　四月是拥挤的季节。芳菲争艳，昂扬的，失落的，热闹的，沉静的，都追赶着向前跑。红红白白，各种花，妍态尽显，有名或无名，恣意开放。而最引人注目的，还是金灿灿的油菜花。特别是沂河淌，那大片的油菜花海，5000亩的辽阔，美得惊心动魄，宛若仙境。

　　远眺，一望无垠，铺天盖地的黄花，一直伸展到远处的天边。那色彩是绚丽的、跳跃的，比金子更诱人，比阳光更耀眼。油菜花，并不是大花朵，它花瓣纤细、精巧。自然地生长，朴素地开放，每一株都那么普通。单个是弱小的，当彼此抱成一团，就成了强大。它们约好了似的，同时绽开。簇拥在一起，株株相依，朵朵相拥，片片相接，汇集成花海，映入你眼帘的是无比的壮观与震撼。这是春日里的一幅醒目的巨大油画，令人驻足，陶醉其中，流连忘返。

　　油菜花恬淡地开，卖力地怒放。简单、纯粹，质朴中带一点羞怯，它有低调的谦卑、宽厚的胸怀。满目遍野的黄，灿烂、温暖，像大地的底色。与任何颜色都相搭，浓淡相宜，令姹紫嫣红越发明艳，即便是单调的黑、白、灰，在它的衬托下也会变得靓丽起来。将游人与翩翩的蝴蝶、忙碌的蜜蜂、高飞的风筝，装饰为亮点。你忍不住要把它定格下来，留在相机里，收在画框间，藏在脑海中。

碧空如洗，明净的蓝，倒映在沂河淌的水域，也映衬这大片的亮黄。花田间道上，一拨又一拨的赏花人，一浪接一浪的欢笑声，激荡开鹅黄海洋的飘逸韵味。走过一道坡，过桥，对面是另一片花海。迎面，一位身着棉麻长裙的女子，撑起缀满花朵的太阳伞，她俯身望向水面。几艘小船系在桥畔，有人坐在船头拍照。河水很清，长满柔软的水草，像姑娘被微风轻拂过脸庞的长发。这诗意的画面，会让你想起徐志摩的句子："波光里的艳影／在我的心头荡漾／软泥上的青荇／油油的在水底招摇／在康河的柔波里／我甘心做一条水草！"

河对岸这片油菜花并不比走过的那片花田更美。我们，总是向往着前方未知的风景，而忽略近边的人事，以为更好的会在前方，而事实令人懊恼，有些错过，已不能回头……好在，美丽的油菜花，尚在花期，如果你愿意停下来，光和香气，就住进了你的心里。

这片花田，种植大概稍早些，花朵不浓密，部分已结籽。花茎也高，一低头就能淹没在花海。此时，风徐徐地吹过，花朵触碰鼻尖，馨香弥漫开来，似有若无。你深嗅一下，微辛、清新、独特，像泥土的芳香。那层层的香，灵动、氤氲，沁人心脾，直达肺腑。清淡的味道，让你放松、舒适，让你全身心投入大自然的怀抱，让你的灵魂有甜蜜的慰藉。仿若徜徉在油菜花那醉人的梦境，逃离了尘世的喧嚣，忘却所有的烦恼，走进心中的桃花源。

登高望远。站上高台，沂河淌的美景一览无余。纯净天空下，干净的麦田，阡陌纵横，幽深的绿与鲜亮的黄碰撞出一组田园风情的水彩；浅水滩处，油菜花的倒影被流水揽入怀中，柔美迷人，摇曳的芦苇、安静的小木舟、低掠过的水鸟，就像指示牌诗句标出的意境，"野渡花争发，春塘水乱流"；远处坡上整片挺直的白杨，枝叶光鲜，青绿中夹带少许嫩黄，如少年蓬勃的身姿，正是最好的时光。

几个嬉闹的孩童映入眼帘，他们笑着，跑着，无私无邪，像昂首挺胸的小黄花。多好！只带一颗童真之心，无牵无碍，这没有拘束的稚子的笑容。不像我们，要背包、拿手机、带饮料……想得太多，无法放下，背负就沉重。

而这大片大片的黄花，它们尽情地盛放，不忧虑，不孤单，不彷徨。没有浮躁，不分柔弱或强盛，接纳四月最亲切的目光，袒露生命努力向上的姿态。挺一挺花茎，凋落了又如何？更多的喜悦与期许，在低处。贴紧根部的黄花瓣，托举更多新生的小种子，像托起最明媚的笑脸。爱极这和内心一样的坚韧、浩大。它渗透你，融化你，在不知不觉间让思绪放空、心胸通透、意境开阔。

地处乡村的水美之地，又与小城咫尺为邻，抬首可望。广阔平整的气势，大气磅礴的壮美，沂河淌的油菜花，自有与众不同的风采。吸引你款款地走向它，亲近它，投入它暖意融融的怀抱。光影里，那些灿亮的花儿，在回眸处，等我们转身。

（原载于 2020 年第 5 期《青年文学家》。）

童年与父亲

在许多人的记忆里，童年是美好而快乐的，令人无限怀想。而我对童年的感觉反而平淡得很。童年是记忆长河里的朵朵浪花，却在时光的流逝中渐渐消散了浪涛。童年的往事像散落在海边五彩斑斓的贝壳，在潮起潮落中我未能捡起那闪亮的一枚。

五岁前，我生活在河南省信阳市，是父亲读书和工作的地方，也是爷爷干革命最终安家的地方，但我们的老家却在江苏。我对于这一段生活的回想，似乎都和吃有关。和邻居小女孩一起抢爆米花吃，要街上叫卖的甜酒酿喝，坐父亲厂里的车去看电影，分享放在车厢里的长长甜甘蔗，还有家中米缸里，那些切得方方正正的大块糍粑和厨房里母亲新炸的芝麻酥……除此之外，就是趴在高楼的窗户前，看外面的风景，其实是等爸妈下班回家的身影。

五岁后，我和母亲一起回到江苏的老家，父亲在我七八岁时才调回江苏，一直在粮食单位工作。

我从小对父亲就充满畏惧。他在没调回来的时候，每逢过年或节假日都会回来，可我总不希望他在家。也许是他对我的学习要求太严，记得他常说，不要和别的孩子去疯去野，好好学习就行。不要说爬树、游泳，这些我不会，就连女孩子都会的跳皮筋、女红编织，我也不会。吃饭时碗里剩下几个米粒也会被他训斥的，这大概缘于父亲是一名粮食人，勤俭节约惯了。在我的童年里，没有对泥土亲近的回忆，没有对玩伴趣事的深刻印象。虽然物质上并不算贫乏，但我的童年缺失了太多的欢乐。

其实，整个学生时代我都很自卑，因为数学不好。父亲调回老家后，常常会问起我学习的情况，特别是数学，我的记忆里没有循循善诱的教导，好像只有呵斥和惩罚，还有就是自己深深的恐惧。直到现在都有阴影，我偶尔还会做梦考试，因做不出数学题而急得从梦中醒来。

不能和其他的孩子一起去玩，我唯一的乐趣是看书。幸好家中的藏书丰富。在上小学时就翻看父亲那些古旧的线装书，不是太懂，有点囫囵吞枣的感觉。初中开始就喜欢读唐诗宋词和一些中外名著。当然是偷偷地看，也越发偏科得厉害。最高兴的是老师在课堂上读自己的作文，最害怕的是放假回家，父亲看我成绩单上数学的分数。

小时候，我对父亲的感觉，没有亲近，只有恐惧。也许是青春期的叛逆，我甚至讨厌自己像他一样的尖下巴、高鼻梁，觉得不好看、不自在。在学校，我总是低着头走路。在对青春的追忆里好像没有阳光自信。

成家之后，对父亲的感情也很平淡。每次打电话回家，要是父亲接电话，我脱口而出就是，我妈呢？对我妈讲一下，回头给我打个电话，然后就挂断。偶尔回家，对母亲总有说不完的话，对父亲却感觉没有什么话说。但我每次都从家里带回他亲手种的新鲜瓜果蔬菜，还有他烙的面饼、包的菜合子饼等。

诚然，我性格里的那份不活泼和多愁善感，时时会从心头泛起的那份不安全感，在热闹人群中常常会生出的孤独感，多少与父亲对我小时候的教育有关，但就像是一份执念，为什么久久不能释怀？

前几天，老家的一位亲戚生病，在县城医院住院。父亲说要来看望一下，打电话对我说，次日过来，先到我家，然后再和我一起去医院。

八点多钟，父亲就到了。提着两个袋子，一个装着自家园子里种的蔬菜，一个装着我喜欢吃的新鲜杏子，是刚从杏树上摘下的，满满一大袋。我试一下，好沉！坐下后，我倒水给父亲喝。父亲问我："这几天怎么瘦了？"我笑言："最近没睡好，还不是因为像您，下巴尖，瘦了一点点，就被您看出来了。"父亲打开放蔬菜的袋子，拿出一个小包说："是不是写东西熬夜了？这是我种的芝麻，给你补补脑子。"

我心头一热！父爱无言，在生活的点点滴滴中，以他的深沉诠释着含蓄的情感，也许你只有在某一瞬间才能突然发现父爱的厚重。从乡镇到县城，四十多里的路程，带着两大袋子蔬果，下了公交车，到我家还步行了一段路。七十多岁的老人，这么辛苦，那两只袋子里装的是沉甸甸的、浓浓的父爱呀！

我想起逛街买衣服时，时常会被卖衣服的美女店员问起，我的鼻子是不是天生就这么挺，这么好看。这时我会仰起脸说，要不你摸一下，百分之百原生态。是呀，明明是美的，学生时代为什么会觉得丑？是不是我与父亲的隔阂太深？如果读书时，听他的话，不偏科，学好数学，考上好一点的学校，在对工作的选择上是不是更广些，能够随自己的心意做喜欢的事？如果没有父亲那么丰富的藏书，也许人生会有缺憾，在精神上不会这般的丰盈充实。

亲情是一道永恒的光芒。无须多言，它一直都在你我的身边，虽然各自的表达方式不同，也常常会被忽略，但那份无私的默默的不求回报的给予，应该永远珍藏于心。一份明朗的、温馨的情愫，让世界也因此而变得更加美好祥和、丰富多彩。

我写这篇文章的时候，母亲打电话来，说家里的桃子熟了，要我抽空回去摘。我对母亲说，您把电话给父亲。我对着电话大声说："爸，我明天就回家摘桃子，我想吃您烙的馅饼了……"放下电话，我突然觉得身心好轻松，好像从心底卸下了一个沉重的包袱。

（原载于 2016 年 12 月 9 日《宿迁日报》。）

"抠门"的老爸

老爸是从粮食系统退休的职工，也是一名老党员。也许是身为粮食人的缘故，他一直尊崇"勤俭持家，俭以养德"的古训。但他的做法，在我看来有点不大方，显得太抠门。

老妈常会说他就像个拾破烂的。不怪老妈絮叨，你看：钉子、螺丝、废铁皮、旧木块、旧电线……没有什么东西是他舍得扔掉的，还像宝贝似的用个箱子收起来。他说东西不分贵贱新旧，每样都有它派上用场的时候。不收起来，需要用时想找也找不到。这话听起来好像是有点道理。家里的桌椅板凳，接缝处松动了，老爸就会拿出"百宝箱"里的工具，一番敲敲打打，不花多少工夫就能固牢。不消说在水、电、燃气这种常规上的节省，就连用完的油瓶、酱醋瓶、饮料瓶、洗洁精瓶、洗衣液瓶……也要充分利用起来。他将这些空瓶子修剪、洗刷，分门别类，做盛放大米、小米、糯米、红豆、绿豆、黑豆的容器，或改装成花盆、花篮、手工艺品等，物尽其用。牙膏用完了，实在是挤不出来了，就用干净的剪刀剪开，紧贴在内皮上的一些牙膏，又够多刷几次牙了。肥皂快用完时，零碎不好拿，就装在一个小纱布袋子里再缝上，这样就能干干净净地使用完。真是抠门啊！

在用上如此，在吃上越发不能有一丝一毫的浪费。家门口就是超市，买菜也很方便。但老爸说自己种的菜，绿色健康，吃起来既放心又省票子，何乐而不为呢？

院子里，靠西边有个花坛。一棵石榴、两株金桂，就占了不少地方，还有三两簇月季、几枝栀子花，余下的就巴掌点空地，被父亲充分利用。播下小白菜种子，栽上几畦韭菜苗子，秧数行小香葱，见缝插针地点了不少苋菜、猫耳菜什么的。这还不算，不知他从哪里淘来的那种大肚子的缸和盆，盆盆罐罐又种上了菜、插上了蒜。

老爸从不睡懒觉，家里吃饭向来也很准时，一日三餐，比别人家都稍早些。而且他按人头做饭，精打细算，不剩饭菜。如果不是提前说好，赶在饭点时忽然来了个朋友或亲戚，那饭一定是不够的。想蹭到我们家的饭，真不容易哟。当然，这是句玩笑话，父亲生性随和，还是很好客的。

"吃了不疼，洒了疼。"这是他挂在嘴边上的一句话。无论是干饭、稀饭、冷菜、热菜，他都不糟践一丁点。甚至连菜里的汁水也舍不得倒掉，不是蘸了馒头，就是和在米饭里吃了。为这事，我说过他好多次了，油盐和调味品都溶在菜汁里，吃多了对身体不好，况且他又有点三高。可老爸说，不妨事，他下次烧菜清淡些就行了。吃橘子剥下的橘子皮，洗干净晾晒成陈皮；吃剩下的莴苣，切片、焯水、晾干，制作莴苣干；吃不完的豆角、扁豆也晒成干豆角和干扁豆，留冬天包包子用。有时，我说他小气，他会反驳我，说"谁知盘中餐，粒粒皆辛苦"，每一粒粮食都来之不易，都是农民辛辛苦苦种出来的，都是用一滴一滴的汗水换来的。国家提倡"光盘行动"，要节俭用餐，爱惜粮食。我们粮食人，更要以身作则呀。

凡事亲力亲为，喜欢自己动手的老爸，基本上不出去买东西，也不爱买衣服，说衣服洗干净，穿着舒服就行。但他爱看书读报，每年都会订好几份报纸、杂志。我笑言老爸是活到老，学到老，具有新时代的精神风貌。老爸说他是老党员，党员就要起到先锋带头作用，不能拖后腿。听到这句话，不由得让我想起，今年他不声不响，以一名党员的名义给武汉人民捐出了 3000 元。原来，抠门的老爸也有很大方的时候哇！

节俭是我们中华民族的传统美德。要狠刹奢侈浪费歪风，就要从节约一滴水、一度电、一粒粮的小事做起，从自身的一言一行做起。时时处处不忘勤俭，是一种操守也是一种责任；点点滴滴牢记节约，是一种态度也是一种远见。让其成为习惯，成为大家的生活方式。像老爸一样，将勤俭节约付诸行动，成为孩子的表率。

望着捧着报纸认真阅读的老爸，忽然觉得"抠门"的他，是那样的朴实可敬。

（原载于 2020 年 9 月 5 日《粮油市场报》。）

父亲的家风

　　父亲虽然已经退休了，但耿直的性子却一点也没变，遇到事情要是和别人争执起来，一点弯都不拐。母亲常会摇头叹气说："这个犟驴脾气。"

　　俗话说，严父慈母，我们姐弟小时候就对父亲不太亲近，却常常黏着母亲，因为我们都有点怵父亲的威严。父亲没有调回老家前在河南省信阳市工作，是工厂里的车间主任，也是一名党员。听母亲讲，父亲对待工作严肃认真，严格按标准要求自己，工作上从未发生过偏差和质量事故，每年都是市或省里的劳模呢。救过人、献过血，踏实肯干、勤奋积极，真正具备党员应有的素质。父亲对自己要求严格，同样对我们也要求严格。

　　在我家的大厅里，挂着一幅爷爷亲手写的大字：勤俭持家。每每看到这道劲有力的四个大字，内心总会有所感触，这字也使我们获益匪浅。爷爷是老革命，当年从江苏辗转到河南，就在河南大别山区安了家。后来父亲调回江苏老家，爷爷把他写的这幅字交给了父亲，同时也把一份期冀交给了父亲。

　　父亲调回老家后，就一直在粮食部门工作。20世纪七八十年代，粮食单位还是很红火的。父亲是一个粮站的站长，但为人朴实正直，从不会为个人谋取私利。父亲勤俭节约，他常会说，粒粒皆辛苦哇，每一粒粮食都凝聚着农民辛勤劳作的汗水。父亲从来不会浪费一粒粮食，无论是餐桌上还是粮仓里。那时的粮站还有好多露天粮囤，收购季节，每天收工后，父亲会带着簸箕和扫帚，再仔细地查看一下粮囤周围，看还有没有散落在粮囤外的粮食，看到就扫起来，颠簸干净放在一个粮袋里，第二天再放进粮仓或粮囤。因为个性耿直不圆滑，有时难免会得罪人。单位里总会有些"聪明"又会投机取巧的人，这些人如果是犯了原则性错误，父亲就会丝毫不留情面，往往叫人下不了台。母亲会劝父亲说话要委婉些，不要那么冲，可父亲从来都听不进去。看到不爱惜粮食的人，更会义正词严地训话。"一粥一饭，当思来处不易；半丝半缕，恒念物力维艰。"在勤俭的父亲眼里，浪费就是腐败。

父亲对自己的穿戴也不大讲究。母亲为他买的新衣服他很少穿，只有偶尔外出或是去亲戚家才会穿。平时都穿着旧衣服，总说衣服不在于新旧，只要干净舒服就行。有时衣服的袖口和领口磨损破了，也舍不得扔掉，而是叫母亲找裁缝重新换一下领子、袖子，再继续穿。袋装的洗衣液快用完时，不容易倒干净，就剪开袋子，这样里面剩余的部分又可以用一次了。后来，我也学会了这种方法，洗面奶用到最后挤不出来时，用剪刀剪开，有时还能再用上一周左右呢。

我家原来住在粮站生活区的最南面，那儿有一处宽广的空地。父亲就种上一些蔬菜，还有果树、花树。每年的春夏，园子里花儿开得热闹，桃杏的果实香甜，蔬菜也长势喜人。我家的园子是开放式的，父亲的同事和在粮站上班的工人（装卸粮食的农民工），都可以到园子里随意摘取。勤俭的父亲这时候变得特别大方，总是笑眯眯的。他说，和大家一起分享自己的劳动成果，是一件特别开心的事情。黄瓜、西红柿结得多的时候，正是粮站夏季收购最繁忙的时候。父亲把洗得干干净净的小黄瓜、西红柿装在袋子里，送到每个上班的同事面前。

　　父亲退休后也停不下来。没有土地种菜，就养一些盆栽植物，各种花草被侍弄得枝繁叶茂。他还会废物利用。厨房里用剩下来的空油瓶，经过父亲的加工后，就变成装米或豆子的器皿。小一点的做成精致的装饰品，可以盛放一些零碎的小东西。好像什么东西只要一经他的手就能变废为宝，小木片能做成凳子，或摆放杂物的隔板。有些已经破损的家具，在我看来快淘汰了，父亲敲敲打打后，又能用上好几年。在父亲眼中每样东西都是不能浪费的。择下的蔬菜叶子，他会清洗干净后切得很细再放在盘子里喂鸡，他说这样鸡吃起来方便，就不会糟蹋了。用水用电就更不用说了，洗过菜的水是用来浇花的，淘米水要留着洗碗。随手关灯，看电视也不开灯，我有时会说他，这样对眼睛不好，可以装一盏小点度数的灯，他就是执拗不听劝，他说自己会按摩，每天做做眼保健操，眼睛没事的。

　　父亲常说"勤俭持家"不能只是在嘴上说说，要从一点一滴的小事做起。要持之以恒，要心细手勤。就像一面镜子，你要常照照才能随时发现自己的不足与弊端。父亲虽然脾气执拗，正直严肃，没有让人如坐春风的那份温情，但他质朴的品质就像一盏明灯，照亮着我们前行的路。

　　有父亲良好家风的熏陶，耳濡目染下，我们姐弟都养成了勤俭节约的好习惯，不会铺张浪费。在外面吃饭，把吃剩的饭菜打包，在我们看来是件很自然的事情。有时看到没有关紧的水龙头，总会上前拧紧。不论是在一些公共场所，还是在各自的单位，或是在自己的家中，对公对私都恪守俭约的精神，时刻注意自己的行为。只有把勤俭持家的优良家风时刻牢记于心，更好地去规范自己的言行，才能成就美好的人生。我们要把这种可贵的品德一代一代传承下去。

（2017 年 6 月《父亲的家风》在市反腐倡廉作品征集活动中获得优秀奖。）

父亲的老玉米

街角飘来煮玉米的诱人香味，我随手买下一穗。繁华的街头，只要想吃，一年四季，无论是热闹的摊位还是雅致的店面，随时能买得到煮玉米。紫玉米、白玉米、黄玉米、花玉米、糯玉米、水果玉米……种类繁多，应有尽有，而且甘甜香糯。虽然大多玉米甜脆、饱满、体形优美，但市面上的玉米有不少口感过于甜腻，像加了糖似的。我还是喜欢那种本土的玉米，有自然粮食的馨香，特别是父亲种植的夏秋时成熟的老玉米。

父亲在粮库上班。那时我们家也住在粮库，住所边有一道围墙，围墙外有一片空地。知道我喜欢吃煮玉米，除了蔬菜、瓜果、黄豆外，父亲每年都会特意在那块空地种上几排玉米。大概是从小吃了很多苦的缘故，父亲对土地和粮食有着由衷的热爱。他种的玉米，一定要等棒子快成熟了再掰下，说太鲜嫩的玉米虽口感甜软，但缺了老玉米特有的香味，况且时间短，没长足，早掰下有点可惜。那灿黄的颜色，清甜的味道，是记忆中口粮最初的模样，回想起来尽是亲切和快乐。

春天到了，父亲开始拾掇那块土地。整土、点种、浇水、施肥、除草、捉虫，每个环节都做到细致、认真，就像他对待工作的态度。春风化雨，一夜之间，小雨滴滴答答地下着，禾苗被滋润得赤子般可爱，它们贪婪地吮吸大自然甘霖的营养，生机勃勃，越发葱茏。雨霁天晴，万物清新，让人的心情亦更敞亮起来。

父亲关心着他播种的玉米，便信步到玉米地里走走。娇嫩的苗儿刚刚出土，怕被风吹歪了，他要一株株仔细地察看，发现有歪的就扶正苗子，用湿润的泥土培根。他温和的眼睛里满是慈爱，动作轻柔，对待禾苗就像对待自己的孩子一样。在他的精心侍弄下，禾苗一天天长高、变壮。一层层青绿，一层层油亮，一层层摇曳，走进它的"黄金时代"。玉米苗长到半人高，就开始抽穗了，它们蓬勃喜人，茁壮地生长，像排排整齐站立的哨兵。望着自己亲手打理的"杰作"，父亲的心情就像五月天喝凉茶——美透了。

经过风雨的吹打、阳光的沐浴，亦被父亲细心地呵护，玉米一天天长大、成熟了。这时候，父亲会像将军一样到玉米地里巡视，他欣慰地看到曾经洒下的汗水变成了闪亮亮的金黄。开始收获果实了，他一株株地看过去，挑选颗粒饱满又成熟度高的老玉米，把最好的玉米摘回家，叫母亲煮了，那齿颊留香的味道让人留恋至今。

一季下来，能吃好长时间的煮玉米。等玉米棒子熟透，就无法煮着吃了。收下来，脱粒、晾晒、收藏，金灿灿的玉米能做出好多美食。磨成粉，做糕点、窝头，做玉米面稀饭，做玉米凉粉。当然，它还有更广泛的用途，可以制作淀粉、佐料、食用油，酿造玉米酒，加工牲畜的饲料等。玉米不仅味美，而且营养价值和保健作用大，有益身体健康。玉米的维生素含量非常高，是稻谷、小麦的五至十倍。虽是粗粮，但因物美价廉，而且是一种绿色食品，反而越来越受到人们的青睐。

搬了新居后，没有多余的空地种植玉米。劳作惯了的父亲只能在庭院的花池中，见缝插针地播种点小菜、葱蒜。那黑黝黝的土地、黄澄澄的玉米成了父亲的一种记忆。而老玉米的味道一直萦绕在我的念想里，就像父亲种植玉米的身影一直萦绕在我的脑海里。

（原载于 2021 年 6 月 19 日《粮油市场报》。）

月　季

　　看花亦如看人，会脸盲，比如牡丹、芍药，比如玫瑰、月季。父亲喜欢种菜，也爱种花。原先菜园的四周种植了很多颜色各异的月季和玫瑰。我对玫瑰、月季，就有点傻傻分不清。感觉除了花朵和叶子的大小有点区别外，其他的，在我看来大抵是一样的，连枝条都一样，生满扎人的小尖刺。

　　现在院中的花坛不大，父亲还是在菜地边腾出点空隙来，没种玫瑰，只栽上了几簇月季。院了里有很多盆栽，像玉树、绿萝、蝴蝶兰、铜钱草等各种花花草草。而月季一直是园中的宠儿，父亲的月季一定是要落地生根的。不屈居于盆盆罐罐的月季和那些不喜被笼樊羁束的鸟儿一样，有倔强的脾性，只有在广阔的天地里生长，其生命力才能更丰盈。

　　月季的倔，又如同它枝条上的刺，有时会伤人伤己。这一点和父亲十分相像。

　　父亲的性格有点宁折不弯。曾经因爱较真儿，为工作上的事情得罪过同事。对于生活或工作中的一些阴暗面，一般人睁一只眼闭一只眼就过去了，但在父亲那里绝对不行。生性耿直的他，是那种眼睛里揉不进沙子的人，爱憎分明，有一说一。可得罪了人，就会遭人记恨。有一段时间，父亲时常沉默寡言。后来听母亲说父亲的清白被人污蔑，他的工作也受到排挤。人的一生常会经历坎坷，其中很多伤痛来自身边熟悉的人，比如朋友、同事乃至亲人……因为知己知彼，晓得你的弱处，深谙你最在乎的东西，所以背后伸出的刀子才最狠。但清者自清，他还是改不掉仗义执言的性子。

有时，我会劝父亲，做事不必太较真。可父亲到老也不曾改变他的为人处世之道。他认准的道理，没有谁能说得动他，依然是个倔强的老头儿。我嘴上劝父亲要学会顺时行事，可对于一些不好的事情，有时看不惯，自己也无法做到圆滑应付。看来，有种东西一旦生了根，就是流在血液中、刻在骨子里，是永远无法改变得了的。

花的一生亦如人生，惊艳者，众星捧月般的尊贵，普通者，平平淡淡度春秋。

月季是很普通的花，普通到常被人忽略。唯其平凡，不必费时费力去远方找寻，它似乎一直静守在你的身旁，从春到冬，四季都能见到它默默开放的姿态，这何尝不是它的优点？此外，它品种多、花型靓，有单瓣也有重瓣，四季开放，又名月月红。香气浓郁，有花中皇后的美誉。生命力强、花期长、色彩艳，骨子里却有种无欲无求的淡泊。

记得我读中学时的某个冬日，父亲从外面折回一朵鲜艳的红月季。这是长在房子前面围墙边的一株野月季开的花。原先我路过时，曾看到过那株月季，没想到它能在冬季里开放，还是在下雪的时候。父亲找来一个花瓶，放些清水，插上月季花，摆放在我们的餐桌上。月季花的明媚，顿时让房间里显得格外明亮起来，仿佛驱走了寒冷，生出许多温暖的气息，心里也亮堂堂的。窗外那轻若羽毛的雪花似乎也裹挟了它的香气。似有若无的香，不藏着掖着，大大方方地飘散开来，清清淡淡，和饭菜的香混合在一起，沁人心脾，熨帖我们的肺腑，真是一种说不出来的愉悦享受。

"花开花落无间断，春来春去不相关。"春兰秋菊，夏荷冬梅，各呈一时之秀。只有月季，花开不厌，一年常占四时之春。在它美艳的外表下藏着朴素的特质。月季不争名，不求利，有可贵的品质；花色艳丽，有可爱的形态；棘刺尖锐，有可敬的风范。

冬雨连阴，连续几天，天一直灰蒙蒙的，今天难得天气不错。花坛里的几簇月季仿佛也舒展开筋骨，静静地开放，花瓣饱满、颜色丰富，在阳光下开得越发精神。不惧初冬的寒凉，像对世界敞开怀抱。它举着火焰般的花簇，为生活添上一抹色彩，给心头带来温馨满满。

月季虽然平凡，给人的印象不深刻，甚至常常被无视，但无论是篱笆边片片争芳的坦荡、花坛旁簇簇斗艳的从容、阳光下旺盛的焕发、雪地里不屈的昂扬，都是令人欣喜的绽放。只要有适宜的气候，它就悄悄打开硕大的花朵，毫不吝啬地送出它的芳香。

母亲的电话

母亲电话打来时，我正在镜子前臭美得不行。母亲问我吃过晚饭了没有。我说："吃过了，在试穿你给我买的衣服呢，颜色款式都好看，穿着也合身。"母亲很高兴，说她已睡一觉了，醒了就想起打电话给我。母亲习惯早睡，我从她那儿回来时才下午五点左右，冬日天短，她已开始洗漱，说准备休息。我看了一下时间，已七点多钟，叫母亲挂了电话再接着睡。

我是个粗心的人，平常无事也想不起来给父母打个电话。父亲耳背，大多时候是母亲打电话给我。也许是怕打搅我，母亲一般不打电话来，打电话来多数是说些有点烦心的事情，虽然都不是什么大事，但时间一长，接到母亲的电话，下意识里就有点小抵触。

一次，母亲叫我带一个门锁和电饭煲，说电饭煲要稍大点的，过年时大家都回来，人多。门锁超市很少卖，市场上多些。那天，我去市场转了转，看到有卖电器的店铺，我打电话问母亲电饭煲要多少升的，什么牌子的，母亲说她也说不上来，就是比原来的大点就行。我犹豫半天，买了一个适中的，和老板讲好，不行再来调换。还没出店门，天就下起了大雨。出门时，天就有点阴沉沉的，但忘了带伞，只好等雨下小些再走。雨，越下越大，半个多小时还没有停下来的意思。接近中午，店主已开始忙着做饭。这场雨下得人心焦。好不容易小了点，我小跑着，奔向卖锁的商店。店老板问我锁芯的长短，我打电话问母亲大小，她说不懂，问颜色，她也说随我选。或许是没了耐心，我的声音有点大。母亲听出我的不耐烦，说下次不要你带东西了，就挂了电话。最终我交了押金，两种锁芯都要了，到时再将不合适的拿回来退。那天回去，心情有点低落，自责对母亲的态度。

我想起母亲年轻时候，高挑美丽，气质出众。母亲虽然出生在20世纪50年代，但家境不错。姥爷、姥姥他们两家都是世代行医，双方都是有好多商铺良田的大家庭，姥爷又是十里八村很有名的医生。所以母亲他们小时候没吃过什么苦。母亲是老大，只读到初中，几个舅和姨，都在县中读了最好的学校，母亲在他们兄弟姐妹中算是读书最少的了。嫁给父亲后，母亲发挥了在家中做老大的优势，把一家人的生活打理得井井有条。

母亲生性善良又大方温婉，无论是邻里乡亲还是单位同事都称赞母亲，性情和善，待人真诚。记得那时，我读书住校，寒暑假回来，时常看到母亲班上的阿姨和姐姐们到我们家串门，那些大姐姐都想做母亲的干女儿，什么知心话儿都和母亲讲，还会"吃我的醋"，说能做母亲的女儿真是幸福哇！学校离家远，母亲逢周末常会去学校看我，每次去准带着几样好吃的。她的手巧，炒的小菜和做的糕点可口又精致，大包小包的，分量也多，室友都沾了我的光，享足了口福。同学们也特别羡慕我，说我的妈妈好看又能干。

二十年、三十年的光阴就如流水一般无声地逝去。星移斗转，能干又要强的母亲，渐渐衰老，她对生活的那份安然淡泊，是否也被俗世的烟云湮没？

我也知道她现在身体上的一些衰弱和病痛，她有好多事情想打电话和我说说，可我有时候没耐心的语气会让母亲伤心，不像是安慰她，倒像是有些许的抱怨。

回想原来在家时，上学读书以及后来工作后，自己从没有为生活的琐事分过心，什么事情都是母亲一手打理好。除了洗洗自己的衣服，几乎没做过其他家务，好多事情还是在成家后才慢慢学会的。母亲有点溺爱孩子，她自己能做的事情一般都不要我们伸手。可最近这两年，我感觉到母亲好像一下子变得苍老，爱唠叨了，经常会给我打电话述说些琐碎的事。

母亲变老了，但对子女的那份爱没有变淡。

我记得夏天时，母亲打来的那次电话。今年夏天天气特别热，持续高温，而且是三十六七摄氏度的高温。我整个人变得很懒散，不习惯开空调，就待在房间里，除了出汗，什么也不想做。

一天下午，母亲打电话问我做什么呢。我说没做什么。我问母亲什么事。母亲说没什么事，问我最近写没写什么文章。我说懒，没怎么写呢。母亲问这话时，语气里透着掩藏不住的高兴。我很诧异，父母都不用微信，我写的文章他们没有看过，怎么关心起这个来了。母亲说在报纸上看到我发表的文章了，现在天天去邮局拿报纸回来看呢。

听后，我心里酸酸的。我说天这么热，不要天天去邮局了，我最近也没投稿，不会有我的文章登出来的，如果有发表的文章，我带回去给你们看。家里有好几本杂志上有我发的文章，却没想起带给父母看看。有人说作品就像作者的孩子，敝帚自珍，也许在别人眼里很不起眼，自己却喜爱珍惜，没想到母亲对我写的文章如此上心。我说下次回去一定想着把杂志带回去。

放下电话，我的心依然被一种情愫包裹着，仿若沉溺于一汪柔波。母爱如水，柔润纯净，能包容一切。就像这次母亲买衣服时看到适合我的衣服会想着给我捎一件。她时时想着你，细腻地浸润，温和地滋濡，将宽厚的爱渗透进生活中的点点滴滴。

而，她对你的需求那么小。有时，只是一通暖心体贴的电话。

（原载于2021年第3期《青年文学家》。）

母亲的年味

　　年的味道就是家的味道，回忆起小时候对年的盼望，总有对母亲做的各种美味的向往。母亲的手巧，最普通的食材，经过她的巧手，也能变成花样翻新的佳肴。

　　记得有香脆的"芝麻叶"。我家的"芝麻叶"酥香薄脆，有咸甜两种口味。每年做"芝麻叶"都是父亲和面，母亲炸。做"芝麻叶"对面的要求高，不能太软也不能太硬，最主要是皮儿要擀得薄。父亲和好面后，都要放置半小时左右，让面醒好，然后再擀，喜欢吃咸的，就在面粉里加一点盐，吃甜的就加点糖。面皮擀好后，撒上一层芝麻，再把面皮切成斜斜的长菱形。母亲把长菱形的面皮放进油锅里，炸出金黄的色泽来。沾满芝麻，通体黄亮，漂亮的"芝麻叶"，光是看着就叫人垂涎。还有藕肉夹子、蛋皮饺儿、红枣莲子桂圆羹、油煎糯米粉团子、鲜香的砂锅鱼头汤、皮薄馅多的包子等，好吃的东西多到数不过来。

　　年的味道里印象深刻的，还有母亲熬制的豆酱，是用吃了一个冬天的豆豉剩下的汁熬制的，营养丰富，味道鲜美。本来原有的豆汁里调料就很齐全，再加上红辣椒和新鲜的胡萝卜等一起熬制，豆酱的鲜香味就会飘出好远，叫人闻着味儿就忍不住要咽口水。

每年过年时，母亲都会制作一种特别好吃的小菜，那就是芥菜头丝，是我们家必不可少的一道美食。芥菜又名大头菜，在我们这里叫它辣疙瘩，一般都是用来制作凉菜或腌菜。每年冬季，辣疙瘩上市的时候，母亲都会买回来做辣疙瘩丝。母亲的辣疙瘩丝，制作比较烦琐，味道自然也比外面卖的要好得多。

　　挑选辣疙瘩也有讲究，洋辣疙瘩，个大，表皮光滑，水分足，卖相不错。但母亲都是选用那种个头小、表面不太光滑的土辣疙瘩。土辣疙瘩，质地紧密，水分少，食物纤维多，芥辣味强烈，比洋辣疙瘩味道冲，制作后，更加鲜美爽口。

　　在做辣疙瘩丝之前，母亲就做好了准备工作，红辣椒是自家园子里收的，还有大蒜头也是。洗过的红辣椒要晾晒干，大蒜头要一瓣一瓣地剥好皮备用。另外还有胡椒粉、味精、植物油等。等所有材料都备齐了，母亲选一个好天开始做辣疙瘩丝。辣疙瘩是头一个晚上就一个个清洗好的，放在大竹筐里已沥干水分。母亲用瓜刨子刨辣疙瘩丝，每次制作一锅要七八斤，光刨辣疙瘩丝大概需要大半个小时。父亲切红辣椒和大蒜头。蒜头还好，切片再切碎就行，倒是辣椒颇要费一番功夫。一斤多的干辣椒要切得很细，辣椒皮切好后，费力气的是红辣椒的种子，要切碎，这也是辣疙瘩丝提香的关键。东西基本备好了，父亲开始烧土灶，我家的土灶是专门为做辣疙瘩丝制作的。平常做饭、烧菜都是电器、燃气，土灶只有每年做辣疙瘩丝时才能派上用场。锅烧热后，先炒制盐，把盐粒炒得焦黄，啪啪响，再放油，这时盐粒在锅里像鞭炮一样的炸开，母亲会用锅盖盖一下，不然会溅得到处都是油。估计火候差不多了，放进切好的辣椒种子炸出香味，然后放切碎的辣椒皮、辣疙瘩丝、胡椒粉等。这时土灶的柴火要熄灭，母亲不停地翻拌，最后再放切碎的蒜和一点味精，余温刚好，蒜还保留着生鲜的味道，就这样一锅辣疙瘩丝才算大功告成。这时的辣疙瘩丝要放在敞口的盆里（最好是瓷盆），凉凉，盖上保鲜膜，整个冬天都不会坏，味道绝对一流！过年时，吃腻了肥甘厚味的精细食物，来点诱人的辣疙瘩丝，香辣又开胃，真是爽口极了。

年的味道就是家的味道。每次过年，返回时，大包小包装满了母亲做的各种好吃的。忆起家的味道里多是母亲做的好多美味，却想不起来我帮母亲做过些什么。母亲每次都是熬好了豆酱、做好了辣疙瘩丝、炸好了"芝麻叶"……每样都精心地在瓶子、袋子里装好后，才打电话叫我回去拿。我只享用美味成品的可口，却没有参与烦琐劳累的制作过程。

母亲的年味是一种温暖幸福的味道，是开心欢乐的味道。母亲对儿女的牵挂，是最熟悉的家的念想。也许，我对亲人的一通电话，才是对最熟悉的家的思念。现在，正是辣疙瘩上市的时令，我想告诉母亲，今年做辣疙瘩丝，一定要提前告诉我，我要回家帮着母亲一起制作那道最熟悉的年味。

（原载于 2019 年 1 月 19 日《粮油市场报》。）

又念萱草

可以吃的花儿很多，但花开得好看，又可以像蔬菜一样炒着吃的，印象中好像只有槐树花和黄花菜。槐树花长在树上，受时令所限，数量不多，而黄花菜则是人们日常餐桌上随时可吃到的菜蔬。

黄花菜，诗文中亦称之为萱，多美的名字。想到它，眼前就浮现金灿灿的一片黄花来。好看又好吃，和玫瑰、茉莉、菊花等只宜泡饮的花卉不同，新鲜黄花菜可单独凉拌，晒干后能与素菜、荤菜搭配烹调佳肴，滋味很是鲜美。黄花菜制成的干品，容易保管，方便储存携带，想吃时用清水泡一泡，就能炒制。

"焉得谖草，言树之背。愿言思伯，便我心痗。"诗经《卫风·伯兮》中的谖草就是萱。这篇《卫风·伯兮》用充满爱恋的笔墨，描述了一个女子对远行爱人的想念，痴情难捱，相思不得，只能背靠着秋树，对着寥落的天空喃喃倾诉，时间长了，竟生了相思之症。谖乃忘忧之意，故萱草亦名忘忧草。也许，思而不可得，只有忘却忧思才能缓解心头压着的惆怅。萱草不仅深藏相思之情，更包含亲子之爱。"北堂幽暗，可以种萱。"北堂，即母亲之意，萱草又被叫作母亲花。

"阶前忘忧草，乃作贵金花。"古往今来，萱草在人们的生活中地位很高，历代文人也喜咏吟它的美好。唐代诗人沈颂《卫中作》曰："总使榴花能一醉，终须萱草暂忘忧。"苏轼有诗云："萱草虽微花，孤秀能自拔。"王冕《偶书》亦赞言："今朝风日好，堂前萱草花。持杯为母寿，所喜无喧哗。"长在堂前屋后的萱草花，能让母亲忘忧，减少母亲思念游子之苦。

小时候，我家院子前面有一块空地，母亲就种上了黄花菜。到成熟时，开始采摘花蕾。要在黄花菜还没开放时采摘，等都开开了，不仅营养大打折扣，味道也不好。每到这时，母亲就很忙碌，要采摘、焯烫、晾晒。而我关心盼望的是，享用它们摆上餐桌时诱人的美味。

黄花菜没有桃李的艳丽多姿，不似梨花的洁白耀眼。它低调朴实不张扬，热闹的春天，只暗暗在田地里生长，到了炎热的夏季，才默默奉献上自己最美的花蕾。

清晨采摘，挂着露珠的黄花菜，像一个个娇嫩的少女，等着落入母亲轻快的提篮。焯烫好的黄花菜就平摊在筐子里面晾晒，每当看到院子里摆满盛放黄花菜的筐子，我总是忍不住在心里偷偷地乐，又能吃到好吃的黄花菜了。母亲会用黄花菜炒鸡蛋、炖土鸡，还会煲鲜美可口的汤。母亲不时在骄阳下翻动它们，她说这样才能晒得匀、干得快。阳光照在母亲红红的面颊上，把她额头上细密的汗珠照得晶亮，就像她脸上灿烂笑容的透亮。

今年中秋节前，母亲打电话给我，说等我回去过节就宰杀家里养的土鸡，问我是放栗子烧还是放黄花菜烧。我说，当然是黄花菜啦。母亲说，就知道你喜欢，家里一直备着呢。

都说故乡的味道就是家的味道，而家的味道就是母亲的味道。母亲把浓浓的爱意都融入一饭一蔬的细致里。我们对母亲爱的回报，不仅是在电话里的一声问候，还是常常回家的陪伴。无论多么的忙碌，都不要忘记电话那头母亲的牵挂和思念。

想到每次回去，母亲总是大声地对耳背的父亲说："敏儿回来了！"其实父亲老远就看到我了。看着父母欣喜的笑脸，从心底涌上来的幸福，忽然间让我的鼻子有点发酸。常回家看看，陪着他们唠唠贴心暖肺的话，这才是父母最高兴的事。

这次回去，给母亲准备的礼物里，一定少不了一包金黄的干黄花菜。萱草，这纯朴的爱之花，传递了母亲对儿女的慈祥温暖之爱，也传递着我对母亲的依恋感恩之情。平平淡淡、简简单单的生活，因为有了爱的陪伴，才会愈显美好。珍惜这份温情，细细品味萱草朴素醇厚的味道，让来自田园萱草的丰盈馨香融入内心，静下心来，去感受爱之花牵动着的幸福与欢喜。

（原载于 2017 年 11 月 23 日《江都日报》。）

年味里的饺子

腊八一过，年味儿就越来越浓了。在我的记忆中，年味里的饺子显得特别亲切。过新年，家家户户有吃饺子的习俗。辞旧迎新，春节吃饺子取"更岁交子"之意，也寓意喜庆团圆和吉祥如意。

小时候，我常会去姥姥家，很喜欢吃她包的饺子。那时的生活清贫，姥爷因为是做医生的缘故，相对于村上其他人家，日子过得还算可以。但吃饺子，仍是件奢侈的事。等到腊月二十几，接近年底时，吃饺子的机会才多起来。家里人口多，姥姥每次包饺子，会包的都动手。姥姥家的厨房生了炉子，大家团坐着包饺子，说说笑笑，一点都不冷。饺子下锅了，捞起的第一碗，一定是我的。姥姥每次都是最后吃，还把一些破皮少馅的饺子放到一边，留着她自己吃。

新年时的饺子又和往常不同。大年初二，母亲带我们去姥姥家，姥姥包饺子招待我们。姥姥会在饺子馅里包硬币或糖，她说，谁吃到"钱饺""糖饺"谁就会在新的一年里多财多福、甜甜蜜蜜。而我每年都会吃到一个"钱饺"或"糖饺"。哈！想必是姥姥暗中做了记号的缘故哟。姥姥做的饺子，皮薄馅多味足，咬一口，就溢出满满爱的味道，像她的笑容，一直滋润着我的童年。

父亲原来在河南信阳工作，每年都是快过年时才回江苏老家。父亲回家的日期定下来，母亲就越发忙碌了。炸丸子、蒸年糕、炒花生，厨房里天天飘出馋人的香味。买鱼肉、购爆竹、挂灯笼、贴春联……大人们忙着置办年货；新衣服、压岁钱、吃糕点、放烟花……孩子们期盼着早点过大年。年的气氛一天天浓厚起来，欢乐和笑声也越来越多了。

父亲回家那天，母亲一定会包饺子。父亲要坐八九个小时的火车，每次都是在凌晨三四点到家。母亲怕父亲在车上吃不好，到家又冷又饿的，便早早备好一碗热气腾腾的饺子，既解乏又暖和。除此之外，除夕、初一、初五、十五我们家都会吃饺子。新年的饺子被赋予团圆、迎祥的美好愿望。除夕夜，一家人围坐在一起，热热闹闹的，一边看电视，一边包饺子，沉浸在团聚的快乐中。过了正月十几，父亲又要回到他上班的地方，那天母亲也会包饺子。母亲说饺子像元宝，是弯弯顺，吃饺子能交好运。饺子是对亲人顺顺利利、平平安安的一种祝福和牵挂。

美味的饺子勾起对过去岁月不尽的回忆，也勾起对亲情的怀想。

如今丰衣足食，温馨如斯，幸福如斯，人们对精神世界的追求更丰富多彩。过年时，大家在吃上似乎没有从前那么多讲究和仪式感，但春节时吃饺子的习惯一直没有改变。饺子大抵是食物中最低调的一种。酸甜苦辣咸，生活的百般滋味，一股脑儿被装进心里。圆鼓鼓的饺子，它包进思念、寄托，包进对红红火火新生活的感恩、慰藉，也包进浓郁的年味和对明天的向往。

（原载于 2021 年 2 月 27 日《粮油市场报》。）

温馨的陪伴

晚上和先生一起看电视，是一档关于亲情类的节目。不知是不是被电视里的画面触动，他说，忽然想起了爷爷。

爷爷去世好几年了，记忆里，老人家总是慈眉善目，笑眯眯的样子。先生说，爷爷性情好，从不大声训斥孙辈，从他记事起，从未见爷爷发过脾气。爷爷在镇上算是做生意较早的人，不仅卖些自家种的蔬菜，还会贩卖点其他生活用品和农具等。爷爷时常会去相邻的其他乡镇集市上卖东西，回家后还要做饭，很辛苦的。我说，家里不是有奶奶吗，奶奶年轻时不会做饭吗？我记得奶奶虽然一直拄拐棍，但身体还是很好的。先生说，奶奶原来生过一次病，当时瘫痪在床好长时间。那时爷爷他们和子女已经分开住了，大多数时候都是爷爷照顾奶奶。在爷爷的悉心照料下，奶奶身体慢慢恢复得差不多了，也能拄拐棍走路了。从那以后，饭还是爷爷做，烧鱼、炒肉、蒸馒头、包饺子、做面条……爷爷什么都拿手。

刚结婚时，我们住在老家，和爷爷奶奶、公公婆婆住在一起，那时爷爷年纪大了，已经不做饭了。

奶奶喜欢唠叨，每天和爷爷坐在房门前晒太阳唠嗑，大多时候都是奶奶说话，爷爷只是微笑附和着。房门前就是一片菜园子，长满各种应季的蔬菜。奶奶的话题也很丰富：韭菜长高了，萝卜变大了，你看黄瓜苗栽上了，再过几天就能上架了。眉豆结了，长豆角快能吃了，还有西红柿红了，那片青菜也快老了。诸如此类的话题，每天都要重复好多遍，爷爷好像一点也不嫌絮烦，抽着旱烟袋，听奶奶说，一脸舒心满足的笑。其实那时候爷爷已经会忘事情，有点轻微的迷糊，好在奶奶不停地在他的耳边问这问那，陪他说话，有时看到有人从门前走过，奶奶就会问爷爷，那是谁呀？爷爷要是答不上来，奶奶就会说，那不是谁谁谁嘛！住在哪里，家里几口人，都是做什么的，详细地说上一遍。我每天上班前和下班后，都看到他们紧挨着坐在门前，絮絮叨叨地说话，形影不离。我单位旁边有一个蛋糕店，也为人代加工糕点，我下班时常会带些糕点给爷爷奶奶，老人家牙口不好，糕点松软甜酥，他们很是欢喜。

后来我们搬到城里住，只有逢年过节的假期回来。再后来奶奶生病去世了，爷爷的身体就不大好了。爷爷在公婆家和叔婶家轮流生活，他们侍奉爷爷很用心，三餐温饱，卫生清洁等都很周到。公公那时每天要上班，婆婆平时侍弄菜园子，逢到集市时要去街上卖菜，没有陪爷爷说话的人。慢慢地，爷爷越来越糊涂，到后来已不认得家里的人了。屋里有小便桶，他却在床上小便。送给他的饭，他只吃一点，余下的就偷偷藏在被子里，说是要留给奶奶吃。

爷爷生病了，连续好多天滴水未进。我和先生回去看望。他躺在床上，眼睛里没有一点神采，看着我们没有任何反应，问他还认得我们吗，他只是茫然地摇了摇头。看到爷爷憔悴消瘦的模样，我的眼泪止不住地流下来，那是我最后一次见爷爷。

先生说，要是奶奶还在，每天能陪爷爷说说话，对他的思维也是一种刺激，就不会糊涂得这么厉害，他身体没其他毛病，一定不会走得这么早，还能多活好几年呢。现在想想真后悔，那时没有经常回去看看爷爷。人老了，我们就是他的依靠哇，多陪陪他老人家，才不会留下遗憾。

其实，老人更多的还是为儿女着想，自己力所能及的事情，一般都不去麻烦后辈。

邻居大伯坐轮椅好多年了，每天的吃喝拉撒，都是大婶伺候，好几次发病，差点就扛不过去了，好在有大婶的细心照顾，又都挺了过来。他的儿女平时上班都忙，住得又远，是大婶一刻不离的照顾与陪伴，提高了他的生活质量，才使他一次又一次跨过了死神的门槛。

今年春节期间，我去看望一个远房的表姑，她原来做过大手术，现在又复发了。正月初几，天气还很冷，表姑的房间里开着空调和加湿器，很是暖和湿润。表姑躺在床上，已经不能说话，只是朝我点了点头。表姑爷说，她的神志清醒，就是不能讲话，不怎么吃东西，人很瘦弱。

窗户前的长桌子上摆满了营养品。表姑爷说，那是上海的女儿买的，有进口的奶粉、水果、营养液等，可是表姑已虚弱到吃不下什么食物。女儿女婿是春节时回来的，前天刚刚回上海。儿子儿媳妇只做饭时在家，这时候不在，难得放假，可能出去和朋友打牌玩了。我看到床前放着一个椅子样的简易坐便器，就是椅子中间有个洞，下面放了一个桶。房间里点着檀香，很清新，没有异味。床头柜上面还有一个精致的花瓶，里面插着几枝新鲜的康乃馨。表姑爷说，平常都是他帮着表姑如厕、擦身。

相濡以沫的夫妻，彼此的陪伴就是同甘共苦，共度余生，一起面对生活的酸甜苦辣，柴米油盐的日常，生老病死的人生，一路携手不离不弃。

我不由得在心中想，要是表姑爷不在了，他们的儿女会不会这样精心地侍奉老人呢？好多人在父母生病的时候都会请护工，可护工怎么能替代得了子女？陪伴才是最真的孝哇！

没有陪伴的生命是孤独的，当老人失去了相依相伴的伴侣，晚辈就成了唯一能遮风避雨的港湾。我们关爱的问候、贴心的照顾、细致的呵护，是最珍贵的温情，能在他们的心中注满温暖。

人们常说百善孝为先，孝为德之本。这个孝字该如何理解？难道仅仅是保障老人的温饱吗？我想，它还要有精神上的陪伴，有陪伴的爱才是永恒的爱。

孝顺老人不单是给予他们物质上的满足，更多的是发自内心的关怀，是精神上的慰藉。他们也是最容易满足的，与晚辈的亲密对话，就是他们最大的乐事。他们需要我们的陪伴，需要我们陪他们聊聊天、吃吃饭，需要我们陪他们拉拉家常，喜欢看我们聆听的样子。常回家看看，让老人安心、舒心。和他们谈谈生活中的琐碎，分享一些趣事，排解一点烦忧。实实在在的陪伴才是最温馨的，才是他们真正能够感受到的幸福，才是最大的孝心。

（原载于《崇孝之光》文集。）

姥姥家的老房子

在我的记忆里，姥姥家住在村庄的最东面。房子很多，前面四间，是姥爷为人看病的药房和他休息的地方，后面四间是家人住的地方，还有几间厢房偏屋，一个大大的院子。房子东面有一条小河，岸边长着许多高大的树，夏天在浓荫下，可惬意享受微风拂过水面带来的凉爽。河里的水，清澈见底，有时会看到一条大黑鱼后面紧跟着一群蝌蚪样的小鱼宝宝，悠闲地在水草间游动。

我家住在村庄中间，和姥姥家就相隔五六户人家，我几乎每天都要到姥姥家去玩。

姥姥姥爷不仅家世相配，相貌也都出众不凡，年轻时真正称得上郎才女貌。姥爷魁梧挺拔，朗眉俊目，一米九的高大身材。姥姥面容精致，气质优雅，娇小玲珑。他们两家都是世代行医，姥姥的娘家不单是医生，还有好多铺子和染坊，算得上是大户人家。

听姥姥讲，因为家境好，她三四岁的时候曾被绑票，那时叫"抢财神"。一般都是抢男孩，但姥姥家兄弟多，只有她一个女孩子，自然金贵。被绑匪抢去好几天，也没给什么饭吃，还被威胁要割耳朵、剁手指什么的，受了好多苦。后来是太姥爷太姥花了好多金银珠宝才赎回来。

姥爷那时候不仅行医，还是村里小学的校长。他毕业于黄埔军校医学院，医术好，每天药房都有好多人看病。他祖传的是中医，又学了西医，内科、外科、儿科……样样都是行家。有一个乡邻，患了很重的病，镇上、县城的医院都说没办法治疗了，后来却被姥爷给治好了。听母亲讲，当时轰动还很大，好像还做了宣传。其实以姥爷的才华学识、医德医风，做一个乡村医生，确实是埋没了人才。要是能有一个更好的环境，在施展自己抱负的同时，也许会让更多的人受益。但姥爷的学识虽多，却为人低调，韬光养晦。后来姥爷有不少弟子都走了出去，也算是件值得欣慰的事。

　　有一颗仁慈博爱的心，无论在哪儿都会散发朴素温暖的光亮。姥爷看病，都是象征性地收费，对特别困难的人，都是免费治疗，救助了好多人。姥姥温和仁爱，很多人都对她爽朗的笑声印象深刻。还没听见她讲话就先听到了笑声，也许是个性和蔼开朗，姥姥直到七十多岁去世，仍然拥有一头黑发，乌发里竟然没有一根银丝。

　　姥爷叫孙浩然，非常大气的名字。"一点浩然气，千里快哉风。"真是人如其名。整个村庄就姥爷一家姓孙，因为姥爷家是从外地搬来的。那个时候，一般孤门小姓都会被人排挤，可姥爷一家却深受方圆几十里的乡邻尊敬。这不仅是因为姥爷的医术精湛，更多是因为姥爷姥姥豪爽善良的性格。

　　药房前后都有门，敞亮又洁净。到每年春天燕子飞回，在房间梁上筑巢的时候，姥姥就会指着燕子对我说：看，还是去年的那一对儿。春夏季节，姥爷就会叫上小姨她们，到田地里采挖车前草或芦蒿等草药回来，煮好，免费叫村民来喝，防范细菌病毒等。

姥爷的药房，不仅有很多看病的人，还有很多串门的街坊邻里。夏天前后对门的风很凉快，冬天炉子红红的炭火很温暖。那时人们都很贫穷，姥爷家在村上算是比较富裕的人家，姥姥总是接济乡邻，吃的，穿的，用的，遇到有困难的人都会很热心地帮助。她每次做饭，总是要烧满满一大锅，有的村民来拿点感冒头痛之类的药，常常会带上孩子，赶上饭点，姥姥总会叫孩子来一起吃饭。走时还要送上一些自己做的零食。听母亲讲，住在姥姥家后面的一个小女孩，经常在姥姥家吃饭，别人逗她，你是谁家的孩子呀，小女孩每次都说自己是孙医生家的。

姥姥的手很灵巧，烧的饭很好吃。我每次在家吃过饭，到姥姥家还会接着再吃一顿。我记得姥姥会用一个细长的纱布袋，装上干净的红色香米，扎好，放进红薯玉米面稀饭锅里一起煮。红薯熟了，布袋子里的米也熟了，吸进玉米面的香，红薯的甜，还有米自身的糯，就像一个大粽子，一打开，那股清香就扑鼻而来，美味异常，每次都是我独享的小灶。姥姥做的小鱼豆也特别好吃。新鲜的鱼虾都是很小肉肉的那种。把洗净的黄豆炒到开始炸响的时候停火，装好，放进煎好的鱼锅里，加上花椒、辣椒、姜蒜等调料，放足水，用烧木柴的土灶慢慢炖出鲜美的滋味，特别是鱼锅里红红的虾子，看着就很诱人。还有酥软的酸糊饼，脆香的玉米面锅贴，糯甜的红薯粉饼，清香的槐花饭……

姥姥年轻时也算是大家闺秀，读书识字，女红棋艺，雅淡如菊。可操持家务，为一大家子人的吃喝忙碌，从未有过抱怨，又乐善好施，左邻右舍，没有不称赞的。姥爷家无论有没有人看病，每天都很热闹。

有时我住在姥姥家，晚上姥姥就会讲故事给我听，西施浣纱、昭君出塞、貂蝉拜月、贵妃醉酒，姥姥给我讲的四大美人的典故我至今印象深刻，轻声哼唱的歌谣依稀还在我的耳边萦绕……

　　在我对家乡的记忆里，姥姥家是最温馨的处所。姥姥家的老房子里飘荡着甜美的饭香、欢乐的笑声、动听的歌谣……

　　后来，读中学后，我们家不住在原来的村庄了，搬到了父亲的单位。姥姥家也盖了新房子，和舅舅一起搬到了新宅。新宅子我也回去过几次，可我还是很怀念姥姥家的老房子。再后来，姥姥姥爷去世后，老房子也没有了，但永远留在了我的心里。

　　（原载于2016年12月13日《宿迁日报》、2018年第6期《乡土·汉风》。）

杏 子

　　我对杏子的情感，还要追溯到童年。每当忆起家乡，印象最深的总是老家庭院中的那两棵大杏树。说它们是大杏树，是真的大！每一棵的树干都要两个成年人才能搂得过来。杏树是祖辈种植的，有几十年的树龄。妈妈还是新嫁娘时，它们就那么粗壮。夏天，繁茂的树冠真是亭亭如盖，遮住了骄阳的炎热。在它们的浓荫里，嗅着杏的甜香，真让人神清气爽、暑意全消。有时下了小雨，树下的泥土几乎不湿。两棵杏树上都有好几个鸟窝，鸟儿吃杏子，也吃虫子，杏树长得更好了。调皮的弟弟们也喜欢爬到杏树的枝干上玩耍，他们有时会偷偷下河洗澡，回家怕奶奶责备，就爬到杏树上，奶奶拿着树枝在树下挥动着，叫他们下来。其实慈祥的奶奶，何曾打过他们？就连象征性的拍一下也舍不得。

　　不像别人家重男轻女，奶奶对我更偏爱一些。听母亲讲，我小时候特别爱哭，嗓门又大，性子也拗。那时母亲要上班，大多数时间是奶奶哄我，有时我哭起来怎么也哄不好，裹小脚的奶奶就背着我庄前庄后地转。几圈下来，奶奶的后背就被汗水打湿。奶奶走累了，我也哭累了，趴在奶奶的背上睡着了。可再累，奶奶也舍不得呵斥我一句，母亲说我的脾气被奶奶宠坏了。一次，母亲要去县城开会，要去两天。奶奶怕我想妈妈，吃不好饭，就把一只正下蛋的老母鸡杀了，炖汤给我喝，不让我受一丝的委屈。

奶奶虽然不识字，但会讲很多的故事，我经常和奶奶一起睡，每天晚上都会缠着她讲故事给我听。奶奶最常讲的是牛郎织女鹊桥相会的故事。端午节，奶奶采来艾蒿叶、菖蒲叶、嫩桃叶、鲜桑叶等各种树叶，洗净后放在一起煮水，为我们洗澡。洗好澡，奶奶就帮我扣上漂亮的花绒（一种五彩的丝线）。我的脖颈儿上、手腕上、脚踝上都戴上了花绒。奶奶一再叮嘱，花绒千万不要弄丢了。要等到七月七，牛郎织女鹊桥相会的那天才能解下来，扔到树梢、房顶等高处，花喜鹊就会衔去送给牛郎织女搭鹊桥用，这样他们夫妻两个和孩子才能有一年一次难得的相会。

端午正是杏儿黄的时候，小时候常看到奶奶坐在大杏树下，望着远方出神。听奶奶说过，爷爷干革命就是在杏子成熟时离家的，她是又想起爷爷了吧。牛郎织女一年还有一次相见的机会，可爷爷一走就是几十年，很少回来，后来在大别山区安了家。杏子成熟了，看到我们吃着甜甜的杏子，奶奶脸上的愁云就会一扫而光，她眯着眼睛看我们吃杏的神情，比她自己吃着还要香甜。

因为是两棵杏树，杏子熟得有先有后，时间错开，每年从杏子发黄开始一直吃到杏子落尽，我家的庭院整个夏天都飘满杏子好闻的香味。更妙的是，两棵杏树，品种不一样。一棵结的果儿是水水的，酸甜爽口；一棵结的果儿是面面的，香软甜糯。果子成熟时，树下每天都有红黄的杏子落下，枝头的鸟儿也能大饱口福。树大，结的果也多，我那慈爱的奶奶，总是用箩筐装满杏子，挨家挨户地送。不大的村庄，从东到西，左邻右舍都尝过我家的甜杏。夏天的傍晚，忙碌一天的村民，闲暇，常常会聚集在我家的大杏树下，拉弹说唱，表演节目，自娱自乐。口渴了，还能随手摘下杏子吃。

后来，读了中学，为了方便我们读书，我们一家从老家搬到爸妈工作的单位上住。但每到杏子成熟时，都会回老家摘杏子，送给亲友和邻居尝鲜，当然还有老家的乡亲们。

可奶奶总是住不惯新居。爸妈上班，我们上学，没人和她唠嗑话家常，她更是对住了几十年的老家割舍不下，常常念叨要回老家。爸妈不放心老人家一个人回去，说等有时间带她一起回老家看看。我清楚地记得，是我读高二那年，又是杏儿飘香的时节，奶奶多少天前就惦记着要回去，怕杏子熟了，落的果多了，可惜了，要回去摘杏子送给乡亲们吃，再带回来给我们品尝。那天正好有个老乡来我家做客，开了小手扶（一种农用交通工具）来，在我家吃了午饭。奶奶说要坐他的车子回去。

奶奶换了一身新衣裳，洗脸梳头，满心欢喜。我知道，她不仅是牵挂杏子，更多的是想看看多日不见的乡亲们。我和爸妈把奶奶送到路边，一再叮嘱老乡要慢点开。可没想到这一别竟是永别。到老家的路多是很平坦的公路，就是到村头有一段凹凸不平的土坡路，有几处高坡。一路颠簸，奶奶年纪又大了，这一颠颠出了脑出血，到了老家人就不行了。外公家也住在村上，他是远近有名的医生，闻讯后快速赶来为奶奶救治，但不幸的是，奶奶已经走了。

奶奶去世后，我们就很少回老家了。两棵大杏树没人打理，渐渐结的果也少了。时至今日，再没吃过大杏树上结的杏子。但两棵大杏树却已深深地植在我的记忆里，杏儿的甜香里总掺了几丝酸涩，几多思念，更多是浓得化不开的亲情、乡情。

（原载于 2021 年第 1 期《青春·汉风》。）

莲，开在心海

　　我上班途中要经过一座桥，每每由车中向外眺望，就可见水中亭亭的莲。深红、粉红、莹白的花朵，绽放在稠密层叠的叶间，干净美好，不由得让我回想起姥姥家的那片荷塘。

　　姥姥家的房子在村庄的最东面，紧挨着一条小河，河上有一座小桥，每到夏季，小河中就开满了莲花。小河的水很清，一片片浮萍、一根根水草、一尾尾鱼儿都清晰可见。我常站在桥上或岸边高大的垂杨柳下，观看这些美丽的莲花，彼时年少的我，暗揣着小心思，那就是高兴又能吃上姥姥做的清香荷叶饭了。

　　姥姥采摘荷叶，用来做荷叶饭或是晾干后制作清新的茶饮，但从不采摘莲花。她说，莲花开在水中才是最美的，要远远地看着才好，切不可折了插在瓶子里，那就少了灵气，糟践了它。姥姥是她那个年代为数不多识文断字的女子，她的话颇有点周敦颐《爱莲说》中那句"香远益清，亭亭净植，可远观而不可亵玩焉"的味道。

　　生在水里的花草很多，像水仙、吊兰、风信子、铜钱草等。清水透明，不遮不掩，澄澈明亮，滋濡其灵气，花卉于形神之中多带有一份清雅韵味。但莲花又与一般的水培植物不同，莲是扎根在淤泥之中。它用强大粗壮的地下茎默默地抓牢水底的污泥，用无畏的执着分解着那苦涩难忍的异味，吸收养分，净化水质，它努力向上伸出高高的柄、干净的叶、清白的花。无论是在池塘内、小河中、大湖里，有莲的地方一定是洁净的水域。出尘脱俗，纯净无私，莲向来是深受人们喜爱的花。

莲在炎热的季节，用水样的柔情，涤去燥热。它恬淡的风姿，让人莫名地生出欢喜，忘却烦恼。在盛夏里怒放，日高日上，愈开愈妍，它独特的美是如此的撼人心魄。

莲有一颗平常心，不张扬，不浮夸。像不争名利的君子，清淡平和的性情，毫无私心杂念，活得洒脱。有清风徐来，水波不兴的从容；有不求闻达，宁静质朴的心境。不枝不蔓，端庄自爱，生得坦荡。它不像菊有归隐之意，没有空谷幽兰的寂寞之态，少了寒梅凌雪的孤冷，却又兼具菊的文静朴实，兰的典雅高洁，梅的坚贞刚傲。

嗅到它弥漫的香气，心情就会特别安适。你看，这一方安静的荷塘，莲柄婆娑摇曳，擎起娇艳的花朵，毫不吝啬地展露它们的芬芳。而在激滟之下，黑色的泥滓里，暗藏着可人的宝贝儿，那是一节节生长着的莲藕，结实圆润，甜脆净白，就像一颗颗晶莹剔透的心。

每到莲藕、莲蓬成熟的时候，姥姥就会采摘鲜嫩的莲子煮汤，挖出清甜的莲藕烧菜，说是能滋养脾胃，清心去火，又可强心安神。每次我去姥姥家，餐桌上都会有一盘鲜美爽脆的炒藕片，一碗甜糯可口的莲子羹。

最后一次与姥姥相见是在夏季，那时她已生了很重的病，我们带着孩子去看望她。她躺在床上，起身已很艰难，还是要求我把她搀扶下床，说要去河边看看莲花。

坐在荷塘边，她虚弱地依偎着我，眼睛却始终没有离开盛开的莲花。她纤瘦的手指紧抓着孩子的小手说，有莲的河水真清啊，能照得见人的影子，花朵开得多好，白嫩得能掐出水来。你看，清白就是莲的本性，出淤泥而不染，清清白白，干干净净，做人也应该如此呀！那一刻，我的眼睛湿润了。姥姥的名字里就有个莲字，她的一生就像清白的莲！

　　后来，不论我是在哪里看到莲花，总会忆起姥姥家的那个荷塘，眼前就会呈现姥姥凝望荷塘的画面。想起她平和坚定的眼神和握紧孩子小手的慈爱，那温暖有力的握手是爱的延续，也是家风的传承。我能感受到她平实话语里传递的一种精神，那就是莲的洁净朴素，清简纯善。

　　（原载于 2020 年 7 月 23 日《粮油市场报》。）

小院浓情

爸妈住在粮库生活区的最南面。房子连着一个小院，四周还有几处空地。地方虽不大，但在他们的精心打理下，长满了树木花草，一院锦绣，无限生机，颇有几分鲁迅先生笔下百草园的意味。

院外栽种好多热闹的果树。早春的时候，三四棵杏树，粉白的杏花一树一树地开放，像云朵般美丽。杏花未落，桃花又次第开放，因为桃树的品种多，有油桃、水蜜桃、大桃、小毛桃，爸妈在房前屋后嫁接了好多品种，春天满眼都是妖娆的桃花。夏日里，石榴树、枣树、柿子树，赶趟儿地开。院子里生长着各种花卉。热烈的、素淡的、清雅的、娇媚的，种类繁多，赏心悦目。月季、玫瑰、风信子、水仙、兰花、茶花、栀子花、铁树……还有许多绿植，我都叫不上名字来。

今天，老妈打电话来，说现在的住处要拆建，粮库要扩建粮仓，盖一座高大的平房仓，他们将搬迁新居。她说，银杏、石榴、木瓜等树可以卖出或送给亲友，唯独舍不得院中已有几十年树龄的蜡梅和桂花。

她的语气里满是不舍，对住久了的院子，有了深深的眷恋。小院虽然普通平常，但一草一木，都是费了许多心力侍弄。原先还没种上瓜果蔬菜的空地，堆放不少零散的杂物，泥土里混合着一些石子、瓦砾，长满了杂草，是爸妈细心地一点一点清理、铲除、搬运、平整。门前的那条砖石路和园中的小径，也是他们一砖一砖亲手铺成的。四季里，小院中飘散着花香果香，也洒落辛勤的汗水。每朵花、每片叶、每串果，皆是付出很多的心血所得。

朴实无华的土地，生长着充满灵性的花草树木。爸妈对土地的虔诚与辛劳，也换来大自然慷慨的馈赠。初春，那些野生的小蒜、车前草、蒲公英、马苋菜、七七菜、荠菜，会被挖起做菜或晾晒，既是美味的食材又是天然的好药材。盛夏，房子东面那棵高大的合欢树，一树绿叶红花，在含羞草般碧翠的叶间，开满淡红的花朵。仿若绯色的云霞，氤氲一片；恍如腼腆少女腮边的红晕，羞涩动人；在微风中摇曳着清凉，让人暑意顿消。老妈每年都会采摘合欢花晒干，说是能制作有保健功效的饮品呢。深秋，当桂花那绵长的幽香渐渐消散时，房屋前粗壮的银杏树和柿子树已挂满了果实。隆冬，我们围坐在温暖的炉火旁，泡一杯酽茶，聊一会儿天，窗外，映入眼帘的是梅花迎雪怒放的傲姿。

其实，小院中，还是吃的东西更加丰富些。在蔷薇、芍药篱笆般围绕的中间，种着各种应季的蔬菜，有豆角、茄子、西红柿、黄瓜、辣椒、韭菜、小青菜等。靠近墙边的是丝瓜、山药豆。老爸还利用边角的一些空地，种上一些枸杞、何首乌、芝麻之类的植物。花落果出，从先熟的杏子开始，几乎每个月都有香甜的果子吃。桃子是油桃先熟，紧接着是水蜜桃、大桃、小毛桃……然后，是虽然看不见开花，却清甜无比的无花果，接着，是酸甜的桑葚、青黄透亮的枣子、灯笼一样在枝头招摇的红柿子，石榴裂开了嘴巴，露出晶莹剔透的籽粒，散发着诱人的光泽……和风过处，满院都是芬芳的味道。这一院子的花草果蔬，鲜嫩的、饱满的，朴素的、艳丽的，是不是比百草园还要丰富多彩？

园中的果蔬从不打农药。浇水、施肥、捉虫……拾掇菜园子虽很忙碌，但爸妈他们说吃自己种的菜放心，都是绿色环保菜。现采现做，特别新鲜、方便。烧鱼烧肉时，放进几片花椒树上新摘下的叶子，味道就格外鲜美。炖汤，加上园中才挖出的香菜，便添了些清新的滋味。红红绿绿一院香，为平凡的日月，增色添味。

如今要卖掉自己亲手栽种的树木，小一点的果树，或许就成了废柴，自然是满怀的不舍，应该比房子更舍不得。记得我上次回去，我问老爸舍不舍得搬走哇？他说，我和你妈都是粮食部门的人，工作几十年了，是老粮食人了。从参加工作到退休，一直都在粮食部门，住在单位里，这么多年的感情，怎么舍得搬走哇！老妈说，粮库扩建仓房是响应政策，更是便民利民的好事情，大家打心眼里赞成。现在你又在粮食单位上班，我们要带头支持工作呀！看着他们有些湿润的眼眶，我心里也有点泛酸。我想，爸妈不仅是割舍不下院子里的花草树木，最主要的还是舍不下对老单位这份厚重的情怀。我宽慰他们，新住处离这儿也不太远，以后还可以常到这儿来看看嘛。

电话里我对老妈说，蜡梅和桂花可以移栽在粮库的花坛里。想到以后每年的秋冬时节，它们依然能在这里飘香吐艳、蓬勃生长，似乎就嗅到那份香气里的浓浓情思……

（原载于2016年12月30日《宿迁日报》。）

岁月里的白菜饺子

我们这儿一般称大白菜为黄芽菜，但我喜欢叫它白菜，清清白白，多好。家中有两棵上好的白菜心，黄黄的叶子鲜嫩紧实，很适宜包饺子，今日冬至，正好包饺子吃。不想下楼，厨房里还有点豆腐，泡些香菇、粉丝，就可做馅料了。冰箱里有肉，再做个白菜肉的馅。这样，两种馅，先生和孩子可以按口味选着吃。白菜像好脾气的人，性子平和。它好像和什么菜都能搭配，宜荤宜素，也滋养脾胃。

冬至时，很多地方有吃饺子的习俗。我国的北方地区，在这天要吃饺子，因为饺子有"消寒"之意。而白菜则是饺子馅的好食材。无论是白菜肉的，还是家常的白菜豆腐，或是添一些甘鲜的虾皮、香菌类等，调起馅来都不错。做饺子简单，但要做得好，也非易事，对面、馅、包、煮皆要用心才行。

洗菜、剁馅、揉面，手上忙碌着做饺子，思绪却飘得有点远。

想起儿时去姥姥家吃饺子的情形。冬天时，姥姥就很喜欢包白菜馅的饺子。围着炉火看姥姥包饺子，是最快乐的事。20世纪七八十年代，世代做医生的姥爷家，家境尚可。姥姥每次做的白菜饺子，量都很多，要放好几帘。姥姥乐善好施，去姥爷家看病的一些小孩子碰上姥姥煮饺子，都吃过姥姥包的饺

129

子。她自己不吃也要让嘴馋的孩子吃个够，还会将一些饺子给他们带回去。饺子煮得多，会有破皮的，姥姥总是把饱满完整的饺子捞给我，破皮的留给她自己。也许是姥姥性情开朗大方，一直到她去世，依然是一头乌发，而且发量很多，用一根玉簪绾一个漂亮的发髻在脑后。姥姥年轻时是个美人。七十多岁时，皮肤依旧光洁白净，几乎没有皱纹。那时的护肤品简单，她每日早晚洁脸，搽一种叫歪子油的面霜，手上也搽，但她要不停地忙家务，手就粗糙些。

妈妈的手很巧。大概是在兄弟姐妹中做老大的缘故，她做事特别快。我包饺子，磨磨蹭蹭会花费不少时间。妈妈包饺子就很快。她会先把面和好，然后准备馅料，等饺子馅做好，面也饧好了。妈妈包饺子快，很大部分的功劳归于她擀饺子皮快。她会用手提着面剂子擀，饺子皮又薄又圆，一个人擀，够两三个人包的。不像我，双手抱着擀面杖，笨拙得要命还慢。饺子皮有时会厚薄不均，边上还不圆溜。面剂子大小不一，包的饺子参差不齐。但好在我调的馅儿精细，味道还行。

俗话说，百菜不如白菜，不消说包饺子，就是简简单单地炖着吃，白菜的味道也很鲜美。大冬天的，来上一大锅热乎乎的炖白菜，绿叶，白帮，嫩黄的菜心，乳样的汤汁，加点油盐，再不需要添什么调味品，盛一碗，呼啦一口，又鲜又美又暖胃，鲜香不腻人，清淡而不干涩，顺滑入口，那味道直抵你的肺腑，沁人心脾，直暖到心里。难怪鲁迅先生说它是物以稀为贵。他在《藤野先生》一文中对白菜有一段很生动的描写，"大概是物以希为贵罢。北京的白菜运往浙江，便用红头绳系住菜根，倒挂在水果店头，尊为'胶菜'"。

如此看来，我们这儿的白菜算是经济实惠的蔬菜了。它比较耐寒，也容易储存，一入冬，家家户户都会备上一些。上次去妈妈家时，带回点青菜，也叫过寒菜，是那种能在大棚外过冬的菜。但它的味道微苦有点涩口，先生和孩子都不太喜欢吃。此时，它还没有经过寒冬雨雪的洗礼，像人一样，性子里的毛糙要经过光阴的打磨才能渐变温润。翻过年，它的味道才会清甜，不像天性温和的白菜，一般人都爱吃。

怕空气干燥，房间没开空调。数九的天气，包着饺子，手还是感到有点冷。我的手，一到冬天就变得又红又紫，很难看，真正是拿不出手。这倒不是家务干多了的缘故。原先读书时曾生过冻疮，一到天冷就出来，又痛又痒又肿，每年是暖天好，冷天发，直到后来上班才好，但手指的关节处留下冻疮的印子，好长时间没褪。我是出纳，要和钱打交道，本人有点小洁癖，每天频繁地洗手，没怎么保护，就更拿不出手了。

记忆里，姥姥的手是粗糙的，妈妈的手也是粗糙的。我的手虽然不好看，但不算粗糙，摸起来还是光滑润泽的。姥姥那个年代，物资匮乏，无暇顾及更谈不上去保护自己的一双手。妈妈不似姥姥的性情疏朗，她爱操心，儿女孙辈、家庭琐事都堆放心上，两鬓早早地生出了白发。妈妈天天忙家务，为家人洗衣做饭，手不停歇，成年累月地辛劳，心里惦记着小辈，关心着我们的冷暖饥饱，却也想不起来呵护一下自己的双手。

成家后，洗手做羹汤，学着下厨做饭。我的手只有不沾水时，才用护手霜搽一下，且时常会忘记。因为做饭时，特别是做面食，是无法戴手套的，也不能涂抹护肤品，要用洁净的手零距离地接触食物。比如包饺子，从洗菜、切馅料、揉面、擀皮再到包，一双手始终是要干干净净的。而对于手慢的我，要花费一个下午去完成，手就长时间没有防护地暴露在外面。然后忙着煮、吃、洗、涮……《诗经·卫风·硕人》中那"手如柔荑，肤如凝脂"的女子，必定是十指不沾阳春水的。她的身边一定有个为她打理三餐茶饭而默默付出的母亲。

包好的饺子，一排排卧在帘子上，像笨拙的企鹅，即使大小不一，依然不失憨态可爱。看着餐桌前白白胖胖的白菜饺子，即便双手日渐粗糙，心里却是温暖的。饺子的外形朴实，都差不多，有点其貌不扬。无论包进去多少料，从皮外你是看不出来的。只有放进口中，你才能细细品味到皮子里不同的味道。而白菜亦是如此，它敦厚平淡，和哪种食物相搭，就是哪种食物的味道，为别的食材添香增味，却把自己的好悄悄藏起来。

岁月里的白菜饺子牵动遐思，光阴流走，真情存留。记忆中的亲情不会被淡忘，有种珍贵又纯粹的东西会一直留存在心灵深处。

淡淡篱边人

村子边，一条小河，清澈的河水静静地流淌着。夏日午后的微风，吹拂着低垂到岸边青石阶旁的杨柳枝条，树下，有一位垂钓的白发老人、一个小女孩，还有一只大白鹅。静谧中，偶尔伴几声高亢的蝉鸣，愈显和谐默契。

这幅定格在我脑海中的画面，总是叫我想起你——圈膀老太。虽然，那时我很小，只有五六岁；即便，你已去世多年，但关于你的记忆却一直珍藏在我的心中。

我记得你慈祥温暖的笑容、你整齐光洁的牙齿、你端正的脸庞，还有和你形影不离的拐杖。你的年纪好像比奶奶还要大一些。因为你的一只胳膊总是圈着，无法伸直，所以村子上的人都称呼你圈膀奶奶或圈膀老太之类，按辈分我叫你老太。你总是用那只伸不直胳膊的手挂着拐杖。听奶奶讲，你新嫁娘时很美，刚刚十八岁，正是花一样的年纪。结婚三天，因为前屯庄（我们村庄名字）的一场战斗，你失去了丈夫，也伤了胳膊，你成了烈属，从此你就一个人孤独终老。

你喜欢钓鱼，我总会跟着你，每次都不会空手。钓到鱼，你自己却不吃，送给左邻右舍。当然，钓到虾之类好玩的都是我拿回家了，谁叫我是你的跟屁虫呢。

你爱整洁，身上的蓝布衫、灰大褂，虽旧却洁净合身，一

133

头白发利索地在脑后用银钗绾着一个漂亮的发髻。你的院子不大却很干净，天气好的时候你会打开一只陈旧的樟木箱子，晾晒衣物。我看过你叠在箱底的红色嫁衣，绣满花朵的衣服很好看，在我眼里也很稀奇。我不大去你的房里，你床前摆放着的一副棺椁，透着神秘的气息，听奶奶说，那是你为自己准备的。

我还是喜欢你院子里的枣树和柿子树，因为一到秋天就有青枣子和红柿子吃了。我们家桃树、杏树多，却没有枣树、柿子树。其实不单是我，村庄上每家的小孩子都吃过你的枣子、柿子。当果子成熟了，你就会摘下装满箩筐，挨家挨户地送过去。但你对我更偏爱些，每次都是我最先尝到新鲜的果子。你还用彩色藤条给我编漂亮的小花篮、精致的蝈蝈笼子，让别的小朋友羡慕不已。

别人家都是养一些猫、狗之类的小动物，你却喜欢养鹅，你说大白鹅也能看家护院呢。我觉得最新奇的是你会抽烟，一般农村老太太都不会抽烟。我想，一个人的日子总是有些寂寞的味道，抽烟能消遣那些空闲的光阴。你轻轻吐出的一圈圈烟雾里，缭绕着的是孤独，消散开的是忧愁。夜晚的烟火也能给你带来一丝温暖，短暂闪烁的光亮或许能帮你打发长夜的冷寂。

你常会说，花无百日红，人无百年好。你一个人走在旧时光的凉薄里，日子却未曾放慢行走的脚步，忆起你总有些许惆怅。清冷时光里，你是迈着三寸金莲的旧式女子，青灯黄卷度余生，从青鬓红颜直到银丝如雪，在深深庭院里茕茕孑立。就像你院子里那些篱笆边的菊，黄的、白的、紫的，开在清秋里，没有桃李艳丽多姿的妖娆，但也热闹地点缀着季节的萧瑟，能让人忘记尘世的悲苦。素洁的菊，固守一份清静，连香气也淡淡的，不张扬。花开花落，自有一份从容与笃定。"宁可抱香枝上老，不随黄叶舞秋风。"多像你淡泊的情志，更像你朴素的一生。你是那淡淡篱边人，与菊一起就是一幅生动秋日图。

你纯朴善良，在平常的日月里，用温和朴实，用无私仁爱，力所能及地带给乡邻点点滴滴的帮助。你虽然是一个人，但很少见你愁苦的模样，你喜欢笑，对大人、孩子都很和蔼。你经常会帮着忙碌干农活的乡邻照看家门，有时逢上下雨天他们也不必急着往家赶，从不用担心会让雨淋湿东西，你一定会替他们收起晾在外面的衣物和家什。

我想起你给我做的两个红肚兜。一个上面绣着精美的荷花图，有池塘、鱼、粉色的荷花和碧绿的荷叶，活灵活现的小鱼仿佛正在游动，荡起层层的波纹。另一个上面绣着漂亮的牡丹花，盛开的花朵似迎来蝴蝶飞舞。你说怕我晚上睡觉着凉，戴上肚兜肚子就不会凉着了，两个可以换着戴。我每天晚上睡觉都戴着你做的红肚兜。你灵巧的双手给我的孩提时代带来多少快乐！让我无论什么时候想起你，心头总是暖的。

此时，阳台上的几盆菊开得正艳，层层的花瓣绽放，向空中舒展延伸。迎着阳光，清新的香气里有一份温馨的味道，像极你浅浅的笑容，为日渐寒凉的深秋带来勃勃生机。

（原载于 2017 年 8 月 29 日《宿迁日报》。）

静水流深，源于情真

——读霍云诗集《自云深处》随笔

　　庭外桃花，枝旁杏子，人间春色正芳菲；绿荫围红，别样清新，碧溪一线云深处。绽蕊闻香，漫步其间，才知晓幽雅小径处的明媚。而我，走近霍云，真正读懂她，是从一本诗集开始的。

　　这本诗集名字就叫《自云深处》，它细分为《烟雨世界》《似水流年》《爱之絮语》三个小辑。在每个小辑中，诗人不论是对四季、风景的描写，还是对亲情、爱情、友情的倾诉，都富有质感，饱含真情，感人至深。大道至简，她用朴素的笔触、真诚的情感、深沉的智慧，营造温馨自然的情调，引领你进入一个意蕴丰富的诗意世界。

　　打开诗集，浓郁的生活气息扑面而来。既有淡云流水的安宁，又有气象万千的绚丽；既有开阔纵横的思路，又有意境深邃的内涵；既有热情奔放的情感，又有宁静祥和的心态。她的诗情真意切，读来朗朗上口，有音乐的美感，余味悠长，让人不忍释卷。诗人的创作来源于现实生活，在日常和生活的土壤中扎根，但是又不满足于对现实生活的再现。她有一颗柔软仁慈的心灵，一双深情睿智的眼睛，善于发现生活中的美，把对生活的美感，融成对内心情感的提炼，化为诗的激情，并让它开成了满天星。她从四季风物、生老病死、友情、爱情、亲情、孩子、父母等方面入手，用平白的语调、朴实的言辞，倾情书写，唤起人们的感应。像琴弦上弹奏的乐曲，平静而舒缓，悠扬而曼妙；又像明净的溪水，平静中亦有起伏，有潺潺，有湍急，有回溯，有激荡，蜿蜒流动，奔涌向前。

诗人用轻灵明快的诗句，深情地讴歌大自然，描绘四季的风景。《春夜》叙述了春夜的温情抚慰着人间，在这个不眠之夜，诗人有无限的想象，旷远的思考。行文写景抒情，浑然一体，带你去感知婴儿新生的喜悦、百岁老人寿宴上的欢乐、雨夜桃花凋落的哀叹、暗夜里绵长的寂寞，也有等待黎明到来的期望。"我的心与早春的泥土一道呼吸／春苗拔节的声音从远处田野里传来／花草的清香像婴儿柔软的唇／温柔地把我带入黑甜的梦乡"。《冬之歌》温暖的文字，能让人感受到春天般的美好与甜蜜。"炉子上／用前天的雪／煮着桂花汤圆／一个个此起彼伏翻滚／等我去品味糖水人生"。等着你去咀嚼生活的甘美，那甜丝丝桂花汤圆的味道似乎已从味蕾间翻滚着滑入你的肺腑。"香樟树下的红蚂蚁已起床觅食／蚯蚓的尸骸被它们一节节搬回家／我对着夜风微微笑／耳语你快去看看城市灵魂在不在家"。《夏夜在阳台上看风景》细致入微的观察，广阔无边的畅想，宁静的夏夜风景被诗人演绎出曲折回旋的诗意。《伤秋》一诗中，诗人不仅刻画了秋天肃杀的景观，也运用反衬的手法描写爆笑震天的邻家的热闹、百媚千娇锦绣河山的壮阔。在茫茫人海与你相识又错失，跋山涉水的辛苦，遍寻不遇的哀伤，将悲秋的情绪渲染得令人心碎。（"秋风怒吼卷起铺天盖地的红叶／像布下一张红色的天网／我看不到你／我在秋风中抖作一团"）。有责问、有艰辛、有阻隔、有惊惶，也有希冀。"你应该在前方等着我／那些恐怖的噩梦／就要结束了"。

像是对感情的追寻，又像是对理想或信念的探寻与执着。《四季》中的诗句虽然不长，却抓住四季不同的景象与特色，灵活自如，清新明快。"爱情燃尽的晚霞／吐露过的秋棠／一树摇摇欲坠／我在秋天打着补丁／到哪里去哎"。

拥有一颗单纯明净的心灵，才能在季节更替中发现大自然不同的美。一阵雨水的氤氲，一朵雪花的洁净，一片枫叶的火红，一串葡萄的晶亮，一粒樱桃的饱满，一只桃子的香甜……诗人如花的妙笔赋予了它们生命和灵魂，让人眼前一下子浮现一幅幅五彩缤纷的画面。《生命如花》灿烂夺目："那初生的婴儿／一如初上枝头的花蕾／娇嫩的花苞里储满了／晨光和希望／少年如初绽的蓓蕾／在似放非放之间／羞涩地打着盹儿"。"秋风肃杀时节／只留下一根干秃的枯枝／还有无尽的隽永和苍凉"。《生命如花》诠释了浓烈生命力的辉煌，也坦然面对生命静穆地向着自然返归，表达诗人的人生观与世界观，含蓄而富有哲理。

质朴自然的语言，流畅优美，有细腻的触感，不晦涩不做作不难懂，简单又蕴含深意，浅显中有一种大智慧。那是从心灵深处漫溢而出的文字，是真实情感的流露，像在午后的闲暇里，慢品一杯茶，醇香入口，滋润心田；又像是一缕轻柔的风，拂过花间，而静静的花香便沁入你的心扉，给人的内心带来妥帖与安适。

同样，在三个篇章中，诗人用深情的笔墨写下对亲人的思念缅怀、对爱情的相思惆怅、对友情的牵挂珍惜和对青春的追忆留念。

《哀音寄向黄泉》中对亡父的悼念，让人动容。诗人哀痛地回忆与父亲相处片段：幸福童年、痛爱、吻我吧！爸爸！多想时光倒流、重温父亲的爱！失乐园、哀伤、孤独。七个小节，层层递进，再现父女间在生活中温馨的细节，对父亲的感恩之情跃然纸上，行行追忆，句句哀思，字字椎心，是诗人最真实情感的流露，读来催人泪下。

爱情，一直是人类永恒的主题。它看似简单，实则复杂。相爱是幸福的，它的过程却是微妙又难以言说，有甜蜜也有痛苦，是只有两个彼此心系的人才会有的独特感受。在《等待》一诗中，诗人将彷徨、无助、失落、期待的情感交织冲撞，情绪跌宕起伏，字里行间透出一股淡淡的忧伤。"我坐在五月的夜里看流星划过 / 你却像流萤一样迅疾飞走 / 我抬起疲惫的双眼向上苍递个无法申诉的眼神 / 缓缓呼出一口悠悠浊气 / 叹息一声，请你不要走，我就在这里"。

相守，总是要在经历种种难关后，才能修成这种正果。诗人笔下的爱情不是那种热烈奔放的激情，更像涓涓细流，有岁月静好、我心安然的淡泊。"我们俩 / 一根藤上的两个瓜 / 你离不开我 / 我放不下你。""我们俩 / 你是树 / 我是藤 / 缠绕终身永不分""今生只愿 / 是你手心里的宝 / 纵然韶华老去 / 白发飘飘 / 在你的眼里 / 永远是你不变的风景"。《抒怀》娓娓道出执子之手与子偕老的心愿，直白的语言把柔情蜜意、缱绻缠绵的爱恋表达得淋漓尽致。

朋友是除了亲人之外，能把你一直放在心里，在乎、关注你的人。美好的友情就像水一样清澈，无论分开多久，想起时依然能够心生暖意。诗人在《闺密》中深情款款地写道"我们像从未分开过一样 / 逐一细数那些美丽的过往 / 三年踏遍楚城大街小巷 / 热闹拥挤的花街上 / 古老的青石板被我们踏得雪亮"，将对纯洁友谊的回忆、怀念形之笔墨。

一个人到了中年，总会感慨时光的易逝，怀念少年时的天真烂漫。"再见了，青春／时针在不停地转动／细密的小雨在扑打着水花／有几滴浊泪在悄然地落下／寂寞深长的夜和谁在说话"。《再见了，青春》里感叹曾经的华美喧嚣，一如天边的彩霞，越飘越远，对美好年华流逝的惆怅忧伤，对青春时光的眷念珍惜，不由得让人联想到席慕蓉的《青春》："年轻的你只如云影掠过／而你微笑的面容极浅极淡／逐渐隐没在日落后的群岚／遂翻开那发黄的扉页／命运将它装订得极为拙劣／含着泪我一读再读／却不得不承认／青春是一本太仓促的书"。短暂的青春，像一本书，这一页翻过去了，就回不去了。有的人为此迷惘遗憾，有的人为此悲伤哀怨，而诗人却能从冰封的山谷中醒来，绕过迷路的帆船航行。"再见了，青春／我挥泪整理好心情再出发／未来的路还很漫长／晚夏中那朵等爱的玫瑰／依然在发出迷人的清香"。这种一笑而过的洒脱率真，叫人赞叹！

　　霍云是真性情的诗人，热爱生活。一颗温柔和善之心，不仅对待身边的人是古道热肠，对待小动物也有悲悯情怀，她是如此怜惜关爱一只流浪的小猫咪。从《深夜喂小猫》一诗中，你能感受到"我"因为一只在窗外花园里小猫咪的叫声引发情绪的波动。夜深人静时小猫咪的叫声格外让人惊心，让已洗漱好躺在床上的诗人睡意全无。想起身又因自己对猫狗尘螨过敏和医生的警告犹豫不决，可猫咪的哀伤嘶叫，一声声像猫爪样撕扯着脆弱的神经。"怎么办？怎么办？／罢！罢！罢！／拼着再次过敏生病痛／也为了小区四邻能睡个安稳觉／豁出去了，起身喂猫去！"

　　诗人一向主张随心随性、悠然写作，在她的笔下，无论是描写四季、风景、青春还是抒发父女情、母子情、手足情、姐妹情、夫妻情，都源于一个"真"字。因为有了真，每首诗行云流水般自然，就像观看一部带给你美好体验的好电影，会带给你视觉、听觉、心灵、情绪、审美上的丰富感受，会带给你无限的想象。让你想触摸它，穿越文字，走近作者的内心，沉醉于一种更美的情境中。

诗人又是敏感的。她的一双慧眼能发现生活中的真善美，用满腔真情去赞美歌颂，也能敏锐觉察生活中的一些假丑恶，对其进行无情的鞭挞。在《含羞草》一诗中，诗人鄙视一些人的贪婪、无知和庸俗，认为他们为所欲为、巧取豪夺的行径还不如一棵小小的含羞草。"小草尚且怕羞／卑鄙的无德的人／你们怎能一张／遮羞布都不要／昭然若揭，大摇大摆／在闹市横行"，将诗人爱憎分明、疾恶如仇的真性情诠释得明了，袒露自己的真实，保持了她的天真，没有被世俗熏染而脱离了本真。这是最可贵的真，真的东西才是最具有文学价值的东西。

她的诗是个人生命经历的组成，投入诗人饱满真挚的情感，能让人感知孤独、怅惘与忧虑，也能让人体验到甜蜜、欢欣和幸福，是真情、真感与真切的呈现，灵动有活力，读来直逼人心，有打动人的力量。

人生会有不足和遗憾，会有悲戚与苦痛，但这些终究只是一小片乌云，会被温暖的阳光驱散。读霍云的诗，能让人心中注满阳光，能在一花一草中感知春天的愉悦，能在一山一水间体验自然的美好，能在一物一景里触发对生活的温情。

她的诗，生活底色浓厚，内心世界丰盈，能抵近生命的本真，能忠实于生活的宽度和视野。她以恬淡的精神姿态，书写内在心灵的感悟与生命个体的感怀，对人生的真切体验和深情回望。生活中一些看似琐碎的细节、场景，都是她丰富的素材库，及物成思，下笔成诗。有感悟、有关联、有意味，赋予诗歌内在的美感。

诗如其人，诗人性格温婉，低调谦和。她曾说过：作家要有一颗仁爱之心，只有对生活、对家人、对同事、对朋友有满腔的热爱，才能对身边的每一个人都用心对待。要有一颗温暖的心，温暖自己也温暖别人。"坐在一朵花里静静凝望／让曾经的奢望化作潺潺流水／如澈如涤""风无痕／岁月静好／微笑安然"。《岁月静好》有着多么安宁的心境，多么真挚的情愫。诗人拥有一颗慈悲感恩的心，也拥有真实朴素的秉性。大钢琴家霍洛维茨说："我用了一生的努力，才明白朴素原来最有力量。"静水流深，源于情真。真是大爱，是至美，是艺术创作的源泉，永不枯竭。

（原载于 2020 年第 1 期总第 90 期《楚苑》。）

一纸云烟得自如

——读霍云小说《落纸云烟》随笔

霍云的小说《落纸云烟》以新生入学开篇，在毕业二十五年后的师生大聚会中收尾。给读者展示了一群风华正茂大学生的校园生活及踏入社会后的成长历程。他们历经就业、下岗、转岗、自主创业、再就业等一系列的过程，正赶上急剧变革的时期，在改革开放的时代浪潮中，有各自不同的机遇、跌宕起伏的生活、一波三折的命运，有欢笑也有泪水，有艰辛也有收获，有失败也有成功。

风起潮涌，云卷云舒，尘世繁华。云烟消散，天空博大，湛蓝而清澈，那是滤去一切杂色的透明。回忆那些逝去的时光，曾经拥有的瑰丽，青春年少时的纯真，让人沉浸其中，恋念萦怀。

主人公梅子所在班级是"八七级管理班"，简称"管八七"，是第一届也是唯一一届能以文科生身份进入的一个工业专科。是自嘲，是抵触，抑或是调侃，一群花样年华的男女学生给"管八七"起了个叫"狗不吃"的外号。也许因为是文科生，"管八七"的同学大多感性随和。女生灵秀阳光，男生风趣俊朗。开朗的黎黎，好动的"耗子"，活泼的媛媛，娇小的小薇，机灵的"小虫子"，温和端庄的"样子"，水样柔情的梅子，"小马驹"马情，"伟人"邹祥，会画画的魏子，文气

145

的"小妖"柳跃，谦谦君子的班长席君，憨厚得有点二的阿飞……四十八个来自徐淮盐连的青年，性格迥异，各有特色，大家朴实善良，心思纯洁。在作者的笔端奇趣横生，他们朴素的友情、爱情，散发罗曼蒂克的温馨，他们对生活和工作的激情同样特别打动人心。

梅子和几位同学的友谊缔结一生，牢不可破。没有因光阴的流转、空间的阻隔、生活的起伏而变淡，反而日益深厚，像一坛老酒，时间愈长其味愈醇。梅子和黎黎来自不同的城市，毕业后各奔前程，但彼此之间的友情之线从未断开。聪慧大方的黎黎在校时对梅子的生活和学习就格外关心、照顾，特别是在数学方面。后来，学业优异的黎黎被聘为楚城食品工业大学的教授，优秀的梅子也做了新阳城某局的局长，两人相距甚远，但依然会到对方的家中做客，开心畅谈。耗子、小薇和梅子她们同是新阳城人，工作后也同在新阳城，往来密切。想说说话、逛逛街、喝喝茶什么的，一个电话，相约成行，就是一幅亮丽的三人行风景图。梅子和邹祥、阿飞、汪冬、周飞、大江等男同学的感情也是一样的淳朴真挚，像一泓清水似的纯净。无论是在新阳小城的街角相逢，还是在万里之遥的他乡偶遇，同学相见，不论多忙，都要抽出时间，坐下来，叙叙旧，聊聊各自的生活近况。

霍云是位诗人，诗人的思维活跃，情思饱满。她的小说有多处诗文描写，虚实结合的景物烘托，个性鲜明的人物塑造，借景抒情，情景交融。行文流畅又蕴含哲理，随处可见充满智慧感悟的妙言隽语，令人耳目一新。文中几对青年男女的爱情，热烈、深情、执着。"思念／是一份美丽的孤独／一份甜蜜的惆怅／一份纯净的忧伤／思恋／像一首小夜曲／在万籁俱

寂中 / 奏着生命华美的乐章 思恋 / 更像一只羊 / 在循环往复中 / 痛苦地咀嚼忧伤……"他和她的痴恋，他和她的衷情，他和她的哀愁，他和她的无奈……那些浪漫的、甜蜜的、伤痛的、凄美的爱情故事，散落尘凡，被作者以诗意的笔墨安放在文字里，是珍藏在记忆深处的一串珍珠，光阴久远依然熠熠生辉，那段闪亮的日子不会被生活的沙砾覆盖住光芒。"这一世只为你一个人吐露所有芳华。"阿飞单恋耗子，求而不得，徒生苦恼；茵子和班长席君终成眷属的美满；媛媛和欧阳卿卿我我的缠绵；雪莲和周飞魂寄红发卡的情思；云锦和跃子永恒忧伤的麦田情话……无论是琴瑟同偕，还是劳燕分飞，在作者的笔下，他们的情书是诗，他们的情爱是诗，他们的情怀是诗，他们的青春是诗。

"如果说人生是五彩缤纷的，那么青春必是其中最绚丽的一抹；如果说人生是动静交融的，那么青春必是其中最活力四射的一份。"菁菁校园，留下几多青涩，几多遐思，几多绚美。"我们的校园是花园，花园里花朵真鲜艳……"喝醉酒的耗子常会在校园的南北大路上肆无忌惮地大声唱歌。而这群率真的学生终究要走出校园，踏入社会，就像被投进大熔炉的铁块，要接受锻造，经历敲打，忍耐锤炼，方能百炼成钢，熔铸成型。

来自普通家庭的梅子在临近毕业时为找工作的事烦恼、奔忙，甚至错过了照毕业照，成了一生的遗憾。"人生不如意事十之八九，但只要有一件事是成功的，也要让生活充满芳香味。"梅子一直把卫老师的这句话铭记在心，也因此受益。文静的梅子，性格外柔内刚。她在工作上扎扎实实，不屑于做违反原则的事，做事正直凭良心，也因此得罪一些人，遭受过不公的待遇。但她有自己的立场和追求，她宁折不弯，坚决不向低俗和丑恶低头，就像凌寒飘香的梅花，不惧风雪，铁骨冰心。爱好文学的她，主张随心随性写作，追求一种恬静、安然和纯粹的美，心怀爱意，用微笑去对待世界，以文字来温暖他人，在创作上颇有建树。她行走于繁华红尘，寥然闲步，恬淡自如。也许是性格决定命运，性情温婉的梅子后来在家庭和工作上都很顺心如意。

循规蹈矩的小薇，听从家人意见，进了银行。单纯的小薇低调踏实，工作努力，得到领导赏识，很快提升为营业部主任，主管信贷。她每天早晚要面对形形色色的客户、老板，要拉存款、落实存贷任务、跑外交、联系客户，烦琐芜杂。这让当初那个单纯得一说话就脸红的小白兔，甚至被男生的求爱信吓哭了的小薇，迅速地成长老练起来。面对各色人等，她也能够从容应付，沉着自如，不再怯懦。后来她调到市行做了行长。家境殷实的耗子，却在找工作上不怎么顺利，还无奈成了待岗青年，但她不怕吃苦，聪颖勤奋，在三年内考了四个证照，让生活变得充实，衣食无忧，富足安和。

梅子和小薇、耗子三个闺密，在人生的征途上并非一帆风顺，但同样怀揣真情，积极乐观，遇到挫折不放弃，面对困难不退缩，好的坏的都坦然接受，认定自己的选择，最终收获幸福。她们能做好家庭和工作双方面的兼顾，由心而发的满足，简单真实的快乐，无关乎虚名浮利，平凡而优雅。这才是豁达的女人，也是成功的女人。

20世纪90年代初，改革开放正进行着，全国形势发生了翻天覆地的变化。

"伟人"邹祥的经历注定不平凡。他满怀激情，风尘仆仆地到砂石厂报到，希望大展拳脚，好好干一番事业，而现实却向他泼了一盆冷水。第一天在矿厂办公室门口听到的对话就让他的心凉了半截。祥子不甘心，不服气，但还是克服沮丧的心情在砂石厂安定下来。他吃苦耐劳，咬牙坚持，接受各种莫名其妙的工作，每天早到迟归，手脚麻利，勤勤恳恳地上班，从不说一句怨言。机会从来都是留给有准备的人。祥子因救了掉到井里的矿长而得到重用，做了矿厂的会计，从此开始了如火如荼的奋斗生涯。他在工作顺风顺水的时候收获爱情，娶了漂亮的吴潇潇，真是好事成双，慕杀旁人。

正当祥子干得风生水起，事业有成，家庭美满，儿女双全之时，体制改革的浪潮涌进新阳城。全县改革的浪潮，一浪高过一浪，国有企业改制势在必行，没有了大锅饭，打破了铁饭碗。而承包矿厂的又是一直与他不对付的原矿石厂副矿长。不吃嗟来之食的祥子只能下岗，偏偏吴潇潇也面临下岗。夫妻两个突然落入一同下岗的尴尬境地，心里有说不出的苦楚和煎熬，但残酷的现实是容不得他们自怨自艾、坐吃山空的。他们上有年迈的父母，下有幼小的孩子，必须尽快想办法出去找工作。好在天无绝人之路，上苍又一次给了邹祥难得的机遇。他在街头偶遇多年未见的小学同学闫飞，由此得知县里事业单位正在招考。邹祥火速跑到人事局看招考简章，买来资料，回家后搁下一切，专心看书学习。经过非常认真辛苦的钻研，他以出色的成绩被顺利录取，分到宿州报社新阳城记者站，做了有事业编制的编辑。潇潇也通过自己的努力考取了会计证，在朋友的帮助下进了一个房地产公司上班。美好的小日子又恢复了平静祥和。

没有什么社会背景的阿飞，工作上波折不断，生活上也坎坷不平。一开始分到布厂下车间，上班环境恶劣。后来厂里遭遇一场大火，境况越发不堪。阿飞先是被减薪调岗，后来跳槽，再后来又下岗转岗。几番周折，最终在乡政府从一个普通的办事员干到副科级干部，没有什么大起大落，倒也算是平平淡淡了。

大江被分配到效益不错的国营单位，很幸运地做了一名会计。他兢兢业业、业务熟练，经手的账目清楚，为人又热情，乐于助人，在单位有口碑。在机构改革后，企业改制时被新厂长留用，并委以重任。算是几个同学中比较安稳的了。但随着孩子长大，房子不够住，买房、贷款、借债，日子就过得紧巴巴的。迫于现状，夫妻两个双双辞职创业，搞装潢。虽然一开始不被父母理解，但靠诚信与吃苦耐劳的韧劲，硬是闯出一片天地来。在创业之初，大江到处跑业务，居无定所，三餐不及时，经常饥一顿饱一顿的，时间长了，得了很严重的胃病。所以在事业规模扩大，生活质量提高后，大江反而把外地兴盛的装潢公司转让出去，回到家乡经营公司。守着慈爱双亲和贤妻爱子，事业有成，手有盈余，知足常乐，夫复何求？

自己当老板的魏子，从一个不大的木材加工厂做起，到经营红木家具、金丝楠木等大生意，变成实力雄厚、资产过亿的大老板。他背井离乡，历尽千辛万苦。辞了工作跑到东北承包农场的哒哥，在北大荒扎了根，在广袤的黑土地上奉献着他的青春和汗水，娶了农场主的女儿，组建了幸福的家庭，开创出红红火火的事业。还有因小儿麻痹症，自幼腿脚不便，木讷内向的峰哥，在校时默默无闻，毕业后却成就很大。他自立自强，承受超出常人想象的艰辛和劳累，靠自学通过了国家经济师职称考试、省中级职称外语考试、食品生产许可证国家注册审核员等考试，经过摸索打拼、不懈努力，最终变成了杰出的上市公司企业家。

在近三十年的沧桑变迁中，他们有着不同的际遇，别样的逆境，一路坚守，砥砺前行。如歌岁月，风过无痕，他们是在风浪里搏击的弄潮儿，在市场经济飞速发展的时代下，在人生浮沉的艰难中，摸爬滚打向前进。他们走过布满荆棘的崎岖，面对现实，改变自己，适应时代的变化，不向任何困难低头，全力以赴地把生活过好。他们心怀能量与阳光，用坚毅和勇敢，坚实地走出一条越来越宽的路。

人情世事尽文章。霍云的小说中有很多篇幅涉及家庭之爱与朋友之情，真实动人的情境，像是朋友间轻言细语的促膝谈心，于平和中见情致，在素淡里现章法。作者文笔轻松生动，仿佛信手拈来的白描，实则是驾轻就熟的灵气迸发。看似是一场日常的聊天叙旧，却能让人解读到藏于其中的深意。读罢掩卷覃思，豁然顿悟。

小说运用了古典文学惯用的章回体形式，分回标目，主题突出。这在当代小说中已不常见，但作者却深得其精髓与韵味。全文共四十个章节，描写了工业专科几十个学生青春的芳华、爱恋、欢欣与血泪交织的人生奋斗史。每篇的开头题记，用一句或几句诗作引，点明主旨，叙述一个较完整的故事篇章，既有相对的独立性，又承上启下，提要钩玄，娓娓道来。细致的人物性格描写，完整的故事结构，语言对白质朴却贴近生活，能让读者一下子融进那些真实的生活场景之中。而小说中多所着墨的优美诗句与几对青年的情书告白，婉约清新的风格、细腻温情的表述、浓郁奔放的抒情味，更是锦上添花。用诗样的内涵以飨读者，增添《落纸云烟》独特的魅力，叫人爱不忍释。

读《落纸云烟》像品读一首长诗，层次清晰，趣味生动，意蕴丰富，余韵悠长。作者笔下那让人难忘的大学，欢乐的大学，闪光的青春，奋斗的青春，是笑脸，是歌唱，是欢语，是迷茫，是萌动，是跳跃，是留恋。"管八七"专科班的毕业生，即便迈进中年的门槛，见识过社会上某些人的卑琐行径或丑陋嘴脸，谙知人性的复杂多变，也历经过无奈、伤痛和苦难，但他们是胸怀激情、活力涌动的，依然忠实于自己内心的坚守。他们保留着对真善美的追求、对生活的信念、对梦想的执着，依然能以赤子之情、博大之怀、淡泊之性、宽容之度、善良之心，珍视这份纯净无邪。当一切花影缤纷或淡寂庸常被奔流不息的时间长河冲蚀，这份通明透亮却始终闪烁着璀璨珠光。当铅华褪尽，尘埃落定，苦乐年华里那些或得或失的过往，都化作宠辱不惊的粲然一笑。回首如梦，一纸云烟，不改初衷，方得自如。

（原载于 2020 年第 2 期《石榴》、2020 年 11 月 6 日《骆马湖》、2021 年第 2 期《楚苑》。）

书香女子美如诗

　　周末午后，我想去城北的书店逛逛，就坐了便利的公交前往。大约是休息日的缘故，车上人很多，有几个站着的孩子在嬉闹，愈显拥挤、喧嚷。大多数人都在低头玩手机，我注意到一个中年女子，有点与众不同，她在专注地看书。她并不年轻，衣着朴素，读书的样子却很美。她的目光平和，神态安静，仿佛周边的一切与她无关，只沉浸在书本的世界里。看着她，我不由得想到了几个文友，那是一群喜爱文字的女子。

　　莉是一名成功的企业家，拥有自己的一份事业，为人善良，是位心怀温暖的女子。不仅在家侍奉公婆如父母，还做慈善，资助多个贫困学生完成学业。工作、家务已挤占了她的大部分时间，但她还会抽出点空闲来读读书、写写文。她的文字质朴自然，字里行间透出满满的正能量，激励人心，给人带来美的享受。

　　梅是爱美的女子。爱旅游，爱照相，爱美食，爱小动物。她心灵手巧，爱好文艺也有烟火气，会烧菜，喜手工，擅绘画，多才多艺。她非常有爱心，经常收养一些流浪猫、流浪狗。看到街头被遗弃的小狗小猫，就抱回家，给它们洗澡，喂它们吃的，到动物医院给它们检查身体、打疫苗，再帮它们重新找主人。家里也收拾得像她的人一样赏心悦目，把日子过得随性、惬意。

莲外表柔弱，骨子里却很坚强。自己开了个小饭馆，勤劳能干，聪明好学。她经常研究出有特色的菜品，精美的图片配上隽永的缀文，发在朋友圈，让人在感官与精神上有双重的享受。

兰是饱读诗书的女子，写得一手好文章，是单位里的笔杆子。她把生活与工作都打理得有声有色，是工作中的精英骨干，家庭里的贤妻良母。她能制作各式精美的糕点，还会自己做旗袍，穿上特别合身，素雅别致又窈窕好看。

她们是爱读书的女子，才情出众，却谦逊朴实，兼顾事业、家庭。她们在自己的一方田园中耕耘，在心灵的后花园里栽培。种花种草，收一垄葱郁繁茂，丰富生活；种情种梦，获满怀温情暖意，憧憬未来。阅读使她们思想精深，比天空高远，比大海宽广，她们在书香里探寻诗与远方。

爱读书的女子是优雅的。当恬静的身影伏于书桌前，灵魂走进飘散墨香的书本，快乐和爱意从心底流淌出来，那浪漫的情愫、闲适的姿态、心如莲花的洁净，是最令人神往的。打开书本，赏词析句，优游其中，就像在欣赏美的乐曲、舞蹈和画卷，在文字里感受轻松愉悦。

爱读书的女子是温和的。她们在文字的世界里，守一份韶华静好，素心如雪。大方的谈吐，不凡的气质，淡定中有波澜不惊的沉着，如水样的柔。像夏天的凉风，若一株幽兰，有别样的清新。心中藏爱，眼中有光，真诚、明朗，能宽容地对待身边的每一个人。

爱读书的女子是明媚的。她们不需要天生丽质，也不需要过多妆容与服饰的点缀，知性婉约，自带光芒。在书籍的滋养下，那素净的美，已胜过鲜花的娇艳，经得起时光的雕琢，历久弥新。

爱读书的女子是自信的。她们从书中汲取营养，丰富自己，滋润生活，活得洒脱从容。她们平衡好事业与家庭，努力工作，用心爱家，收获满满。在工作中认真做事，积累经验，不张扬，不浮夸。上得厅堂，下得厨房。洗手做羹汤，一心一意地为家人操劳，尽心竭力，无怨无悔。

爱读书的女子是精致的。阅读让其内心宁静，成长过程中她们不断地汲取智慧，于精神上丰盈，在处事中凝重。她们陶冶了情操，开阔了眼界，营造出良好的生活氛围。同样是相夫教子，同样是柴米油盐，爱读书的女子一定是温善的，让家庭温馨和睦，令社会安宁和谐。

现代社会的女性，在工作和家庭中奔波劳碌。日常的琐碎与平淡，会磨灭自身的锐气和热情。唯有读书，能随时随地开阔眼界、滋养心灵、积累资本、提升魅力。读书增添阅历，让人更豁达通透，能无视世俗纷扰，淡看人生起落，心境平和。爱读书的女子会变得大气超脱，聪慧灵秀的她们是世间女子中最美丽的。

岁月的沉淀，书香的浸润，会让人慢慢修炼成有气度的女子，恬淡的书卷气让女子在言行举止间散发脱俗的魅力。日久天长，自然熏陶出腹有诗书气自华的"贵气"。毕淑敏曾说过的这段话就是最好的阐释：我喜欢爱读书的女人。书不是胭脂，却会使女人心颜常驻。书不是棍棒，却使女人铿锵有力。书不是羽毛，却会使女人飞翔。书不是万能的，却会使女人千变万化。

书香女子美如诗，在空闲时捧卷阅读的女子，有诗意的美好，有迷人的韵味，有独一无二的风情。爱上阅读吧，它让我们在书香中打磨心性，领悟真谛，品味生活的幸福，感知人生的真善美。

做一个有趣味的书香女子

冰心说过："世界上若没有女人，这世界至少要失去十分之五的'真'、十分之六的'善'、十分之七的'美'。"而我觉得，不读书的女人便失去了十分之三的趣味。

读书能让人学习知识，积累经验，从而更好地胜任工作，这一点我深有体会。

我是一名出纳，在粮食单位工作。至今还记得第一次付款时，因为怕出差错，心里老是七上八下打着小鼓的紧张心情。当时班上粮食收购数量大，是现金付款，每一份票据都有几角几分的零头。直到下班对账结束，我细细盘点了现金账，看到余额相符，一颗悬着的心才算放了下来。后来我觉得自己的知识储备不够，就找了好多相关的书来看，还参加了会计学习班。

学习时也很辛苦，开课的时间又是夏粮收购的时候，我要调课调班，只能上半天课半天班，每天要往返四十里的路程。正值伏天，天气炎热，一度想放弃，但想到自己的欠缺与不足，最终还是坚持了下来。因为不能上全天的课程，第二天学习时就向身边的同学借笔记，把一些重点难点都记下来，不懂的再问老师。法规类的需要记忆背诵，我就每天多看看，有时间就在脑子里过一遍加深印象。基础类的需要运算，就经常做练习，每天晚上都看书做题到十一二点。一分努力就有一分收获，当拿到证书的那一刻，心情真正是无比的快乐。

读书提高了我的业务水平，充实自己的同时也获得了别样的乐趣。让我从容自信地面对工作，不再觉得上班是一件枯燥无味的事情。

读书不仅能充实心灵，还能完善人生。我家楼下有个修鞋铺，店主是名一条腿有点残疾的姑娘，清秀文静。她修鞋的手艺好，对人的态度诚恳，找她修鞋的老顾客特别多。

前几天我鞋子的后跟有点磨损，我让她帮我修一下，她看一下鞋子说，还不太严重，你穿几次再补也行。其实这是她第三次这样说了，别人修鞋，看到生意是不会往外推的。我爱臭美，看鞋跟有点毛糙不好看，还是叫她修一下。她说，那你坐着等会儿，很快就好了。

她的店面不大，里面还有一个小套间，挂着一些需要翻新修补的皮衣之类，外面的小房间收拾得非常整洁。打理好的鞋子都整齐地摆放在鞋柜里，每一双都套上了塑料袋，防止沾上灰尘。前面电脑桌上摆放一盆青翠的文竹，边上放着一大摞书刊，有一本打开来的散文集，进店时还看到她在翻阅。我问姑娘："你喜欢读书啊？""是呀，有时间就会看看书，这个爱好一直没撂下，有时也写点博客，发些文章什么的。"姑娘浅浅地笑着，眼神清澈。

阳光从玻璃门外斜照进来，把姑娘的笑脸映照得非常动人。姑娘的腿有残疾，可我觉得她的生命是完整而多彩的。她用勤劳的双手创造美好生活，用智慧的眼睛探寻生活趣味，用清雅的书香充盈内心世界，就像面前那株清新的植物，散发顽强蓬勃的生命力。

读书既能丰富生活，又能增添情趣。邻居小雯，是一个家庭主妇，是热心肠的女子。一次邀请我去她家做客，她家里一些手工制作的小摆设真是让我大开眼界。

废弃的瓶子、盆、灯泡等，都能被她改造成漂亮的器皿，盛放一些零碎的杂物或是种着花草。她会女红，洗衣机的罩子、抽纸盒的套子、沙发的垫子都是她自己精心编织的。阳台的花架上摆满盆栽，红花绿草，长得郁郁葱葱，散发浓郁的香气。她看我满是惊奇羡慕的眼神，笑着把我领进书房。哇！连笔筒也是她做的。我的目光被放在橱柜里的布娃娃、小熊、小兔子等吸引，它们模样憨态可掬，可爱得叫人挪不开眼睛。她说，这是她用一些不穿的旧衣服碎布做的，孩子的玩具都是她手工制作的，干净卫生又安全。我看到书桌上有好多育儿方面的书籍，还有一些关于手工制作和养护花草的刊物，也就不奇怪她的心灵手巧了。能把家布置得美丽又充满生趣，一定是一个心底温暖、喜爱读书的女子。

爱读书的女子，会拥有坦荡的胸怀和阳光的心态。在工作中她是一个优秀的员工，在家庭中也会是一个贤良的妻子、母亲、儿媳、女儿。一个喜欢阅读的妈妈，在日常生活中会带给孩子深远的影响，会使孩子养成一种喜欢读书的好习惯，引领孩子健康成长。她也会是知书达礼、心思细腻、温和体贴的妻子，又是懂得尊重、照顾老人，善良又有孝心的晚辈。

腹有诗书气自华，读书让我们获得技能，加深内涵，增强信心，开阔眼界。读书能修身养性，陶冶情操，提升我们内在与外在的气质，教会我们许多做人的道理，让精神世界富有，思想境界博大。

书香像茂密的树，沿途送来芬芳宜人；书香像清亮的水滴，滋养人的心灵；书香像和暖的春风，带给人愉悦舒畅。书香让人在纷繁的尘世里，依然能保持灵魂的澄澈丰盈，永不荒芜枯竭，愿全天下所有女性都能成为有趣味的书香女子。

（2018年12月获第六届全国"书香三八"读书活动征文优秀奖［红旗出版社、中国妇女报］。）

缤纷五月长相忆

五月的风，温暖、润泽，清晨和阳光一起拥进房中，抚摩着我的惺忪、慵懒，唤醒美妙的梦。我在回味，梦中的你：春风拂过柳丝般的秀发，如长长的思念缠绕；纯净的眼眸，温柔如水，漾起我嘴角的笑意。那些层叠的影像放大、定格。像一幅画的晕染，在心底肆意展开；像滔滔江河的奔涌，漫出时空的堤防。

五月的江南，似一阕清丽的小令，是温婉如春的笑靥。我在北方的城市，默念你的名字。你是否忆起，留下我们青春足印的小城？熙熙长街上，一起走过的路；菁菁校园里，一起读过的书；夏日的黄昏，一起画过的画；冬天的长夜，一起说过知心的话……

五月的葱茏，似情怀浓浓，融一份眷恋和温馨。我记得你的灵巧，柔软的手指帮我梳起漂亮的麻花辫，总是叫人羡慕。而笨笨的我，总是弄乱你顺溜的长发，翻着的辫子要你拆了重新编。想起那次学校举行的书画比赛，我交上去的是仕女图和硬笔书法，你画的是松鹤图，当时好想要你的那幅画。可惜，你的画儿没能入选，也拿不回原稿。我的书法和画却幸运得奖，贴在校园的橱窗里。你欢快地跑来告诉我，像是自己得了奖一样高兴。你说以后一定给我重画一幅松鹤图。可你突然转学，回了南方的老家，画儿就成了我至今的遗憾。

五月的雨，落在溪流，如琴音叮咚，泛起晶莹的花朵。细雨中的相伴，那执伞同行的欢乐、共听风雨淅沥的欣喜，是年少时的趣事，也是珍贵的记忆，传递一份悠长的意蕴。你送我的披肩，轻抚它的柔软，就是涌向心头的暖意。你给我织的毛衣，斑斓五彩，融进思念的图案，情比线长。

五月的花，开在流年。风儿浅浅，淡淡飘；情缘深深，满满香。氤氲江南，你是否如我一般的怀想？缤纷如昨，是挂在枝梢的灿烂，是簪上鬓角的娇俏，每一片花瓣，都是思念的呼唤，都是我在这北方的小城对你深情的默念。忆起你的点点滴滴，一份朴素的友情，珍放于心扉，细细收藏。

五月的轻盈，透着柔和与暖意。水韵江南忆，水样的女子，伊人相思否？莺飞草长，聆听，这花乡旖旎风光里的诗意；烟雨水墨，眺望，那青花瓷守候天青色的情韵。你是否忆起我们一起走过的青涩年华，那份纯真的情谊，像一幅工笔画，在我心底一笔一笔，细细勾描。盈盈一水间，隔岸与君望。你的安好，我的幸福，时光深处，情思缕缕。

此情长，长相忆。莫要感慨匆匆岁月的流逝。回眸处，清香满溢，一份美好的情愫常驻心中。

刻名字的宝葫芦

未名姐发消息给我，告诉我，我的葫芦熟了，叫明天去摘。准确地说，是刻有我名字的葫芦熟了。

上次重阳节文友小聚，未名姐说给我一个惊喜。要我到院子里找刻了我名字的葫芦，她说要仔细寻，是个迷你葫芦。

昨夜一场秋雨，让晨光中的未名园显得格外清新。空气里飘散着温润的桂花香、清甜的木瓜香。秋阳正好，秋天的未名园，别有一番雅致的趣味。高大的核桃树下散落几枚带胞衣的核桃，红石榴在风中咧开了嘴巴，艳艳的山楂像刚刚梳洗完的美人。漫步园林，心情愉悦，在这里能觅得心灵的宁静，值得珍重的不仅是文友谈诗论文的激情，更有一些美好会沉淀下来，如溪流的清澈，像花瓣的舒展，又似果实的饱满。

穿过逶迤长廊，我一架架探寻过去。每一株葫芦都青绿可爱，满架的翠色在秋风里尤为醒目。它们挺着圆润的肚子，像一个个萌萌的福娃娃。这是富态玲珑的亚腰葫芦，既有盈手可握的娇俏，又有雍容华贵的气度，每一枚都有大儒大雅之相。

葫芦者，福禄也。葫芦的寓意比较丰富，常见的寓意可以表示身体健康，象征婚姻幸福夫妻和睦，谐音"福禄"，象征着富贵。

人们喜爱葫芦，还因为它爱生长、能蔓延、多果实。记得小时，母亲会在院子外面的篱笆下种植葫芦，经过几场春风与春雨，不经意间绿色的藤蔓就爬满了篱笆，缀满白色的小花。等花朵悄悄地谢了，便结出果子。但多是单肚儿，个子大，长得壮硕。嫩的可食用，长老的，到秋天摘下晒干。可破开两半儿，做瓢。用它舀水，扔水缸里，漂着不沉，用着顺手，一只水瓢可用很长时间，天然耐用又环保。偶尔会有一两个好看的亚葫芦，不等到成熟，就会被顽皮的孩子偷摘去，即便看见了，母亲也不会去责怪他们。

葫芦不仅实用，外形也标致。长柄、鹤颈、圆身、细腰，风姿卓然，凹凸有致，似三围标准的妙人儿。它深得文人雅士的青睐，巧手的人会在上面烙上书法或各种绘画。色泽金黄的葫芦，经过长时摩挲把玩，更加光洁润泽，颇受人们的喜爱。

腹中明朗莹中虚。葫芦亦能参悟天道，藏有玄机。宋人陆游有诗云："葫芦虽小藏天地，伴我云山万里身。收起鬼神窥不见，用时能与物为春。"

怪不得未名姐叫我细细寻、慢慢找。这么多架的葫芦，每个葫芦上面都刻着名字，多为文友及其家人的。它们吸纳大自然的精华，也被浩博的爱润泽，在光影里熠熠生辉……哈，找到了！我的小葫芦就结在第二架上，被几片绿叶掩映，名字藏在背面，在众多的葫芦中找到它，还真是费了一番功夫。

彼时，葫芦还没有成熟。未名姐给了我几个去年的葫芦，是用清漆漆过的，明亮光润，颜色淡黄，精致耐看。

葫芦外形嘴小肚大，从古至今就有着去病强体的寓意。

母亲前段时间住院手术，我放一个葫芦在随身的包中。她住院那日，恰逢一位故交从省城出院归来，本来说好去探望，就耽搁了，只能在心里默默祈福，为友人，为母亲。

母亲办理了住院手续。术前需做一次加强 CT，要空腹才能检查，但母亲那天吃了早饭，只能推迟到第二天才能做。中午，母亲就到我住处吃饭、休息，等下午再回医院。她看到我桌子上的葫芦，于手中把玩，夸赞漂亮。我说是好朋友送的。"你朋友是厚德之人哪，以仁善之心待人。"母亲说。饭后，我与母亲闲聊，话题不知怎么扯到孩子教育方面，我口无遮拦，言辞中有点埋怨母亲对孙辈的溺爱。久未见母亲回应，发觉她神情黯然，手中摩挲着葫芦，沉默不语。我不由得心中懊悔，暗暗自责。母亲是明日就要动手术的人，我没柔声细语地宽慰，却一味地讲些生硬的话，真是不该。

幸而，母亲手术成功，顺利。好巧！为母亲手术的医生，正是我原来采写过的协和医院的耿医生，最擅长介入治疗手术，创伤小，痛苦少，见效快，技术精湛。古代颂誉医者道者救人于病痛，称之为悬壶济世。"壶"就是指葫芦，古代道家的象征之一。耿医生真正是悬壶妙手了。从历代史籍中得知，古时候的行医者无论走到哪里，身上都背着葫芦，既是表明医者身怀"悬壶济世"之宏愿，又是看重葫芦有很强的密封性能、潮气不易进入、容易保持药物干燥的实用价值。而且，葫芦除了能盛药，本身也可为药，医治很多疾病。

朋友们心思细腻，逢雅会，见我未到，问询缘由，我只淡言母亲身体欠安。有说要来看望母亲，我皆复之：不必于繁忙中过来。浓情挚语已如春风入怀，真诚的问候我会转达给母亲，代老人家谢过。未名姐也联系我，说等她院子里的葫芦熟了，要我多摘些回去，挂在母亲的床头祈康泰、保安福。我自是欢喜，回应过几天一定去摘葫芦。

殷殷之意暖心。感恩医生的关爱付出，也感恩亲友如水的温情。每个问候、祝福我皆铭记，点点滴滴都珍藏于心，就像葫芦藏得乾坤，能把所有修好与宽和装于腹内。葫芦凝结我们优秀传统文化的精髓，它蕴含多层次的寓意：幸福、吉祥、安乐、康健、和谐、美满、繁茂、多子等，称得上宝葫芦。

　　明天，我就将去摘刻有我名字的宝葫芦了。剪下带枝蔓儿的葫芦，悬挂室内，装满质朴厚重的情意。举首一望间，那份优雅情致便生出来了，那份温馨美好亦漫溢开来，那是葫芦的境界，也是人的境界。

（原载于 2019 年 11 月 3 日《作家在线》。）

清逸如藤

"占尽人间清绝事，紫藤香起竹根炉。"紫藤花开，绿叶似羽，紫花如蝶，悬垂而下，浓荫蔽日，花香清新，令人心旷神怡。在沭阳，提到紫藤，就会让人联想到一个历史人物，那就是做过我们沭阳知县的大才子袁枚。

袁枚是清代著名诗人、文学评论家，也是颇有贤名的县令。钱塘（今杭州）人，乾隆进士，曾为翰林院庶吉士。乾隆八至十年（1743—1745），他在沭阳任知县期间，亲手栽下了一株紫藤。历经两百余年，风雨沧桑，紫藤依然枝繁叶茂，沭阳人称它为"袁公藤"。

倡导"性灵说"的袁枚，与赵翼、蒋士铨合称"乾嘉三大家"（或江右三大家），又与赵翼、张问陶并称"性灵派三大家"，为"清代骈文八大家"之一。他认为诗歌是内心的声音，是性情的真实流露。其为人亦如作文，坦诚率真，做官不畏强势，不愿在官场上争名逐利，却悲悯苍生、怜弱济困，对民众极重情义。

袁枚初到沭阳时，虽是所谓"乾隆盛世"，但在沭阳民间，却是饿殍遍野，一派萧疏的景象。百姓饱受悍吏的剥削，遭受水、旱、蝗、瘟疫等侵害，苦不堪言。面对民不聊生的惨象，他字字血泪，挥笔写下一首《苦灾行》对贪官污吏进行无情的揭露、鞭挞。

> 沭阳八年灾，往岁尤为酷。
> 我适莅此邦，一望徒陵谷。
> 百死犹可忍，饿死苦不速。
> 野狗衔髑髅，骨瘦亦无肉。
> 饥口三十万，鸿恩无不沐。
> 望此一月赈，早作千回卜。
> …………

到任后的袁枚，毅然开仓放粮，减赋免税，以纾民困。他发现沭阳水利设施陈旧，存在严重水患后，积极发动百姓修渠治水，筑成了有名的六塘子堰，遏制了沭阳的水患。他还采取多种措施，恢复和发展农业生产，救沭阳人民于水深火热之中，让老百姓的生活安顿下来，受到大家的拥护和爱戴。

袁枚在沭阳，清正廉洁，勤勉于政，秉公执法。"为政，终日坐堂"，他整天都坐在公堂上等底下衙吏或民众呈上公文、诉状，小案子就马上裁示、判决，毫不拖延。无论平常事宜的多寡与大小，也不管是官吏还是百姓中发生的纠纷和案情，他都亲自询问和查访，并果断裁决，从不稽留。又派人四处查探各种消息，集合乡里保正查问地方盗贼与恶棍姓名，并拿出查探到的数据来核对，使地方不能隐瞒，但对查到的人则只公告姓名，约好如果三年内都没再犯就一笔勾销，因此奸民绝迹。他心系民生，关心农事，谦恭下士，仁厚待人。他常常跻身于市，与农夫、匠人、商贾、书生皆有交往，是老百姓眼中的大好官，深受他们的敬仰。

乾隆十年（1745），袁枚离任沭阳时，百姓含泪送行，依依不舍，攀车饯酒，不忍话别。乾隆五十三年（1788），73岁的袁枚，受到沭阳知名人士吕峄亭的邀请，又到沭阳做客，沭阳各界，一部分人曾趋前三十里相迎。"夜阑置酒，闻车声哼哼，则峄亭遣使来迎。迟明行六十里，峄亭延候于十字桥，彼此喜跃，骈辚同驱。"袁枚面对如此拥戴他的民众，写下了情意真挚的《重到沭阳图记》。他在文中深有感触地说："视民如家，官居而不忘其地者，其地之人，亦不能忘之也。""此一别也，余不能学太上之忘情，故写两图，一以付吕，一以自存，传示子孙，俾知官可重来，其官可想，迎故官如新官，其主人亦可想。"官爱民、民爱官，实乃为官之典范。倡导高风亮节，方可令百世后代奋发。在他的心中，为官就该"纾国更纾民，终为百姓福"。

　　袁枚在沭阳植下的这株紫藤，一直生长在县政府大院。后来县政府搬迁，原址被开发成小区，因为这株紫藤，小区就取名"紫藤花园"，一个很有诗意的名字。去年春天，我去紫藤花园看过这株紫藤花。两百年树龄的紫藤，藤蔓粗壮，刚劲的虬枝缠绕在古槐树和四周搭建的水泥架上，如盘龙绕梁，翠绿葱茏的藤条朝高空攀缘，顺着围栏向前伸展，灰白的钢筋水泥像是沾染了它的灵气，仿佛也有了一股不屈不挠的生命力。清风徐徐，绿叶摇曳，繁花怒放，浅紫色的花朵焕发勃勃生机。它开得异常茂盛，煞是壮观。密密的叶子重叠挨挤，柔韧的枝条缠绕交错，那像紫葡萄一样倒悬着的花朵，一串串相依相偎，千百朵花连成一片，像紫色的烟霞飘落在枝条上，深深浅浅，绽放光芒，暗送芬芳，引得蜜蜂和蝴蝶忙碌追逐，舞动春天的喜悦之情。

紫藤花热闹而又寂寞地开着，看着它，心境通透，人仿佛一下子变得宁静平和。这般的安然自在、这般的无拘无束、这般的飘逸洒脱，令人忘记尘世烦恼，心思纯净，无欲无求，只想沉醉于氤氲的花香里。美丽的紫藤花，风骨峭峻，它不在乎土地的贫瘠、不挑剔环境的恶劣、不畏惧风雨的肆虐，展露它自信的容颜。

紫藤花飘逸洒脱，亲手栽下"袁公藤"的袁枚，则更为清逸潇洒。袁枚为官清廉，性情疏朗，厌恶官场的倾轧。乾隆十四年（1749），对仕途失去信心的袁枚，辞官隐居南京小仓山随园，晚年自号仓山居士、随园主人、随园老人。袁枚是个重视生活情趣的人，他爱金陵灵秀之气，安于闲情逸致的生活。专注于写诗、作文，醉心于山水、草木，不复有出仕之念。随园四面无墙，每逢佳日，游人如织，袁枚亦任其往来，不加管制，更在门联上写道："放鹤去寻山鸟客；任人来看四时花"。

是在朝为官还是在野为民，袁枚始终拥有一颗朴素干净的心灵，保持他坦荡的君子作风。他淡若清风的操守、飘逸如云的娴雅，恰似袁公藤的清逸出尘。对于紫藤，泥土是它的根本，是它的养分与供给，它离不开泥土的滋养。它将强劲的枝条努力向上扩展，以实现自己的凌云之志。紫花绿叶，葳蕤葱郁，亮丽如锦，而每一朵花又低首悬垂，虔诚地伸向地面，将袅袅馨香奉送给泥土。一架紫藤，满院幽香，这也是紫藤博大无私的奉献精神。

袁枚曾诗咏紫藤：

朱藤花压读书堂，分得桐阴半亩凉。

新制玻璃窗六扇，关窗依旧月如霜。

袁枚于嘉庆三年（1798）去世，享年 83 岁，去世后葬在南京百步坡，世称"随园先生"。袁枚能活到如此高龄，和他随性豁达的生活态度分不开。优游恬淡，清逸如藤。只有保持清澈如水的品性，才能拥有如此闲适的心境。

袁公去了，袁公藤还在，以其坚韧的性情、旺盛的姿态、蓬勃的生命力，向人们展示它清逸脱俗的风采。

（原载于 2019 年 4 月 6 日《骆马湖文学》、2020 年第 1 期《青海湖》，2019 年 12 月获第二届"协和杯"骆马湖文学奖优秀奖。）

桃子红了

李姐一进办公室，就见小娜在低头划拉手机。

"看什么呢，这么专心投入？"

"李姐，快来看，八两一个的大桃子，想不想品尝？"

"那不一个就吃饱了，桃子能长这么大？"

"赵大志发的朋友圈，你看这图，看着就叫人眼馋，明天是周末，要不我们也去他家的果园采摘？"

"好哇，那说定了，明天早点去，凉快，我们也好长时间没过去了。"

快到小暑了，清晨的天气还不是太热，李姐和小娜开着车，一路说说笑笑，不觉就到了赵大志的果园。

一大片红嘴了的桃子点缀在桃树碧绿的枝叶间，很是诱人。"好美的桃子呀！李姐你看，这油桃、黄桃、脆桃、水蜜桃，我都看花眼了，摘哪种好哇？"小娜手指着桃林赞叹。

"每样都摘点，那边还有新品种呢，我叫霞带你们过去。"正在装箱的赵大志忙站起了身。

"霞，带李主任她们去看看。"

"好嘞。"随着一声清脆的应答，一位腹部微微隆起的少妇，走了过来。

"大志，这是你的新媳妇？"

"嗯嗯，家里的。"赵大志笑得合不拢嘴。

"大志，别让新媳妇累着，你陪我们走走吧。"

"行啊，我陪你们看看。不要看她嫁过来时间不长，懂得可真不少哩。什么品种、颜色、口味，什么时段的果子好吃，她可是一清二楚的。"

赵大志把手里的那箱桃子封好，带着李姐和小娜走进桃园。他虽然有点跛足，但走起路来带风，一点也不比她们慢。李姐看着赵大志略斜的背影，不由得回想起几年前那个沉默寡言的青年，和现在简直判若两人。

那时，李姐和小娜都是赵圩村的脱贫攻坚驻村队员，她们是周一到周六都吃住在赵圩村，周日才回城里。李姐四十多岁的年纪，扎着一个短马尾，人显得精神干练。她从业二十多年了，也是一名老党员，不仅在工作业务上驾轻就熟，对同事也热心随和，大家都亲切地叫她李姐。小娜是个宝妈，孩子刚断奶不久，和李姐在一个办公室。脱贫攻坚工作展开后，李姐主动请缨，申请驻点赵圩村，立志完成乡村脱贫的光荣任务。小娜紧随其后，也报名参加了，说是要跟着李姐锻炼锻炼自己。

赵大志家算得上村里最穷的贫困户了。父母年龄偏大，他没学历没手艺，腿还有点残疾，外出打工不便，就靠几亩土地生活。别人家有住上新楼房、开上小轿车的，他们家还是几间砖瓦房。赵大志成天一副愁眉不展、唉声叹气的模样，快三十了，连个媳妇都没有，在农村可真是老大难了。

李姐表面上大大咧咧、风风火火的，其实是个心思很细腻的人。她看到赵大志家生活拮据，回去时会从家里带些米、面、油和生活用品过来，送给大志家。她怕他们不接受，就说是上面发下的。看到有的贫困户家孩子衣服破旧，她也会买些新衣服、鞋子和学习用品什么的。看到不孝敬老人的子女，会说服教育，有时听到赵大志对父母说话的声气不耐烦，她会温和地批评，看到打架拌嘴的夫妻，她会耐心地劝说，在村民面前展示她如水样的温柔。人们都说驻村干部不仅帮大家脱贫，带来党的好政策，还传递着丰富的社会文化、精神文化。

赵大志的消沉，李姐看在眼里，记在心里，一直思索如何帮他脱贫。授人以鱼，不如授人以渔。要帮他学技术，凭本领，靠劳动，才能彻底摆脱贫困。

后来机缘巧合，赵大志家附近有一片桃园，原承包人想脱手转让。李姐知道后就想到赵大志，鼓励他承包果园。帮助他做小额信贷、技术培训等相关的手续。激励他遇到困难不能退缩，不仅手脚要勤快，头脑也要勤快，要多想多学多用心，还要多看书多请教。开头也是磕磕绊绊的，好在赵大志有股不服输的韧劲，他说不能辜负李主任的一番好意和心血，一定要干出个样子来。

赵大志一切从零开始。他对桃树的打理经验不足，追肥、打药、剪枝，每一项都要费心费力，耗时耗功。李姐就为他鼓劲，会从网上买些书籍给他充电，也常到他的果园来帮忙。基层的工作任务烦琐又忙碌，李姐那时并不是每个周末都回家，她看小娜孩子小，就主动多分担些工作，好让小娜能够回去多陪陪孩子，她时常一个月都不回家。这些赵大志都看在眼里，他在心里暗暗下决心，要争口气，要对得起李姐的期望。

"李主任，这是又脆又甜的霞脆，皮薄肉脆、清甜爽口；东面是霞晖，口感细腻、色泽鲜红；南片是早凤王和玉露美人，圆润个大、肉质如玉、香浓多汁；还有油桃、黄桃，每样都摘点尝尝鲜。"赵大志的话打断了李姐的回忆。

"好哇，我们今天可是大饱了眼福、口福。这片桃林真美，像世外桃源一样。赵大志，你的小日子真甜哪！"

"这是托党的福，托你们的福哇！桃子长得要俏，卖得也要俏。多亏李主任教我在网上打开销路，这不，每天苏州、无锡、浙江、山东的，邮递送货都忙不过来。"

"这么多桃子，成熟期集中，遇上阴雨天，会不会坏掉？"

"这个不用担心。我们村现在借助乡里配套建设的林果服务中心和 5000 吨的冷鲜仓库，组织大家与外地水果加工企业联系，生产了黄桃罐头、桃胶膏、蜜桃雪莲子膏、农家自酿桃酒等桃产品，还研发出赵圩村蜜桃、黄金蜜桃等新品种，可以在网上常年销售，不用担心滞销坏掉。"赵大志嘿嘿笑道，"特别忙时我也会招几个工人帮忙。"

"哦，以后不叫你大志了，该称呼你赵老板。"李姐和小娜不约而同地笑言。

她们每样桃子都摘点，一会儿，装桃子的篮子就满了。这些红艳艳的桃子像脸蛋粉嘟嘟的娃娃，看了一眼就让人从心里生出欢喜与希望。怪不得大志的脸上一直挂满笑容。那是感受新生活幸福美满的笑，是满足的笑，是发自内心的笑，是不由自主就流露的笑。

李姐叫赵大志称重，大志不肯。说这点桃子，哪能收钱呢，有点小看我大志了，你们能来，我就非常高兴了。

"要感谢你们。没有你们驻村工作队的支持，就没有我们今天的好生活呀。李主任，我们村变成农家果园村了，赵圩村的桃园、梨园、葡萄园，品种多，质量好，绿色环保，远近闻名哩。"

"以后一定会常来，你凭勤劳的双手致富，靠汗水追梦，把桃园经营得这么红火，我们也高兴啊。"

李姐也不再和赵大志多客套，把桃子放到车上，又朝小娜使了个眼色。小娜默契地点点头。

等送走李姐她们，赵大志才发现小娜放在一个装桃空箱子里的钱。

"唉！这个李主任真倔，每次都这样。我想表表心意都不给个机会。"赵大志摇了摇头，无奈地自言自语。

可敬的脱贫攻坚驻村队员，在党中央的号召下携手共进，用实际行动践行自己的职责担当，用信念打破旧思想，以智慧将贫困连根拔起，做到党员带头实干，群众致富不愁。她们又是如此的朴素、低调，心怀温暖，带给人光与热。

车上的李姐和小娜，望向车窗外，美丽的赵圩村宛如一幅浓墨重彩的生动图画铺展在她们面前。一栋栋楼房掩映在绿意葱茏之中，一片片果园生机盎然，一条条水泥路蜿蜒伸展。想想几年间的变化，真是翻天覆地，她们心中生出许多感慨，眼睛里充满欣慰。那大片的桃林渐渐远去，一缕霞光透射进来，飞上脸庞，映照她们的笑容像灿亮亮的桃花，像红灼灼的蜜桃，那么明媚，那么甜美。

火凤凰

最近我的脸又有点过敏了，我准备到阿樱的店里去看看。阿樱是我的好友，她开了一个中医养生馆。

外面艳阳高照。初夏，正是杨树飘花絮的时候，大概是好长时间没下雨的缘故，空气干燥，零乱的杨絮飘飞于空中。这些轻软得像羽毛、棉絮的杨花和尘埃一起扑在脸上，痒酥酥的有点烦人。每年到这个季节，我尽量宅在家里，一出门儿，我的脸就会过敏，又红又痒的实在是不舒服。

我认识阿樱很多年了，她性格随和，外表看起来柔弱，骨子里却有股子不服输的韧劲。我好长时间没见她了，听说她前年离婚了，带着两个女儿生活。

她做过好多工作。干过饭店服务员、服装销售员，开过鲜花店、茶叶店等。她有高级育婴师证书，曾在南方给人做过育婴师，也在附近的婴儿洗澡馆工作过，她还做过家政服务培训，主要是培训月嫂、育婴师等，口碑很好。她做事认真，热心善良，无论在哪一行都做得好，我一直很佩服她，做什么事情都像模像样的。

我是第一次去阿樱的养生馆，到楼下我打电话给她，她下来接我。阿樱居然穿着长裙。我知道她可是好多年没穿过裙子了。到店里，她给我倒茶，我叫她快坐下，要和她好好说说话。这几年没见，她的变化太大了！皮肤白皙、红润，还很通透，精气神也特别好，哪里像 70 后的人？真是越活越年轻了。

我记得她原来的身体有点虚，就是夏天也要穿长衣长裤，怕受凉，不敢吹空调。那次和几个好友一起吃饭，凉的、辣的、海鲜、水果之类，阿樱是不下筷的，酒更是一滴不沾，好多菜都不吃。我看她面色发黄，脸上隐隐有些斑点，嘴唇也有点苍白，坐在离空调很远的地方，盛夏还围着长丝巾。问她是不是贫血，要多吃东西才行啊。她说，不是不想吃，吃了肠胃就受不了，吹空调关节也会痛，不敢穿短袖衫和裙子。

看她现在的气色这么好，活得舒心，话题自然就扯到她家庭上。她说还是自己带孩子，不过孩子大了，大女儿已上大学，小女儿在念中学。日子比原来踏实多了，不受气，心情好。她说当初为了离婚是净身出户。她老公懒散还好赌，自己不做事也就罢了，还反对她出去做事情。她原来做过那么多工作，好多都是因为他才半途而废。在南方做育婴师，干得好好的，他偏要无端生出是非，怀疑这怀疑那的，一个男子汉，天天窝在家里不想找事做，又反对她出去上班。

他出去就是赌，阿樱还要为他还赌债，她真的受不了了，后来就离了。"他不愿意离的，只好把房子也给他了，除了孩子，我什么也没带。其实房子也是我买的，当初买房他也不同意，还是我从娘家借钱凑的首付，那时首付是六万，如今涨了几倍。"阿樱说。

"那你怎么把房子给他？"

"不给他，他就不离呗。老是吵架，我受够了那样的生活，想重新开始，对孩子也好。"阿樱平静地说。

"看来你这步是走对了。"我望着她温和的眸子说。

阿樱说学中医纯属偶然。她说因为身体虚、寒、湿太重，看了好多医生，也去省城大医院看过，但大多是治标不治本，本身就是亚健康状态，反反复复地不能除根。后来就想到了中医，想从内里调养，就多看书、拜师学习，还自考了成人大学，拿到了文凭，也是关于中医学方面的。我说真不简单。阿樱说她也付出比一般人更多的辛苦。人到中年，离异带两个孩子，没有什么积蓄，一切都是从头开始。没钱时向亲友借，或者贷款，咬着牙走到了今天。

我知道阿樱不仅能吃苦还很有悟性。她的店在我们县城很有名气，慕名而来的人很多。

渐渐地，大家都知道了阿樱的技术高、收费合理，态度又好，时间一长，回头客就多起来。现在，她的店里聘用好几个学中医的大学生，有时还忙不过来呢。

她看了我的过敏情况，告诉我怎么调理。她说关键要调养好身体，身体强健，皮肤自然就会变好。

我说她是行家，听她的。

人生对于她，波澜起伏，像一本深奥、复杂的书，要她细细去揣摩、解读，她用耐心与努力去攻克一道道的难题。她的心中一直揣着一团火，追着光，就不会被困难吓退。

她说女人无论什么时候都要独立、自强。遇到困境时，只有自己能救自己，不努力，别人谁也帮不了你。当初和丈夫离婚，她也经过苦苦挣扎。她和前夫的关系并不是一开始就不好，先前两人感情还可以。可能是看她生了两个女儿，后来身体虚弱，无法生男孩，他大男子主义作怪，重男轻女，人逐渐变得懒惰，又染上赌博的恶习，愈来愈颓废。

阿樱时常叮嘱女儿要自信、自立，自己能做到的事，尽量不要有求于人。别人的帮助只是暂时的，如果你自己没有能力的话，很快就会被社会淘汰。她女儿也懂事，在学校勤工俭学，做家教，几乎不要阿樱负担什么。我看过阿樱手机里她女儿的照片，都是朴素大方的女孩子，清亮的眼睛和阿樱一样好看。

　　阿樱是租房住，她说将来也一定要买房子，有房子不仅是有安全感，更重要的是对自我的一种提升，不依附别人，做个独立的女性。

　　这才是我们新时代女性该有的样子。我夸阿樱真棒！心态真好！

　　阿樱笑了。"是呀，无论什么时候都不能放弃对生活的热忱和追求。"她感慨道，"我也是没有退路，该历练的就要历练，该往前走还是要往前走哇！"

　　她走出来了，找到了人生的新方向。

　　看着她神采飞扬的脸庞，干净又率真的笑容，心情就会舒展开来。我想起她的网名叫火凤凰。凤凰涅槃，浴火重生。再听她温和中透着坚定的话语，不由得在心里暗暗赞许，她就是一只美丽的火凤凰啊！岁月沉浮，道路曲折，她依然能够保持初心，历经苦痛依然拥有豁达、阳光的姿态，将步伐迈得更坚实，多么难能可贵。我相信，这只火凤凰一定会越飞越高，越飞越远。

　　（原载于红旗出版社出版的《最美书香——第七届"书香三八"读书活动优秀征文集》，2019年12月获第七届全国"书香三八"读书活动征文一等奖。）

藏

　　人的一生是不是都在藏，藏缺点，藏短处，藏忧伤，藏苦痛，藏自己的短板……可总有一些是藏不住的。

　　有一位文友，发了一个链接给我，是一位残疾诗人的诗词。这位诗人的作品，是旧体诗，我原来也看过，在我经常投稿的一家网络平台上。说实话，我非常敬佩他这种自强不息的精神。我也会写一些旧体诗词，虽然起步晚，但从一开始我就按格律检测的标准要求自己，规范地去创作每一首诗词。所以，阅读别人的作品，不由自主地也会用这种规范标准去看待、审视。看到一些出律的旧体诗，就不会当作精品去细读。但我还是把链接转发朋友圈了，是因为他的精神感动人，而且用心写的文字也会打动人心，有一种人格魅力超出"格律"之外了。

　　我在藏自己心里的痛。看到残疾人的字眼，我会想到大弟，想到他失明的右眼。他的眼睛是车祸造成的，诊断书上的文字叫人心颤：右眼球破裂，鼻梁断裂塌陷，上颌骨粉碎骨折，肺挫伤……每一个字都是滴血的疼。从此，他那耷拉下的右眼，再也撑不起双眼皮的重，再也看不见光亮。肇事方全责，但至今官司还没结束，还没有得到对方的任何赔偿。在重症监护室，肇事方没有露面，住院期间他们也没有露面，至今连一句暖人心的话都没有说过，冷漠得叫人心寒。只有各种推脱、逃避、耍赖。外加使尽各种心机招数，转移、蒙蔽、躲藏……在不知道的人面前我从不会提及这件事，你的痛不相关的人没必要为你分担。相反，如果像祥林嫂那样，那得到的就不是同情，只能是反感了。谁没有生活的艰辛，但不必要都展示给大家看，适当的藏也是对自己和别人的尊重。

戏台上的生旦净末丑，每个角色都戴着自己的面具，演绎着藏在面具背后的人生，面具不是伪装，只是一种身份的定位，这样每个角色才能唱出各自的酸甜苦辣、悲欢离合、喜怒哀乐，才能会演出一场精彩纷呈的大戏。而生活是我们人生的舞台，是真实的、没有排练的演绎，也要求每个人都要找准自己的位置。

世间万物，都在扮演着不同的角色，背负一只无形的壳。只有藏在自己的那方天地里，才能不越界地演绎着生命的极致。一旦打碎那只壳，必定伤痕累累。有时候的不作为并非因为漠视，有的是无能为力，而有的是不愿触及内心深处不为人知的痛，所以不必要去道德绑架别人。

只有藏起不足和负能量，不让一颗心负重，才能轻松前行，才能展露灵魂的真善美，这样的人生才是积极的。努力做好自己，对别人的看法过多地注意，会累，心过于敏感，会痛。最简单的就像我们发在朋友圈中的照片，总是选自己满意的，但有时你也会在别人的朋友圈里，不经意地发现自己尴尬的丑照，你不必费心费力地去揣度那些是善意恶意还是有意无意，因为那样心会很累。

我们的藏，是否也表露了内心深处的软弱？因为不够强大，渺小无力，才害怕受伤害，才会过多地在意自己的荣辱得失？把一颗心磨砺得坚韧些，胸襟变得开阔些，目光放得长远些，才能把弱小变成足够的强大。如果能把藏在内心深处的烦恼、苦痛都打包丢弃掉，那我们的生活一定会变得更淡定，更坦然，更从容，更轻松。我始终相信，大弟的官司，法律会有一个公正的宣判。

（原载于 2017 年第 9 期，总第 363 期《散文百家》。）

冬 至

冬至，母亲打电话来，说："日子过得想哭。"

她说日子过得想哭，在冬至这一天，她说。

在冬至这一天我听得想哭，母亲。

我的心揪着，听她絮絮地诉说。我知道她心里苦，从离异的大弟一只眼睛因为车祸失明后，再到后来的官司等等。诸多不顺利、不如意，积攒在一起，压在她的心头，比石头还要沉重。瞎了一只眼睛的儿子，年幼的孙女，担子压在她的肩头，让她没有停下来喘息的机会。

我不愿意去回想，几年前大弟的那一场劫难：

2014年7月17日晚上八点多钟，我接到母亲的电话。"强儿出车祸了，你快去某某医院哪！快去呀！"母亲的声音焦急、恐慌。当时我正和好友在一起，她叫我不要乱，说开车送我去医院。我又给还在上班的老公打电话，叫他赶紧去医院。我打电话问母亲具体情况，她说还不清楚，因为是夏季收购期间，虽然下班晚，但往常这个时候也该到家了。母亲看他还没有回家，就打了几次电话给他，一直没接通。后来他的手机打过来了，却是医院的人打来的，就说出车祸了，叫家里抓紧来人，其他的情况没有细讲。

我到医院时，母亲他们还没有到。他们住在镇上，离县城还有四十多里的路程，晚上又不好打车。

我到医院并没有看到大弟，说是还在手术室。等母亲赶到时，正好医生出来，说要交押金做手术，刚刚只是简单地处理一下，叫家属先进去看一下，人不要多，我陪了母亲进去。

大弟昏迷不醒。他的脸肿得变了形，衬衫、裤子已经被鲜血染透。医生说，他的右眼眼球破裂，碎了，像被撞碎了的鸡蛋，保不住了，要摘除。

我听不清医生还说了些什么。白墙壁、白大褂、白色的灯光，像一片霜雪晃过来，晃得人眼晕，冷意淹没了一切。苍白中，衬衫上殷红的血色，又是那么地刺目。母亲大恸："我儿的脸，不能看了，不能看了。我儿的眼，看不见了，看不见了。我儿的脸，我儿的脸流了这么多血，我的儿，你该有多疼啊，我的儿……"她用力捶打着自己的胸口，仿佛已心痛得不能呼吸。

这个盛夏的夜晚，有彻骨的寒意直抵心底。耳边只有母亲的号啕声、小侄女胆怯害怕的嘤嘤哭泣声。我看到父亲慌乱无措又无助的眼神，内心像决了堤的江河，汪洋恣肆，却极力忍着没有流下眼泪。老公四处打电话，联系熟人，疏通关系，央求医生能把大弟破碎了的眼球缝合上。虽然看不见了，但摘除了，怕母亲受不了。保留住眼球，最起码也是对母亲的一种安慰。医生说缝合已没有任何意义，以后还会影响左眼的视力，摘不摘除，以后都还要再做手术。最终，医生还是缝合了眼球。

手术后的大弟被推进了重症监护室，一天就花了一万多。后来知道，是过路人报的警，警察处理的事故。肇事方当时也在这个医院里，是个骑摩托车的年轻人，反道行驶，是全责，当时也受了点轻微伤。但他们家人并没有过来问一下我们这边的情况，至今都没有，除了后来在法庭上的碰面。

母亲留下来陪护大弟。侄女还小，要有人照看，不能把孩子一直带着在医院里。到第二天，大弟还没有出重症监护室，为了方便照顾孩子，父亲只能先回去。要捎带母亲的衣物、生活用品过来，还要筹钱交医药费等，父亲就这样来回两边跑。

等大弟出了重症监护室，住进了普通病房，又是一系列的检查，母亲才懂得，大弟不仅是伤了眼睛，五官都受到了伤害。右侧颧骨、蝶骨大翼、两侧鼻骨、两侧眼眶内壁、左侧上颌窦前壁额骨骨折，额部颅骨内板下有积气，两肺下叶挫伤，两侧胸膜腔积液，背部、腿部软组织损伤……检查报告单上每一个字都是滴血的疼，都是一根根锐利的钢针扎在母亲的心上。

等待和焦灼落上了昨夜的霜。母亲红肿的眼睛望着：他被纱布盖住的眼睛，缝合后的眉骨，塌陷的鼻梁骨，用宽宽的带子托起的下颚骨，肿胀的头，变形的脸……

> 早上的阳光透过窗口
> 加深她的黑眼圈和眼角的鱼尾纹
> 以及白色盐水瓶和白墙壁
> 空气像一沓化验单和缴费单
> 白底黑字全是呛人的味道
> 连着她内心空洞的白
>
> 她坐着，像灰色的雕塑
> 焦灼和期盼在体内无处安放

187

看着躺在床上缠满绷带的人

只露出一只睡着的眼睛

她想，他真的只能睁开一只眼睛

向她喊出"母亲"

现在，她仿佛也被手术刀拆解和缝合

——这是我在病房里写下的一首名为《病房里的母亲》的小诗。可无论用什么样的语言都无法表达母亲那份椎心的痛楚。

母亲瘦了，我知道她睡不好，可没有人能替换她。小弟在外地工作，要请假，还不能一下子就赶回来。我和老公每天都到医院去，母亲说，不要你们一直陪在这儿。她说老公每天要上班，我每天要送几遍饭，还有我的孩子还在家，家离医院也不近，不能把我们也累垮了，晚上她一个人就行了。

面部的神经最丰富、最敏感，对疼痛的感知也最强烈。我看到大弟不停地扯托住下颚骨的那根宽带子，他被撞得错位的牙床、摇摇欲坠的牙齿，都使他疼痛难忍，不能吃东西，只能喝流质食物。还有眼睛疼、眉骨疼、鼻梁骨疼、腿部疼、背部疼、腹部疼……这真真切切的疼痛，足以摧毁一个人的性情、耐心及好脾气。查房的医生来，一再关照要戴好带子才能长好下颚骨。他还是不停地扯下来，那疼，是真的受不了哇！

这天大弟取了尿管，第一次上病房里的卫生间。出来后，母亲看他面色不好，一整天地发脾气。我说，卫生间里有镜子，他是看了自己的模样，一时肯定接受不了。他的右眼还蒙着纱布，没有人在他面前提及眼睛的事情，我想，心思细腻、敏感的他大概已经知道了吧。头发蓬乱的母亲默默地叹气。

小弟请假回来那天，我叫母亲晚上到我那儿住，病房里有小弟照看就行了。

我和母亲回家的路上，班上的一个阿姨给我打电话，阿姨原来和母亲也是同事，和母亲的关系特别好，知道大弟出事那天，马上就过来探望。我问阿姨什么事。阿姨叹了口气，唉，人心隔肚皮呀！阿姨的大概意思是，因为大弟耿直，曾经在工作中得罪过人，大弟出了事，竟有人暗自得意。

或许曾有过一点小小的不愉快，可那又算得了什么？此时的非语，犹如风暴。我不想对母亲讲，怕她承受不住，我不能让她再一次跌入深谷。况且这中间在大弟身上又发生了一件事情，对母亲已是沉重的打击，一言难尽，就此打住吧。

我知道最近对母亲带来最大宽慰的，是公司领导和同事的慰问以及亲朋好友的探望。善良与眷注，是人性最美的光辉，能给人带来温暖。他们的同情和关爱就像甘霖，为干渴的沙漠注入了一股清泉。不能再让沙砾吹进她的心田。

这世间虽然不乏慈悲与怜悯，但也有阴暗和忌恨，这是人性的弱点，凡事皆有其矛盾与对立，是谁也不能左右的。所谓世事凉薄，人心难测。我又想到肇事者一家冷漠的态度，躺在床上，隐忍已久的泪水再也控制不住，唰唰地往下流，顺着耳畔，湿透了枕巾。

我压抑悲声，不让母亲知道。那晚母亲和我同睡，老公睡沙发，孩子自己住一屋，有间房子里一直堆放杂物。

我怕惊动了母亲，只能无声地流泪。我也不知道那个晚上，为什么抑制不住地流泪，翻来覆去地睡不着。我想，母亲是知道我没睡好的，我原本要把那间空房收拾出来给母亲住，后来再叫母亲回我家住，她说不放心大弟，来回跑也怪麻烦的，怎么也不肯过来。

8月4日，大弟出院。17天，他的伤口还没有愈合好，却不顾医生的阻拦，执意要出院，他说要回家。我不知道他是不是担心医药费用，怕多花钱，毕竟花了好几万，肇事方连面都没有露。

既然不照面，肯定无法调解商谈，只有走法律程序。其实这是非常明朗化的事故，对方走反道，交通事故认定书上明确指定对方是全责。但这个骑摩托车的少年，身份证上还差几个月才满十八岁，责任只能定给他的监护人——他的父母。可他们并非忠厚人家，都是耍奸之人，一开始就没有要赔偿的打算。哭穷、耍赖、装病、耍心机、转移财产、传唤不到……总之使出百般花样，耍尽手段，就是不给一分钱。没有道歉，没有不安，没有愧疚。心安理得地躲、藏、不露面。

找了本地一位有名的律师，一开始就收了四千元的律师费用，却没有任何进展，这中间执行庭去过两次肇事方家，他们家中都没人。我想，他们望见警车或者有邻居报信，躲藏起来都是来得及的，如何能找到人？一套房子不能执行，银行存款转移，车子过户，再装穷装可怜，使出所有伎俩，就是不赔偿。律师这边，家人不催，他也不问，就这样拖着，拖得母亲心力交瘁。

老公想办法，又重新找了律师，是有点熟识的人。但该交的费用还要交，该花的钱还要花，什么诉讼费、鉴定费等等，伤残鉴定要抽签，到外地去鉴定又是一笔不少的费用。

母亲真累呀！她要照顾大弟、照顾孙女、照顾家庭，没有停下来的时候。她的心更累呀！常常整夜整夜地睡不着觉。一天早上起来，母亲的床头落下一把头发，不是几根，是一把呀！掉头发的地方露出一块铜钱大的光滑皮肤，就是人们俗称的"鬼剃头"。她的白发更多了，斑驳如草。

母亲那次和我说，这官司都不想打下去了，越来越没信心了。可是对方也不调解呀！世上怎么能有如此寡廉鲜耻的厚脸皮？几年下来，曾经的未成年人，起高楼，接新人，娶妻生子，远走外乡，打工挣钱，想找到更难。仿佛苦痛与不幸皆与他们无关，没有丝毫的愧疚、不安，一副安之若素的模样，逍遥地活。可恨他们不顾被伤害了的、瞎了一只眼睛的人，是如何熬过这悲苦的人生。可怜老母亲的焦心忧虑，愁肠欲断。

我不能直面大弟被撞后变了形的脸。他的右眼皮耷拉下来，盖住半个眼睛，与大大的左眼形成了鲜明的对比；原来饱满的额头，塌凹；高高的鼻梁骨塌陷；牙床错位后，虽然伤愈，却不能恢复到原来的样子，好像把两颊都拉长了。曾经端正的五官变了形，像换了张脸，换了张丑脸。

更大的变化是他的性情，抽烟、喝酒、不出屋、不理人。他的房间的门，永远是关着的。自卑、执拗、消沉、抑郁，活在他自己的世界里。

六十多岁的母亲曾在未告知家人的情况下，只身到市里寻找一个亲戚。在没有对方联系方式的情况下，多方打听，方找到其人。这个亲戚原来在市法院工作，可惜此时已退居二线，他虽然待母亲很热情，但除了几句安慰和同情的一声长叹外，别无所为，也难所为。母亲说，她真的累了，强儿像一个废人。为他操碎了心，愁白了头，还要抚育他的下一代，何时是个头啊！官司也不想再投入了，光官司前前后后就花了两三万了，加上原先四五万的医药费，更是一笔大的支出。母亲无望的口气令我心碎。

我恨自己太渺小，像一只蝼蚁，没用足够的力量来保护好母亲。当风暴来临时，不能为她遮风挡雨，寻不到庇护她安心的办法，只能让她辛酸地等待，悲愤地流泪，憋屈地活。

　　一辈子与人为善的母亲，为何在含饴弄孙的年纪过得这样苦？外祖父曾是名医生，是行医世家，又毕业于黄埔军校医学院。有渊博的知识、精湛的医术，办学、行医，既教书育人又治病救人。德高望重，妙手仁心。岁月沧桑，在困难时期，免费医治病人，救了多少人的命。外祖母更是乐善好施，救济乡邻，心若菩萨。我的祖父是老革命，辗转南北，枪林弹雨，满腔热血，为革命奔走。最后离乡背井，在大别山的革命老区安了家。其一生忠心向党，俭朴淳良。

　　我的父辈们传承了前辈正直仁爱的秉性，可为什么活得如此不甘、无奈、愤懑和失望？为什么善良的人要遭受苦痛？而恶人却可以逍遥法外？善良还会被善待吗？阳光还能驱逐阴霾吗？

　　"诸恶莫作，众善奉行。"我依然希望我们的善良还要再多些，因为只有众善够重，才能诛灭丑恶，这个世界才会少些绝望，多些温暖。

　　谁能伸张正义？是苍天吗？我想苍天只是一时在打盹，它一定会睁开眼睛看着，因为它是不忍心让弱小的人受苦的。我内心依赖的是法律。公正严明的法制，能惩恶扬善，它才是最大的希望、信念与底气。

　　长路漫漫，苦乐相随。愿世间的一切美好皆有所安放，慈悲的善念皆能成全，所有的恶意皆被摒除。鄙陋之人必将受到道德的谴责和法律的严惩。

　　卑微的小草，纵然被风吹雨打，折损的叶片流淌出苦涩的泪水，但它依然努力地站直自己的腰杆。风雨过后，犹见葱茏。

　　我始终相信，乌云不会遮住阳光的灿烂，严寒也无法阻止春天来临的脚步。

　　冬已至，春将近。

心灵的童话

  童话里有盏神奇的阿拉丁神灯。假如世上真的有阿拉丁神灯，能满足人们的一个愿望，大多数人会选择把健康、年轻、智慧、财富等排在前面，不会首选良善。而当其人生发生了一些变故，却会在心底乞求上苍保佑、佛祖保佑、菩萨保佑。明知上苍、佛祖、菩萨不是真实的存在，潜意识里仍存有企盼，皆因他们是善的代名词。

  上善若水。善是普通的品质，也是上苍馈赠每一个人的珍稀礼物。它源于内心深处一种仁爱的情感，纯净而厚重。它是生命对生命的同情，一旦同情心麻木，人就沦为了兽。我们时常讴歌亲情的美好，颂扬父爱、母爱的伟大，但这份美好与伟大里如果缺失了善，那将是狭隘的，等同于动物之爱。凶残的狼虎，再饥饿也不会吃掉自己的幼崽，只会杀死其他弱小的动物来填饱肚子和喂养自己的后代。善良是区分好人与坏人的最初界限，也是最后界限。作为人类，我们应该拥有一颗"老吾老以及人之老，幼吾幼以及人之幼"的善良之心。

  看过一篇报道，讲述一个穷凶极恶、手段卑劣变态的罪犯，杀害了好多年轻女孩子。在被绳之以法的那一刻，说的第一句话，居然是问他犯下的事会不会对他的两个孩子有影响。

他在杀害那么多条无辜的生命时，有没有想过她们也是别人家里疼爱的孩子？

善，也是一种约束。没有善的牵制，有的人往往会无所顾忌地干尽一切坏事。

善，是黑暗中的灯盏，是宏大的精神之力。如果我们每个人都怀有一颗良善之心，那么，这个世界将会少了许多坑蒙拐骗的伎俩、欲壑难填的欺诈、滥用职权的压制、嫉恨恶意的造谣、颠倒黑白的中伤……减少一些战争、掠夺、苦难、痛苦，同时也会对大自然怀有更多的敬畏，避免去损人利己、践踏良知、以身试法。书中说：莫轻小善，以为无福，水滴虽微，渐盈大器，小善不积，无以成圣。莫轻小恶，以为无罪，小恶所积，足以灭身。

善，也许会让人觉得不实用，就像一本童话书。我爱阅读，但最常翻阅的，是放在床头的几本童话书，像《格林童话》《安徒生童话》等。一个成年人每天翻看童话类书籍，是不是会被人说成是幼稚可笑？其实，许多童话书中蕴含着智慧与远见。

人世间最本真的东西，往往会被忽略轻视。就像童话和寓言，很多人会不屑一顾，我却很喜欢。感觉它是最能让人身心放松的书籍，浅显的道理中有着一种大智慧。细细探寻，能解读到它蕴含真善美的本源。而，良善就像是一部丰富又美好的心灵童话。

一粒沙砾能折射阳光的温暖，一滴露珠能滋润花朵的美丽，一缕春风能唤醒草木无限的生机。善，摒弃了懦弱与狭小，就能够博大丰盈，从而带给人愉悦幸福。善，是人类全部道德的基础，是生命的黄金，是无价的宝藏，是让平凡的生命散发熠熠之光的高贵。

愿我们以虔诚之心来守护良善，守护这人世间最宝贵的心灵的童话吧。

昂贵的"无用"

在一些人眼中，大凡有用的东西，一定是与名利或权势有关，善良却是"无用"的。因为在某些人看来，善良不仅无用，而且有时会显得很愚笨。

而我恰恰就是很笨的那种人。我微信的个性签名是：做最单纯的人，走最幸福的路，简单即幸福。也许因为本身就单纯简单，换句话说，就是有点笨，想不了复杂的东西，容易轻信别人。对熟悉的人抑或是陌生人的话，都是没来由地相信，以己度人，总以为每一张嘴里说出的话都是真诚的。

一次在超市门口等红灯的时候，一个小伙子向我推销护肤品。当时的第一感觉这是骗人的，我是不会买的。青年很会讲，说自己是大学生，参加暑期社会实践，只为了积累学分，免费赠送试用品，是不要钱的，等等。还拿出一份单子让我填。几句话就打消了我的防范心理。我说，为了你的学分，字我帮你签了，赠品我也不要，家中有护肤品。等我把字签了，他却说，签了字是要买一套护肤品的，一份单子对应一套护肤品，这样才能拿到学分。我瞬间有一种被人讹骗的感觉，况且自己也没贪图便宜什么的，完全是一片好心哪。虽然内心很不平，但为了能早点回去，不想在路边一直被纠缠游说，还是买下一套没什么用处的护肤品，那种感觉真正是不舒服。因为善

197

良是不应该被人拿来利用的。

看来善良也要有智慧，要懂得分辨取舍。但也不能因噎废食，从而丢失掉淳朴的初心。它是看不见的、摸不着的，却是蕴藏在人性中的一种柔软而有力量的情愫，会在不经意间触动你的心灵。

家里阳台的护栏因为时间久了，有点破损，要拆下来安装新的。拆下来的旧铁皮阳台上摆放不下，安装工人就把那些废铁皮堆放在客厅中间。零散堆放的旧铁皮把通往房间的路都堵住了，出入都不方便，况且堆放在客厅里也不好看。下午我留意楼下，看到有收废品的人我就赶紧下去。收废品的是一个不到五十岁的中年人。把情况一讲，中年人就和我一起上楼看看。大概是看铁皮多，楼层又高，不好搬运，他摇摇头说，不要了。我说，便宜点卖给他，他还是摇头，我说不要钱给他，他说，不要钱也不要，太费力气了。

快到傍晚时，才又看到一个瘦瘦的老年人收废品，看他年龄大，我有点犹豫，但想到那些零乱又碍事的铁皮，还是喊他上来看看。我说，铁皮不要钱，家里还有点报纸和不用的书本也卖给他。怕铁皮刮伤老人的手，阳台上有一副橡胶手套，我拿给他戴上。我说，手套是新的，就送给你了。等旧铁皮和书本报纸都搬到楼下，老人称了书本和报纸的重量后，说旧铁皮就不称重量了，算十元钱吧。我说，旧铁皮讲好不要钱的，这么重搬运下来也不容易，应该给您钱才是。老人说，不行的，要给的。老人把地面上的旧铁皮往他收废品的车子上放时，我看他没有戴手套，就问他手套呢？老人家笑着说，我放你家客厅里了，不好要你的新手套呢。我说没关系的，自己平常也不戴的。我赶紧上楼给老人拿来，又带一瓶水给他。

和老人闲谈，知道老人六十多岁了，儿女都不错，事业有成。老人原来在县中做老师，家里的生活并不差。退休了还是闲不住，就出来收点废品，一来能活动一下筋骨，二来能补贴家用。我说，以您老这样的条件，哪里还需要出来收废品哟，多辛苦。旅旅游、健健身多自在呀。老人说他还有一个小秘密（对身边的人没讲过），就是一直资助几个贫困地区的孩子读书，收废品能够多帮助孩子们一点，况且也不觉得辛苦。老人温和的微笑，深深地触动了我，我不禁从心底生出一种敬意。一个普通的收废品老人，坚守一种高尚的情操，源于他内心深处的善良和爱心。

曾经读过这样一则小故事：有一位得道高僧，住在深山中继续修行。有一天，高僧见月色很美，就趁着月色到林中散步。不料，他回来时，发觉自己的茅舍正在遭小偷的"光顾"。高僧怕惊动小偷，一直在门口等待，他知道小偷在他这儿不可能找到任何值钱的东西，早把自己的外衣脱掉拿在手上。找不到任何财物的小偷离开时，在门口遇到了高僧。高僧说："你走这么远来探望我，总不能让你空手回去呀！夜凉了，你穿上这件衣服走吧。"说着，就把外衣披在小偷身上。小偷低着头走了。第二天，这位得道高僧看到他披在小偷身上的外衣被整齐地叠好放在门口。故事中的禅师用一颗善良的心唤醒了小偷心中的良知，小偷迷途知返，就是对禅师善良的一种最大回报。

谁说善良是无用的？它才是人世间真正的宝藏，是无价的，是值得我们为之提倡推行的昂贵的"无用"。不求回报的善念，是一种弥足珍贵的品质。因为善良不是一种天赋，只是一种选择。它像开在心田的花朵，会绽蕊吐芳；像迷雾中的明灯，能照亮人前行的路途；像不熄的火种，传递着温暖，愿它蔓延到世界上的每一个角落。愿我们每个人都能心存善念。

小草的快乐

"没有花香，没有树高，我是一棵无人知道的小草。"歌曲《小草》唱出了对小草默默无闻的赞美。是呀，小草没有鲜花的芬芳，没有大树的挺拔，普通到完全可以让人忽略，但是，假如没有它们，我们的世界将会缺少大片的绿色，我们的空气将会变得不再那么清新，我们的环境将会变得可怕……

花朵是娇艳的，果实是香甜的，只有小草是没有香色的，默默无闻地生长，但它们却是最伟大的。它的青绿里包含天地的蓝与黄、天地的高远与厚重、天地的纯净与广袤。小草不卑不亢，不屈不挠，纯洁智慧。不管是被狂风吹偏了头，还是被大雨浇弯了腰，无论风雨怎样敲打，它们都不会一直倒下，风雨过后总是能够迅速地站直腰杆。小草走过千年万年，把"野火烧不尽，春风吹又生"演绎得那般完美。假如没有一丛丛青绿的小草，大地只能裸露着自己的胸膛，只能遭受黄沙的侵袭。小草，是大地防护的衣裳，也是我们养眼的风景。

就像歌曲《小草》所表达的一样，其实，我们大多数人都是一棵朴实无华的小草，在普通的岗位上发着光和热，默默地为社会做出自己的贡献。

俗话说，民以食为天。春秋时期的政治家管仲说过："粟者，王之本事也，人主之大务，有人之涂，治国之道也。"没有粮食我们怎么能够存活？粮食是国家大计、民生之本，也是事业之基，我们收购、储备、保管、销售，每一个环节都关乎民生。我们应该以从事这项工作为傲。

最近上级公司在火车站往外省调运储备粮，公司各个库点都安排人员去负责照看并做移库交接单，共四个库点向一个地方同时调运储备粮。我所在的库点安排我过去发粮，让我认识了系统内很多的同事，经过相处我发现，虽然大家的年龄不同，但对工作却抱有同样认真热情的态度。70后的周斌，和他名字一样，文武全能，本身是会计，业务好得没话说，而且保管、防化也样样都精通；80后的孙同是个退伍军人，有着胖胖憨憨的外表，对工作非常认真负责；90后的小仲，细心勤快，很少出差错；60后的科长最辛苦，一项一项地核对大家交上来的表格，每个数字、指标、标准都要查看好几遍，发现了问题，及时纠错。大家在一起，感觉就像是一个大家庭，每个人都在努力地做好自己的事情。

我们就像小草，虽然弱小，但依然坚韧蓬勃，依然尽一己之力，生机盎然地装扮着大地，不在意自己的平凡，也不在意有谁会留意自己的平凡。小草单调单纯，朴实朴素，它渺小却不卑微，拥有博大的胸怀与无私奉献的精神。最喜欢那一大片的草地，一根根、一簇簇，紧紧相依，就有了"天苍苍，野茫茫，风吹草低见牛羊"的壮阔。小草拥有的这一切，是因为有了阳光与雨露的恩泽滋润。我们要感谢祖国，给了我们安宁祥和的生活环境，我们应该拥有小草般的快乐以及一颗感恩奉献的心，在平凡的岗位上兢兢业业，要求自己做得更好。

（原载于2018年第8期《中国粮食经济》、2018年第9期《江苏粮食》。）

不变的"粮心"

快下班时，闷热的天起风了。刚才骄阳似火、热浪逼人，此时山雨欲来，阴云密布。夏天的雨，就是爽快，说来就来。转瞬间，雨点已哗哗落下，真是及时雨啊，缓解了连日来持续的高温。这雨下得又猛又急，只一会儿，势如瓢泼。

我关上房门，透过窗子玻璃，依然可见密集的雨点连成长长的白线，洒落在前排屋檐上。雨声、风声混合成一曲动听的乐章，房顶上的瓦片像是在聆听酣畅淋漓的咏叹调。我不由得在心中感叹，对于这排老屋来说，这是最后一次接受大自然风雨的洗礼了。

明天这排旧平房就要拆了，要盖楼房，几个月后，将矗立起气派的新办公楼。旧貌换新颜，真是令人向往的事情，也让我回想起从前。

我的父母退休前是粮食单位的职工。我小时候一直住在粮库，暑假正是夏季收购的时候，所以对那时粮库的印象特别深刻。夏粮收购开始，父母都很忙碌，早上他们洗漱完，匆匆吃过饭就戴上草帽，提着水杯、纸笔，拿把算盘，在热烫的大场上支上一把大伞，开始收粮食，一忙就是一天。那时没有地磅，用的是那种带秤砣的秤，农户的粮食都是一袋一袋码上去，称好后，又一袋一袋往下扛，倒完粮食再过皮重（袋子

203

的重量），很是麻烦和费力气。因为上班忙，中间几乎没有空闲，父母中午就在食堂吃饭。小小年纪的我，只好自己做饭吃，学会做一些洗衣、做饭的家务事，这也锻炼了我的动手能力。母亲现在说起来，还会笑话我那时因为天热做饭哭鼻子的事。父母晚上也会加班加点，回家还要打算盘、对账，以防出差错。他们在灯光下打算盘的身影一直留在我的记忆中。父亲的业务好，算盘打得很熟练，又快又准，是班上有名的"神算子"。他曾经教过我一些打算盘的口诀，因为不太上心，现在我已忘得一干二净。

到我上班的时候，除了一些老会计还会使用算盘，其他人都用计算器了，计算器计算准、用时少、体积小，携带轻便。

后来，我也在粮库工作。我第一次参加夏粮收购负责开收购票。那时收购粮食还是在大场上，有露天的仓囤。一张桌子，几个凳子，一把遮阳大伞和一台磅秤，摆放好就可以开始收购粮食。一台磅秤收购要四个人，称粮、开票、复核、监磅。原来看父母工作时，觉得上班是件很容易的事情，到自己做时，就有点手忙脚乱了。卖粮的农户多，常常围在磅秤的四周，桌子上放着每户卖粮的小本子，按顺序称粮，要是不小心拿错了就会引起混乱与争吵。开票也要按顺序，我第一天开票，分量多又紧张，根本无暇顾及周围的情况，好在称粮、监磅的都是很有经验的同事。收购票据上签名和印章要齐全。有一份收购票我漏盖了印章，农户取钱时好不容易排队排到自己，收购票却被付款处退回，说漏盖了印章不合格。后来补盖好印章，农户嘴上虽然没说什么抱怨的话，但他不满的眼神还是让我脸红。

上班时间愈长，愈觉得自己有很多需要学习的地方，我就参加了培训学习。学习时也很辛苦，当时我住在单位上，培训班在县城，每天要坐车往返四十多里的路程。天气炎热，又值夏季收购期间，两头兼顾，只能学半天课，上半天班，到晚上再把落下的功课赶上来。有辛苦与付出，同时也有乐趣与收获，弥补业务上的不足，充实自身，提高了知识水平。拿到证书后，我开始从事出纳工作。

再后来，粮库淘汰了露天的仓囤，扩建了好多高大平房仓，和原先比已经是天差地别了。办公地点窗明几净，水泥大场平整宽敞，机械设备先进精良。新盖的平行仓、机械棚，高大气派。购置了粮情测控仪，仓房里安装了空调，各种配套设施完善齐全。磅秤已经成了老古董，改装了地磅，便民利民。上班轻松，再也不需要忍受高温酷暑，在热气蒸人的水泥场上收购粮食，而是在整洁明亮的空调房间里，用电脑结算，称重、开票、打卡、一卡通付款，精准便捷。

当初在烈日下的露天场地收购粮食，现在是在宽敞的空调房间里收粮食。粮库的装备越变越好，但优良的传统一直没有变。收购期间，库点负责人为卖粮老百姓提供休息场地和茶水，送上一些清凉消暑的绿豆汤、红豆汤等，处处为老百姓着想。我们对待工作的热忱也没有变，就像当初我的父母，为了工作的需要，必须练好打算盘的技能；就像我为了提高业务而去参加培训学习。时间不同，状况有异，环境悬殊，但大家认真工作的态度却始终如一。

民以食为天，粮食是民生之本、事业之基。能在粮库上班也是我们家两代粮食人的骄傲与自豪。粮库变化日新月异，不变的仍是我们粮食人爱岗敬业的淳朴之心。

父亲与共和国同龄，是一名老党员，虽然退休了，依然保留爱粮护粮、勤俭节约的优良作风。他们那代人，和新中国一起成长，走过了蹉跎岁月，经历了风雨坎坷，身上载满时代的印记，更懂得富足生活的来之不易，更懂得珍惜和感恩。他时常和我说，现在生活和工作条件越来越好，放在从前是想都不敢想的事，真是变化太大，归根结底还是党的政策好哇！

2019年，新中国成立70周年，改革开放走过了41年的辉煌历程，改革春风吹遍祖国的每一个角落，社会发生了翻天覆地的变化。经济提升，科技提高，各行各业都取得非凡的成就。国家越来越强，百姓生活越来越好，底气越来越足，干劲越来越大。新时代揭开新篇章，这种执着的信念，让我们在弘扬父辈好传统的同时，也在工作中投入了满腔的热情和爱。

如今粮库要盖新办公楼了，又是件值得欢欣鼓舞的乐事呀！荡人心腑，像此时从窗户吹进的风，让人备感舒爽惬意。我推开房门，雨已经停了。太阳露脸，天朗气清，天边出现一道长长的彩虹，在蔚蓝晴空中伸展着，格外美丽，灿烂夺目。

（原载于2019年第8期《江苏粮食》，2019年9月在全国职工庆祝新中国70周年"我和我的祖国"征文中获得二等奖［江苏省总工会］。）

流连晓店

第一次来到晓店，我诧异于它的大气和美丽。说它大气，是因为它的格局大。它坐拥江苏四大湖泊之一的骆马湖，环抱国家 4A 级景区三台山森林公园。三面环水、一面抱山，湖光山色，山水相映。它是宿迁市的北大门，苏北温泉旅游第一镇。它的规格、气度、胸襟都让你怀疑，这只是一个小镇吗？而晓店的美丽更是令人目不暇接。

晓店的美丽，美在人文，美在山水，美在情怀。

流连三台山

孔子云：智者乐水，仁者乐山。山水是有灵性的，有山水的地方，人和风物都能沾到山水的灵性，显得格外的有灵气。我们首先前往倾慕已久、秀美壮观的三台山森林公园。

此时的三台山，尽是树木的葱茏，松柏苍翠，修竹茂密。而各种彩色的树木在大片的苍绿中尤为醒目，橙黄、红粉、青紫……好多果树的枝头还挂着饱满的果实，这些树叶和果子丰富的颜色比夏天还要绚丽，将树林点缀得斑斓迷人。峰峦沟壑，澄湖森林，层林尽染，飞鸟鸣蜩。远处高大的天和塔矗立在暖阳下，雄伟壮观。让人感叹胜景幽古，如游画中。我们乘坐观光小火车，浮光掠影，虽然没能近距离地触摸到密林山果，但这天然的负氧离子大氧吧，让我们深深地呼吸到它扑面而来干净清新的空气。

那山那水那田，三台山最美衲田，是由各田块相连。高低起伏，错落有致。年老的僧人自称"老衲"，"衲田"意为"缀衲百花色，披就富衲衣"，这种田相拼接与僧人的福田衣相似，故名衲田。一片紫色的小花让人眼前一亮，导游说，这个季节的花，只有紫色的，黄色、红色、粉色等其他颜色的花已经收割。想想来年的春季，610块花田的宽广无垠，绚烂热闹，那该是一场怎样明丽妖娆而又惊心动魄的视觉盛宴哪！定会让人饱足了眼福。此时田间有花农正在施肥整地。三台山是沙土地，并不适宜种植小麦、玉米等农作物，村民们的土地被租用作为花田，镇政府每年都按土地亩数补贴他们费用。现在的花农大多是原来种地的村民，侍弄花木，美化了环境，还能给他们带来一笔额外的收入，真是一举两得的美事啊。

在风景优美、文化底蕴深厚的三台山下面，有一个墩，名曰"青墩"，其文化内涵令人刮目相看。

晓店是汉代青墩古文化遗址所在地，名胜古迹众多。东西墩合璧连珠，西墩曰"青墩"，东墩曰"清凉院"，是炎黄文化最早发祥地之一。

位于晓店镇青墩村东面的"晓店青墩遗址"，在一片树林中间，乍一看，显得极其普通。在一块黑色石碑上镌刻的苍劲有力大字，笔画间又透出一股神秘与凝练。正值秋冬交替的时节，苍穹下，树林略显稀疏，我们的脚下踩着一层厚厚的落叶。看不到春夏时节草长莺飞、繁枝茂叶的模样，树上却还可见一些青绿的叶子。有几只麻雀站在枝梢，叽叽喳喳，好奇地打量着这群来访者。

在寂静与空旷的土地里深深掩埋着历史的凝重丰盈。即便年代久远，依然能通过这些保存下来的实物遗存，一点一点探寻到往昔的生活风貌，像是打开了文化密码，一步一步引领着你走进那厚实斑斓、繁华丰富的过去。青墩遗址是新石器时代遗址，它改写了中国考古界的历史，颠覆了长江以北、运河以东的地域成陆较晚，没有新石器时代遗址的历史认知。通过挖掘，在晓店的青墩，发现了房、坑、井、墓、沟、窑等古迹遗存，有剑、戈、镞、刀、斧及簋、杯、瓶、盘、罐、鬲、鼎等陶器文物。后来又相继发现铜镜、灰罐、陶盆、甑、樽、瓦、瓷碟、铁锄、石臼、钱币等生活用品。这些都出自久远的西周、汉代，再往后去，还有曾在青墩遗址上发现的两把青铜剑，考证为唐代工匠所铸。数量繁多的种类、生动齐全的状态，让我们看到农耕时代手工业的发展递进和形态技艺日趋成熟的精湛技术。远古高度文明穿越了历史的沧桑，以其本真的面貌重新呈现在我们面前。所以说，晓店青墩遗址的价值是无法用金钱来衡量的，它像一条珍贵的项链，穿起了远古文明璀璨夺目的辉煌，是文明的延续与文化的传承，也是一种大美与智慧完美的融合，但它又是如此的低调内敛，就像是山水的厚重与博大。

流连戴场岛

骆马湖有大小岛屿 60 多个，戴场岛只是其中之一，却独具魅力。它是骆马湖众多岛屿中最大的岛，又是宿迁市唯一的永久居住群岛村。

"一山一水一河一岛"中的岛就是戴场岛，它位于骆马湖的中央，下午，我们一行人坐了游船，去领略新岛渔村的风貌。骆马湖浩渺辽阔，游船行驶在湖水中，荡漾开清清的波纹，远处水天一色，天高云淡。

骆马湖是宿迁的母亲湖，历史悠久。从明清至新中国成立初期，骆马湖常会在汛期洪涝成灾，后来骆马湖蓄水兴利，成为常年蓄水库，变水害为水利。现在的骆马湖是人工可控湖，集济运、养殖、灌溉、旅游、度假休闲于一体。一湖碧水就像是一颗明珠，闪烁迷人的光泽，滋润繁花茂树，聚集人文灵气。沿途我看到湖中有好多用来养殖鱼、虾、蟹的网箱，听说承包养殖的渔民，每年的收入过百万元，相当可观。

一方水土养一方人，骆马湖滋养着晓店的富饶与美丽。骆马湖湖水纯净，清澈透明，沿湖又无工业污染，浅滩处生长着密密的芦苇。湖中鱼虾特别鲜美，其中银鱼、青虾、螃蟹、龙虾最为有名。一群鸥鸟在高空盘旋，我看到有渔船划过明镜般的水面，摇橹的人神情悠然。想到他们晚归的情形，在夕阳映衬下，鲜活的鱼虾蟹，动人的甜笑脸，哼着渔歌驶向温馨的小岛。幸福富足的场景，真是叫人心生羡慕。

游船快要接近戴场岛，在湖滩浅水处，长满大片的芦苇。芦苇叶子青中带黄，远望去似浮动的大块绿洲。夏季的湖中一定会有美丽的荷花吧。去年夏天我和文友去山东的武河观赏湿地荷花，几十里逶迤的武河湿地，长满荷花和苇丛。听导游讲，荷花和芦苇不仅是漂亮的风景，更主要的是，它们能净化水质，净化后的水就流向了骆马湖。怪不得骆马湖的湖水是如此的清澈透明，纯净甘甜。

秋冬的芦苇丛，纤枝细叶，花絮灿白，风姿摇曳。比起春夏的青绿，经霜后的芦苇更增添了一种成熟的韵味。像朴素又睿智的中年人，虽身处低微，寂静中并无怨责，在内心丰盈豁达。阳光像温柔的眼神，淡淡地洒在谦卑的苇丛上，散发着并不刺眼的光芒。芦苇择水而生，有芦苇的地方，一定是干净的水域。孱弱的芦苇，却有着强大坚韧的根部，它们的根缠绕相连，紧紧团抱在一起，爆发强大的生命力。这柔弱里的韧性，深邃悠长，蕴藏了无穷的思想。

看到它，我不由得会想起诗经《蒹葭》中的句子："蒹葭苍苍，白露为霜。所谓伊人，在水一方。溯洄从之，道阻且长。溯游从之，宛在水中央。"

蒹葭、白露、伊人、秋水，营造出的朦胧、唯美又空灵的意境。可望而不可即，情之所系，所谓伊人，在水一方，终不知其所在。有期盼、烦恼、怅惘、失落……这大片的芦苇站过了几千年，初心不改，就像一位痴情的男子静默地伫立岸边。静默是他的思想，也是他的语言，像天空和湖水一样旷远。也许他深深思念的伊人，并非妙曼的女子，而是对理想或信念的一种向往与执着。这让人想起法国哲学家帕斯卡尔说过的话："思想形成人的伟大。人只不过是一根苇草，是自然界最脆弱的东西，但它是一根能思想的苇草。"

戴场岛边的芦苇并没有落寞之情，它们带着一种散逸与从容，在风中徐徐舞动婆娑的身姿。像一首山水诗的灵动俊逸，像一幅水墨画的清新雅淡，又像是一个梦境的神秘缥缈。

登上了戴场岛，我和友人都忙着拍照，拍下这处处美景的画面。这是一个富庶的、现代的小岛，又是一个民风淳朴的小岛，我们穿行在农房前的小路，迎面遇到几个孩童，孩子们用稚嫩的声音和我们打招呼。岛上有很多的小树林，环境幽雅。

周边还有好多果树，一位渔民说：你们来得有点迟，要是在桃子成熟的季节来，我请你们吃桃子，你们还可以自己采摘带回去。这里都是纯天然、不打农药的桃子，味道特别香甜可口。

岛上的农家乐、渔家乐鳞次栉比。湖水煮湖鱼，家家都能烹制多种口味的鱼宴，特别的鲜美诱人，是在外面吃不到的天然野味，光听听就叫人垂涎。骆马湖的银鱼羹更是一绝，银鱼晶莹洁白，无论和什么颜色的菜搭配都是色彩艳丽，十分养眼，入口即化，细嫩浓鲜，是不可多得的美味佳肴。银鱼通体如银，营养丰富，有"水中白银""水中人参"的美誉。银鱼对水质的要求很高，银鱼能生长的湖水一定是非常纯净的，所以骆马湖驰名中外。

返回游船，听同行的朋友讲，原来戴场岛上的渔民不多，近几年，晓店镇政府利用了小岛周围丰富的水产资源，地下的矿产资源，保护原生态，扩建码头，建渔家乐，购游船，开辟水上航道，为民便民富民。现在的戴场岛越来越好，越来越富，越来越美，人也就越来越多了。在午后的光影里，阳光折射出暖暖的色调，仿佛给骆马湖穿了一件金衣。寥旷浩渺的骆马湖，蕴藏丰饶的物产、绝美的景致和博大的情怀。

流连晓店镇

好山好水看不足，一天的时间太短，怎么能够看得完晓店的山水风情？晓店温泉、骆马湖水岸线、园博园、罗曼园、江苏运河文化城、中国水城、游乐公园、度假酒店……这些都留待以后有时间，再来晓店慢慢观赏。晓店也是年税收过亿的上市公司达利园集团的分公司所在地。达利、华晖、金天等上市企业入驻，成效卓然；投资以亿计的京东等企业跟进，不同凡响。晓店翻天覆地的巨变，不由得叫人竖起了大拇指，称赞晓店人的牛气、硬气。还有更大的手笔呢，那就是在建中的骆马湖农业公园。据镇领导介绍，此公园占地面积一万六千多亩，是集旅游、休闲、度假、生态农业、小型飞机坪等多功能为一体的国家级农业公园，首期投入五亿元……预计三到五年内完工，现在正在紧锣密鼓、热火朝天的兴建中，预计两年左右就能试运营。规模如此庞大宏伟的工程，让人心生向往。田园综合体、游乐中心、马术、游艇、高尔夫、主题游乐沙滩……像是一幅幅异彩纷呈、波澜壮阔的画卷展现在眼前，触手可及，似乎已经让我们看到了一个拥有非凡成就的晓店，一个散发自信活力的晓店，一个具有迷人魅力的晓店，一个更加经典的晓店，一个比都市还要阔气的晓店。

晓店的人文让人向往，晓店的山水叫人流连，晓店的情怀更令人敬慕。

初冬的白天真的好短哪，不觉也近黄昏。黄昏的湖面，有一种别样的美。夕阳落在远处的苇丛水畔，远远望去，是两个太阳交相辉映，水面漾开涟漪，波光粼粼，金色的轻波涌动，像起伏着的金黄稻浪，而近处的水面又是青色的，清风徐来，斜阳照水，波光闪动，半湖碧绿，半湖橙红，颇有"半江瑟瑟半江红"的意境，真是一幅绝美的油画。

我看到湖面上红红的太阳，正一点一点地往下落，很快，夕阳就沉落下去，仿佛是畅游了一天的秀丽山水，带着满足与倦意，深深地潜入湖底，似乎在幽深的湖底做了一个甜美的梦。明天，太阳又从湖面上重新升起红通通的脸，照耀着晓店人崭新的一天。

（原载于《山水晓店》文集、2018 年第 1 期《石榴》。）

骆马湖观花灯

春节前夕，我们一行人慕名前往宿迁的骆马湖，观看骆马湖畔湖滨公园举办的骆马湖迎春灯会。

虽然天气还有点寒冷，湖滨公园里却热闹非凡。一进公园，就看到很多本土的书法家，在为游客免费写春联。寒冬腊月，风也有点大，需要人帮着镇纸，否则对联就会被风吹得乱飘，可这丝毫不能削减大家挥毫泼墨的热情。

迎面高高的灯牌，两边各盘卧一条金色的飞龙，昂首向上，炯炯龙睛对着中间顶上被鲜花祥云簇拥着的生肖犬，神采飞扬。甬道前造型不同、色彩各异、灿若繁星的灯盏组成了缤纷灯海。其间有网上流行的五福红包灯、新年献瑞的吉祥如意灯、高高挂起的安康喜庆灯……

这是我第二次来骆马湖。上次来时是秋天，正是湖清水美的好时节。坐着游船，沿途能看到湖中秀丽风光。行程匆忙，惊鸿一瞥间，已被骆马湖烟波浩渺的气势所折服。

早早吃过晚饭，我们又来到湖滨公园，这时的游人已很多，公园外，路两边的车道都停满了车辆。密密匝匝的人群，比肩接踵，笑语喧哗。多数是一家几口人在一起，有耄耋老人，有怀抱中的孩童，还有年轻的情侣。元宵节在古时候曾是青年男女相会的情人节。"蛾儿雪柳黄金缕，笑语盈盈暗香去。

众里寻他千百度，蓦然回首，那人却在，灯火阑珊处。"辛弃疾的这首《青玉案·元夕》含蓄婉转，余味无穷，被人传诵至今。赶巧，今年的西方情人节后第二天就是春节，紧接着是元宵节。迎春灯会横跨三大节日，花灯节从今天开始，一直要持续到3月3日（正月十六）。所以今年的花灯节，是历届规模最大的，其匠心精工巨制，凸显了它的大家气派，盛况空前，是双重的浪漫、喜庆与热闹。

夜晚的花灯，流光溢彩，璀璨夺目。卡通灯、生肖灯、花卉灯、人物故事灯……让人眼花缭乱，目不暇接。走在蜿蜒小道上，上空长长的彩虹灯，被风吹拂晃动，像七彩云霞在头顶上飘来飘去。带着晶莹剔透穗子的灯盏，犹如美人梳向一边的青丝，飘逸轻灵。路两边，树上缠满了色彩变幻的花灯，像明丽绚烂的小星星，真正是"火树银花不夜天"。你看，它似醒着的眼睛，顾盼闪烁；若蹁跹的蝴蝶，灵动生辉；像斗艳的百花，万紫千红。伴随悠扬的乐声，如诗如梦的意境、绚丽多姿的画面，令人心旷神怡。

灯会期间，园区内不仅有书法家送春联，还有各种特色美食小吃、娱乐互动游戏、民间手工艺展示等丰富多彩的内容。摊位前，具有时代特色的花灯新颖别致，体现精湛的技艺。各种小动物造型的花灯头饰，十分可爱，吸引着孩子的目光。在欢乐祥和的气氛烘托下，花灯节传统喜庆的韵味更足，大家的兴致更浓。

我们边赏花灯边游览公园美景。举目湖面，但见灯火闪烁、霓光飞舞，真是灿若银河。徜徉湖畔，仿佛置身于仙境，叫人不忍挪步。我和友人不约而同地拿出手机，在花灯前拍照留影，定格下这美妙的时刻。

美丽的骆马湖，湖光秀色，不论是在什么季节，也不论是白昼或夜晚，它清新蓬勃的活力都令人神往。而此时，高高扬起的花灯，喜迎新春的姿态更让我赞叹。

（原载于 2018 年 3 月 24 日《粮油市场报》。）

百草园的春天

一大早，天就下起了蒙蒙细雨。今天是我们约好去颜集大姨家的日子，昨天大姨还打电话来叮嘱早点过去。母亲说今天是谷雨节气，这雨真下得巧，好在现在乡村都铺了水泥路，开车也很方便的。

通往大姨家的路旁，两边都是绿色的花木，在小雨的沐浴中生机盎然。摇开车窗，风夹带着馨香，舒爽惬意。

大姨家新盖的三层小楼，在花红柳绿的簇拥下，显得特别气派。大姨说，今天带你们去百草园看牡丹，中饭也在那里吃，尝尝那里的新鲜鱼虾和蔬菜。

百草园是大姨家种植花木的大园子，有几十亩地的范围，是十几年前租种的，像一个大园庄。百草园就在公路边不远处，老远就望见大牌子上"百草园"三个红色的大字，下面是指示方向的箭头。沿着水泥路，我们一直把车开到百草园的大门前。大姨说，这段通向百草园的水泥路是自家铺的，为方便买花的客商停放车辆和拖运花木。

建造在河面上的阁楼，粉墙黛瓦，烟雨氤氲，颇有江南水乡的韵味。临水远眺，百草园的美景一览无余，满眼是郁郁葱葱的植物。四月的牡丹花正开得滋润，远远望去，雨中的牡丹别有一番风情。

百草园里的小路都是石板路，下雨天走在上面，鞋子一点也不沾泥。我们撑着雨伞，沿着河边慢行，孩子们被几只大白鹅吸引，追逐嬉闹，好不快活！有一片水域养了好多乌龟，一只只伸出脖颈儿，浮在水面，煞是有趣。大姨说，河中的鱼虾虽是放养的鱼苗，但生长环境和野生的一样，没喂过饲料，肉质特别的细腻鲜美。厨房炖了砂锅鱼头汤，还有鲜鱼锅贴招待你们。今天吃的东西都是这个园子里的，都是绿色纯天然的。

　　一会儿，小雨就停了，太阳出来了。雨后的百草园，空气特别清新，令人心旷神怡。我看到园中有好几处凉亭，里面有造型古朴的竹椅、竹凳，还有一处玲珑剔透的假山、喷泉。环绕四周的果树开始挂果，修竹葱茏，鲜花繁茂。东面一排整齐漂亮的房舍，大姨说那是工人的住所。这么大的园子，自然要雇用工人打理。大姨说，食堂、宿舍这些都要齐全，首先要安排好工人吃饭、休息的地方。我说，吃住在这儿，环境太好了，天然的大氧吧，像世外桃源。呼吸富含负氧离子的空气，吃美味的果蔬，真是太幸福啦！

　　"比起几十年前，现在你大姨家的变化太大了，简直是天壤之别呀！"母亲感慨道。

　　颜集的土地大部分是沙土壤、混合土，并不适宜种植农作物。原先大多数人会做点小本生意补贴家用。大姨家一直栽种花木，数量不多，因为交通闭塞，销路也不太好。我记得小时候，大姨常会去我们家。大姨家孩子多，那时他们家日子过得拮据，每次母亲都会准备好一大包旧衣物给大姨带回去。后来改革开放的春风吹来，给花乡带来了繁荣。颜集是沭阳有名的花木之乡，被国家林业局、中国花卉协会评为全国首批"中国花木之乡"。现在乡镇的路，正在越变越宽，越变越平坦，四通八达，与外面广阔的世界连接。遇到了好时机，大姨家的日子过得越来越好。

大姨虽然只有小学文化，但她注重培养孩子。姨哥、姨妹他们个个有出息。姨哥在城里有几套住房，姨妹在浙江那边有自己的商铺。他们有诚信，生意做得好，百草园的名气大，全国各地的花木商都会慕名而来。

乡镇的风貌巨变，花草绿荫掩映着楼群，既有现代的繁华，又有民风的淳朴。奇花珍木，景色宜人，风光无限，与早年不可同日而语。但我感觉变化最大的还是大姨。大姨的衣着依旧很朴素，她的手机却是最流行的款式，办公室的电脑配置也都是最新版本的。姨哥经常外出联系业务，大姨就坐镇家中。姨哥教大姨学会了上网，现在她已能在网上卖花木。快六十岁的大姨会玩微信、上 QQ，手写、语音、聊天、视频样样都顺溜，和客户交流起来一点也不费力。办公室后墙上挂着大幅印有花木图案名称的图，种类繁多，上面的品种都是百草园里面种植的。我看到有不少多肉的图片，大姨说，多肉在南面的塑料大棚里，等吃过饭再带你们过去看。

丰盛的午饭香味诱人。鱼、虾、地锅鸡、柴鸡蛋，现挖的荠菜、菠菜……满满一大桌，大姨开了葡萄酒，叫我们以后常来玩。我说，这么好的地方，肯定常来，还想住在您这儿呢。吃饭的间隙，大姨的手机响了几次，我看到大姨和客户通话时面颊飞上红晕，在春阳的辉映下，那自信满足的笑容特别美。

（2018 年 11 月在宿迁市"我爱我家这四十年"作品征集活动中获得三等奖。后发表于 2019 年 3 月 12 日《宿迁日报》。）

桃花山庄的早春

三月的春风，吹在身上，温暖中夹杂着些许凉意。今天几个好友相约，一起去官墩的桃花山庄看桃花。我们来得早了些，桃花还未及开放。这大片大片的桃林，远远望去，竟不见红花绿意。虽然，桃林边上的小山很美。柳树已垂下长长的枝条，玉兰花盈润如云朵，松树越发清新苍翠，竹林的绿也更鲜嫩了。有潺潺的流水声传来，那是林边蜿蜒的小溪，清澈得可以数出水底的荇草来，微风吹过，荡漾着粼粼的波光。

可我爱极了这未放的桃花苞儿。像杜牧诗中的少女，娉娉袅袅，豆蔻梢头，春风十里不如她。我轻轻地走近，慢慢地欣赏那一点点羞涩的绯红。因待放的芽儿，包含着朝气与希望，才更显动人。我怕那一树树的桃花开得太盛，在绚烂极致的时刻，总有花瓣飘落，落红总是美丽又忧伤。而此时，农人正把绿色的液体涂在树的根部，给桃树消毒上药防虫。"微雨众卉新，一雷惊蛰始。田家几日闲，耕种从此起。"唯有此时的辛勤劳作，才能收获几个月后果实的香甜。蜂儿未来，蝶未蹁跹，可此时你一定在梦中与它们相会。那一抹微红是你在梦中的偷笑，不经意间泄露了你心里的秘密。

"卜邻近三径，植果盈千树。"春天是美好的季节，也是繁忙的季节。在桃林中间的小路上有好多修剪好的新栽的枝苗。

小路的坡下，也有许多剪下不用的树枝。这百亩桃林，每一树都修剪得整齐，每一株都茁壮蓬勃。据种植桃林的农人讲，桃子成熟时，一个一般在一斤左右。有好几个品种，最大的有二斤呢。他们一边劳动，一边笑谈桃子的丰收，要我们在桃子成熟时一定来尝鲜。

小路上蓝色的满天星、黄色的蒲公英，还有一些不知名的小花，开得繁茂。飘荡在春风里的香气，阵阵袭来，沁人心脾，把游人也熏得沉醉。在大片的桃林中间，有一小片用丝网网了起来，里面散养了许多柴鸡。一群公鸡、母鸡在泥地里撒着欢儿，啄着草丛找虫子吃。好一幅悠闲自足的农家乐。同行的友人忙不迭地用相机、手机拍照，定格下一帧充满生机的春日农家图。晒在朋友圈，绿色生态美得让人心生向往。田园佳境，让人逸兴遄飞。一个文友高声吟诵起了陶渊明《桃花源记》中的美句："土地平旷，屋舍俨然，有良田美池桑竹之属。阡陌交通，鸡犬相闻。"而眼前令人同时体验到幽静与热闹的桃花山庄更完胜于桃花源。我热切地望着这片茂盛的桃林，只恨脑海里储备的词汇太少，一时想不出好的句子来表达我的情思。

我没有赶上你盛开的花期，那灿若云霞的花朵、芬芳醉人的气息，却已柔柔氤氲在我的心间。等到硕果飘香时，我要再来游赏桃林。大片红艳艳的桃子在绿叶映衬下比花儿更耀目，像种桃人的笑脸。桃子的甜香飘出了桃花山庄，引来远方的商客，那一定是幅更忙碌也更美的画面。

（原载于 2016 年 3 月 29 日《宿迁日报》、2021 年 3 月 9 日《劳动时报》。）

王庄四月，油菜花开

四月，正是油菜花盛开的季节。周末天气晴好，阳光和煦，我和文友相约好，一起去看扎下王庄生态园的油菜花。王庄地处沭阳县城脚下，与县城仅有一桥之隔。

车行驶在沂河堆的大路上，老远我就望见沂河淌绿油油的麦田中间，有几处大片的油菜花海，浪波荡起，迎风摇曳。那明媚的黄，尤为醒目。车子停在沂河淌的路边，我们走下河堆。清冽的河面上有几艘崭新的龙舟，龙头翘起，像新月般轻盈漂亮。此时没有游客登船，龙舟停泊在岸边，两岸却有三两游人在垂钓。我们穿过小桥，就看到麦田中间通往王庄生态园的水泥路，王庄村的孙书记已在路头等着我们。他说，这条水泥路是村里新修建的，平整宽敞，方便开车，油菜花开的季节随时都可以来赏花观景，下雨天也不怕道路泥泞，还可以领略不同意境下的美景。他四十出头的年纪，年轻有为，多年在外地闯事业，如今又回到家乡，致力于发展王庄生态园的事业。

四月的微风轻柔地拂过面颊，空气里氤氲着油菜花清甜的香气。小路的尽头就是生态园宽阔的水域，王庄村的老书记在渡船上招呼我们上船。老人家六十多岁了，红光满面，精神矍铄，很是健谈，在船上热心地为我们介绍王庄村的一些历史典故。

我很少坐渡船，内心有点忐忑，但渡船很稳，在稠密的水藻中，速度不是很快，我可以慢慢欣赏周边的风景。有几个儿童在渡船上放风筝，空中高高的风筝迎风飘起，水面层层的波纹激漪荡开。孙书记指着水里好多处围起来的网状长方形，问我们："猜猜那是什么？"看我们都摇头，他告诉我们，那是用来养殖生态鱼的网箱。这里的鱼不喂饲料，吃的是丰美的茳草等水生植物，鱼的味道和野生的一样鲜美。过了这一段水域，茳草就少了，孙书记说，你们下次再来，要带个大桶来，可以捎带些河水回去。这里的河水干净，水质甘甜，和矿泉水一样，用来煮粥，特别清香。老书记告诉我们，这里河流交错，有七道沟、七座岛，每个岛上都有不同的风景。他说，附近这个岛叫桃花岛，你们来迟了几天，桃花都快落尽了。我望见岛上成排的桃树，在碧绿的叶间，还残留着一些零星的绯红。再往前面就是牛汪岛了，也是油菜花最多的小岛。紧挨在麦田边的油菜花，远远望去好像不太高，走近前去才发觉比人还要高一些。

　　牛汪岛上一大片金黄的世界呈现眼前。那朵朵盈目的花瓣，明艳璀璨，在阳光下绵延起伏，清风徐来，阵阵浓香袭人，令人心旷神怡。绿茵茵的草坡、青翠的麦田，衬托金灿灿的油菜花更为亮丽。在垄旁、沟边，油菜花绽放得如此浓烈。刚才在船上放风筝的几个儿童，顺着油菜花边的小路欢快地奔跑，我看见两只白蝴蝶在花田间翻飞。"儿童急走追黄蝶，飞入菜花无处寻。"或许还有更多黄色或彩色的蝴蝶已隐入这片醉人的芬芳之中。蜜蜂嗡嗡地扇动翅膀，在花海间穿梭，吮吸花蕊的香粉，空气里散发着甜蜜的味道。这奔放且卖力开着的油菜花，令平凡的生命释放如此迷人的精彩，让人的心情也随之荡漾着、逍遥着、沉醉着。老书记说，打算明年在油菜花田边上种植一些海棠，海棠和油菜的花期接近，到时候粉红的海棠花和金黄的油菜花竞相开放，就会更加妖娆美丽。

继续往前走，在河堤处，在清澈的河流旁，我们听到了久违的蛙鸣。这纯净的天籁，盘旋人的心头，仿佛一切尘世的喧嚣都已远去，只有一种清新、恬静的悠闲，把朴素的田园风光融入和谐、令人神往的境界。渡船返回，经过一个不知名的小岛，老书记说再带我们去看看岛上的风景。刚踏上小岛，一只灰色的野兔就被惊扰得飞奔而去。在树林中间有好多荠菜开着白色的小花，鸟鸣啁啾。这儿的生态环境真好哇！河岸边还有好多野鸭、白鹭和一些不知名的水鸟呢。老书记说，秋天你们要来的话，就能吃上河里的大菱角，还可以坐船自己动手采摘菱角。

渡船靠岸，走在麦田边的小路上，回望王庄河流环绕的七道沟美景，这片风景如画的生态园，顿让人心生不舍之情。远处那一片片油菜花海，涌动浪潮，令人目眩神摇。油菜花蓬勃的生命力，就像王庄人热情好客的情怀，朴实大方，真实自然。它们以激情似火的绽放，以明亮饱满的炽热，展示着春天的风采和生命的美好。

（原载于 2017 年 4 月 21 日《宿迁日报》。）

美丽黑土地

　　九月，秋高气爽，我们一行人去茆圩采风。这次采风，让我大开眼界，领略到茆圩不凡的风貌。

　　没想到茆圩有如此深厚的文化底蕴。茆圩有厚重的历史文化，茆圩的厚邱村，据史料记载，建于商周时期，西汉武帝置厚邱县。在商周时期，属徐国辖区，春秋时属鲁国，战国时属楚国，秦时划从郯城郡。时代兴衰，由于战乱及自然灾害，旧廓遗存无几。听厚邱村的一位老人讲，这里曾发现过汉墓，有徐国妃子墓等。现在的高埠处原为钓鱼台，又名点将台。在厚邱村的西北方，有二郎庙。厚邱河畔有行香寺，是七十二座庙之首。还有好多关于厚邱的人文故事和传说。我们眼前所见的，仅是一对残缺不全的石狮子，一尊锈损斑斑的香炉。还有被收集保护起来的古城墙砖、青砖、黑丫墩、八卦石等文物。在 20 世纪五六十年代，这里先后发现诸多生产生活用品，如石门、石板、护城河桥石、铺街石板以及铜器、瓷罐等。

　　说到瓷罐，不得不让人联想到茆圩的黑土地。茆圩的黑土黏性很大，原先这里有很多烧制瓦罐陶盆的窑厂，曾经有人想利用黑土的黏性，烧制像景德镇紫砂壶那样的陶瓷，因土中缺少某种物质，烧出的陶器容易开裂，经过几番试验尝试，最终放弃。早在几十年前，每逢阴雨天，茆圩的黑土就露出它

"亲热人"的脾性，又黏又湿，陷住你的双脚，粘牢鞋子，叫人进退两难，厚厚缠人的黑土能拔掉你的鞋跟，每年不知要穿坏多少双鞋子，雨雪天出行很不方便。茆圩的水质不太好，土层浅，乱石多，地下水无法深挖，打不了深水井，抽上来的是浅水层的水，是苦涩浑浊的碱水，叫人难以下咽。路也不好，好多的农作物困在当地销不出去，当年这里就是穷困的代名词。改革开放后，扶贫社交队就驻扎在茆圩乡，在大官庄建立了大塘井，家家户户都接通水质清甜的自来水，解决了村民灌溉、吃水的难题。茆圩，还是沭阳乡镇中最早安装自来水的地方。如今的茆圩乡，更是发展迅速，不仅通往这里的公路宽敞平坦，而且村村都是水泥路，下再大的雨也不怕黑土粘掉鞋跟了。

路好了，黑土地的优势就发挥了，黑土地里长出的农作物尤其棒。茆圩的花生、西瓜还有草莓，都是饱满多汁、香甜可口，比其他土地所产同类产品口感好，滋味足，甘美无比。交通便利了，从黑土地里生产出来的宝贝，走向全国各地、千家万户，无论多远都能尝到来自茆圩的美味特产。

甜美诱人的草莓，更是闻名遐迩，是茆圩的一大亮点。我们参观了采莓儿生态农业有限公司的大棚草莓。来自草莓之乡的老总是名大学生村官，这位年轻漂亮的女士，用标准的普通话，向我们介绍她的高架草莓园。优雅的谈吐，条理清晰，思维敏捷。她说自己就是茆圩人，大学毕业后回到家乡创业。高空草莓是新型产业，架上栽培的草莓不是用一般的土质，都是营养土。棚内采用恒温调控、滴灌灌水。不仅有效控制棚内湿度，节约用水，提高肥水管理效率，提高地温，还能降低成本，改善土壤结构，促进草莓生长。大棚内，一万多平方米的草莓长得郁郁葱葱，生机勃勃。采莓儿公司的草莓，品种多、质量好、销量大。销售途径多样，有慕名而来，有高价采摘，也有网上销售。红颜、白雪公主、久香、宁玉……品种不同，价格各异。美女老总说有一种新品草莓，售价达到八十多元一斤，还时常供不应求。近期公司还要筹备果干、果脯、果酱等的生产。此时的草莓虽然还没有挂果，但我似乎已嗅到那酸甜适口、芳香宜人的草莓香。

茆圩好吃的东西太多，朝牌也是其中一绝。很多人吃过茆圩的朝牌，都对它赞不绝口。朝牌是我们当地的一种面食，因形状酷似封建王朝文武大臣上朝时手里捧着的笏，故又称朝牌。制作朝牌，全用活面、发面烤制，外酥里绵，香味扑鼻，薄如锅巴，酥脆可口，撒上芝麻，色泽金黄，更易引发人的食欲。想知道茆圩的朝牌为什么这么好吃吗？那自然是茆圩的面粉好啦。茆圩黑土地长出的麦子，质量好，容重高，容重一般都在每立方米 790 千克左右，好的能达到每立方米 800 千克，面筋率高，粉质好，不仅在沭阳有名气，在外省也很出名，茆圩的小麦一直都是非常抢手的。

黑土地是珍贵的，黑土地是宝，黑土地上的人更是宝，他们在创业的大舞台上各显身手。茆圩大规模的工业企业有十余家，具有代表性的有雅尔美家纺的轻工纺织、雅顺服装厂的服装等。其所产布料、服装，做工精美，质优量大，畅销海内外，是非常有特色的产业。宽敞的厂房，环境优越，明亮整洁，机器先进，设备精良。工人井然有序地操作机器，神情专注。高新科技，每天能生产千余条优质的家纺产品。我注意到，无论是家纺厂还是服装厂，上班的工人大多是年轻人，其中不乏青壮的小伙子。好企业不仅能留住人，还为他们搭建了施展才能的平台，让他们不需要到外面奔波谋生计，有一份高薪水，既能照顾到家人又不耽误农活。这些人留在家乡，为家乡出力，为家乡创收，这是多美的事情。崛起的民生路，让经济欣欣向荣，让乡民安居乐业，让大家过上富足康宁的生活，彰显黑土地独特的魅力风采。

黑土地上种的庄稼长得好，栽的树长得高，养的动物长得壮。因少施农药，生态环保，它生产出的粮食、蔬菜、水果，营养特别丰富，是纯天然绿色食品，有益于人的身体健康。肥沃的黑土滋养着黑土地人的身心，铸就他们淳朴善良、自信自立的性情，就像黑土地的执着；深邃的黑土，它走过历史的久远，历经沧桑，依旧靓丽迷人；广袤的黑土，默默孕育着希望的种子，向人们展示它新生的光明前景。

黑土地上蓬勃发展的企业蒸蒸日上。年轻的大学生村官、干练的企业家、开明的领导、朴实的乡民、营养美味的农作物、齐头并进的工厂……为这块厚重而深沉的黑土地添光增彩，令它焕发崭新的容颜。宽阔粗犷的黑土地，悠远而神秘，温馨而坦诚，自强而朴素。它既有坚忍的耐力，又有开阔的胸怀。极目远眺，茆圩，这片美丽的黑土地，在九月明媚阳光下显露生机勃勃，越发耀眼夺目。

（原载于 2019 年第 1 期《石榴》。）

金秋游潼阳

　　一场秋雨后，天气连续阴沉。今日难得天气晴好，风轻云淡，温度适宜。在这个碧空如洗的秋日去老家潼阳采风，真是件开心的事。

　　潼阳又名阴平，历史文化悠久，底蕴深厚。潼阳多墩。墩者为何？土丘也。据《沭阳县志》记载，阴平环集皆墩也，小者不可胜计。有臧墩、路墩、阳墩、夜合墩、宝墩。诸墩均高数丈。镇域内的臧墩为新石器时代文化遗址，宝墩、瓜墩、富墩等为汉代文化遗址。

　　潼阳镇还具有光荣的革命历史。抗战时期曾成立中共潼阳县委、潼阳县抗日民主政府。很多老一辈无产阶级革命家都在此工作、战斗过，留下了很多红色的印记。

　　同行的乡贤张会长，也是潼阳人。张老是个潼阳通，对家乡的一草一木都烂熟于心，悉知每道街、每条路、每爿铺、每块地的沧桑变化。

　　潼阳县政府旧址纪念馆处于繁华的商业街北面东西街道上。张会长说和当年的位置一样，大门也朝向北面。青石小径旁，围墙边站立着一排亭亭修竹。右侧有一口古井，砖石井面泛着青光，深邃的井底似乎埋藏着许多不为人知的红色故事，以及一段无法追溯的历史过往，等待着人们的发掘。馆内整齐陈列着抗战时期的相关文字资料、物件，让人缅怀峥嵘岁月里那些可歌可泣的英雄先烈。墙面上的文字记述特殊年代里撼人心魄的战事过程。我的祖父和叔祖父是老革命，都参加过扎埠荡抗日战争。他们和那些碧血丹心的战士一样，在艰苦征战时期，浴血奋战，舍家为国，忠心向党，平凡而令人敬佩。

小镇内保留宿北战役、叶圩庄流动指挥所的旧址，这里是陈毅元帅曾经工作过的地方。如今，当年留下的一棵大松树，依然傲立于庭院中。望着枝干葳蕤，挺拔苍翠的青松，脑海里就浮现元帅赞美青松的诗句："大雪压青松，青松挺且直。要知松高洁，待到雪化时。"而像青松一样坚贞不屈的品质也会传承下来。红色精神永远激励着革命老区的后人，他们在改革开放的新时代中谱写了新篇章。

红色精神是一种营养剂，给老区人民注入了正能量，铸就坚忍不拔的乡村精神，传递一种战胜一切困难的闯劲、韧劲。这种大无畏的英雄气概，让他们在奔小康的征途中开拓创新、劈波斩浪、不断奋进。这种优良传统和坚定信念为红色潼阳描画出日新月异的景象。

作为全县面积最大的乡镇，潼阳镇地域广阔，资源丰富，农产品极具特色。潼阳的花生，营养味美，甘甜香脆。潼阳地处马陵山脉低山丘陵旱作地区，独特的地理位置、气候条件以及土壤特色，造就了潼阳花生独特优异的品质——蛋白质含量高，脂肪含量低，尝一口，唇齿留香，回味无穷，令人食之难忘。潼阳的西瓜更是远近闻名。这里的西瓜口感好，品质佳，非常好吃。2019年，"潼阳西瓜"获得了国家地理标志登记保护。记得数年前，远嫁河南的姑姑回乡，正赶上西瓜成熟的季节。她很喜爱玲珑碧玉般的黄瓤西瓜"台湾小兰"。它皮薄瓤甜子少，沙甜脆爽。炎热的大暑天来上一块，清凉、爽润、舒适，那叫一个美！临走时，母亲要买些土特产给姑姑带回，姑姑说，别的我不要，只要潼阳的西瓜。

踏上故乡这片熟悉又陌生的热土，不由得心生感慨。说它熟悉，是因为自己生于斯、长于斯。说它陌生，是因为它和记忆中的模样已是天差地别，不可同日而语。

我以前住过的地方，就是现在潼阳小区的坐落处。原先村庄四周小河环绕，被围困于中心，蹩脚闭塞，只有一条蜿蜒小道通出村口。每逢节假日回老家，最头疼的就是找不到停车的地方，经常把车停在紧靠门前的那一小块地方。没有点好技术，倒车还真是件麻烦事。如今，新小区已落成，雅致的五层带电梯多层户，大方漂亮。小区环境优美，燃气、太阳能等配套设施均已装备，楼间距也非常大，绿化尚在进行中。门前一条笔直的大路，宽大平坦，直通对面的中心小学。站在路上，抬头就看到校园红色的楼顶，就像望着一片升起的曙光，令人心情愉悦。

广袤的田畴，处处彰显它的大气壮观。镇最西面叉流河村内的榉树园，培植一千多亩榉树。一眼望不到边的绿色大园庄，郁郁葱葱，气势恢宏，它旺盛的生命力，引人赞叹流连。榉树既可防护和保持水土又能净化空气及观赏，其树皮与叶还可供药用。直径25厘米左右的榉树，每棵市价近万元，经济价值非常可观。听说，老板是一位90后美女，年轻有为。充满活力的潼阳，真是人才辈出哇！

中国水利第四工程局有限公司设在潼阳的分公司是去年新建的，是制造桥梁的机械装备公司，致力于拓展钢结构桥梁生产领域，是打造质量效益型行业的标杆企业。其产品远销海外，年缴税额近千万，销量过亿元。占地 2500 亩的上市公司牧原，厂房规划整齐有序，是具有 50 万头生猪养殖的产业化大项目。提倡"全自养、大规模、一体化"的经营模式，有利于保证食品安全，引领了畜牧业的绿色发展。他们是高瞻远瞩的奋斗者，勇于拼搏，把目光放在了远方。

新建成的美尚美现代农业发展公司大棚内，色彩鲜艳的三角梅，亮丽耀眼。42 万盆盛开的花朵，蔚为壮观，像一簇簇燃烧的火苗。在湛蓝的晴空下，花瓣摇曳，比天边的云霞还旖旎夺目。随处可见的缤纷花卉装扮着村庄，也带来了创收，扮靓了潼阳人的生活。与之毗邻的田地里，是一排排连成片的蔬菜大棚。塑料大棚四季都不空闲，春天是栽种西瓜苗，秋天是种植辣椒、豆角、绿叶菜等。花木、蔬菜，皆可于网上销售。鼠标一点，足不出户，货款到账。一年之间，快速发展的电商如雨后春笋般冒出。朝阳、马岭、大宅、吴滩、阴平、草村、潼北、扎埠、窑庄这 9 个村先后被评为"中国淘宝村"，潼阳镇也成功被评为"中国淘宝镇"。村民天天有增收，月月腰包鼓，季季多余存，年年添富足。

壮美潼阳犹如一幅巨大的画卷徐徐展开，呈现眼前。100.96 平方公里的土地上，举目是好生态、好风光，绿色是它最美的底色。路边田间，各种姿态各异的花木，像点点洒落的星子，落进眸子、心底，仿若一个梦。让人想融进这片旷远的沃野，在它无垠的宽广里沉醉。而一颗心，又是雀跃的，像鸟儿般，想在它的怀抱里自由畅快地翱翔。忙碌的人们是美的创造者，为画卷添一笔点睛的斑斓，灵动鲜活。身处其中，无比幸福。

明媚的秋阳装点潼阳崭新的容颜，将美丽的潼阳照耀得更美更亮。它的开阔博大，沐浴在阳光下，散发生机勃勃。红色基因播下的种子已茁壮成长，勤勉的潼阳人挥洒下的汗水化作丰收在望，他们是迈开步伐奔向希望的执着追梦人。

（原载于 2020 年 10 月 30 日《宿迁日报》。）

因圩有你

　　秋高气爽，我们怀着崇敬的心情，踏上张圩这片红色热土。张圩乡位于沭城东南，地处淮阴、涟水、沭阳三县交界，是淮海抗日根据地旧址、革命老区。一行人刚走进村头，就望见民房墙面生动的军人彩绘图、广场上飘扬的鲜艳红旗。再往前，看到公园前新四军雄伟的浮雕群像；大道边的路牌上书写着"革命大道""淮海大道"等红色标识；田地里，红色钢木结构的瞭望塔高高矗立，"红色热土，圩里张圩"八个红色醒目大字镶嵌在不远处。这些，无一不突显这片红色土地的特质内涵。

　　一幅幅红色画面，让人缅怀起峥嵘岁月里的抗战英雄。那些抛头颅、洒热血的先烈，保家卫国的战士，无数同心同德、奋起反抗的中华儿女……在淮海大地上筑起了一座胜利的丰碑、永远的丰碑。刘少奇、陈毅、黄克诚、金明、李一氓、刘瑞龙、张爱萍、刘震、张彦、杨纯、李干成等革命前辈都在这里留下了光辉足迹。金明同志对老区的感情深切浓厚，晚年曾担任"老区张圩"希望工程的顾问。在他逝世后，遵照其遗嘱，他的骨灰被撒在六塘河中，融入这块热土，永远守护这片红色老区。革命家李一氓有诗《感怀》："触目四郊多故垒，半年游击出张圩。琴书冷落诗人老，慷慨平生付马蹄。"在全民族抗战期间，淮海人民用自己的血肉之躯，以坚强不屈的民族意志，舍生取义，保家卫国。这种家国情怀值得铭记于心。存在心底的，是最难忘掉的。人民不会忘记你们，历史不会忘记你们，中国不会忘记你们。

我是第一次来张圩。听讲解员介绍，原先的张圩乡偏僻落后，交通不便，环境脏乱差。池塘污水横流，阡陌纵横泥泞，苍蝇蚊虫乱飞，杨絮满天飞尘。新一届党委时刻牢记为人民造福。画蓝图，勇创新，勤争优，才一年多就将老区旧貌换了新颜。治河清淤，疏浚河道；改造农房，修建村路；植树种花，绿化环境。华丽变身河水清、草木秀、道路平、景致佳。

当年，陈毅元帅生活战斗在淮海区，在艰苦卓绝的抗战时期，和军民安危与共，一起生产劳动，经常抬水、挑粪水浇菜，与淮海区人民结下深厚的感情。红色基因永相传。以前是军民鱼水情，现在是干群心连心。

在六塘河种植竹林期间，工作人员和村民吃在一起，干在一起。但也有特殊的时候哟，秘密就藏在饭盒中。村民的饭盒里，有乡政府食堂为他们精心准备的红烧狮子头，而乡里工作人员的饭盒里只有青菜，没有肉。老区的群众是淳朴的，为了绿化工程，大家出人出力，无偿提供幼苗，尽心尽力地培植养护。老区的干部是朴实的，政府给老区的环卫人员每两个月发送一次"四件套"——毛巾、肥皂、草帽、洗发液，这些物品都是在县城最大的超市购买质量最好的。每年政府还为工人做一次免费体检。乡领导的贴心关怀，让工人备感温暖。有个六十多岁的老人感动地对老区的邵书记说，活了这么大年纪，这还是第一次体检，儿女都没有带自己体检过。书记说，我就是您的儿子。多么实在的话，多么朴素的情怀呀！

如今，革命老区的面貌令人耳目一新。圩里张圩、圩里陈圩，圩圩相通；水泥路、柏油路，路路畅达；砖木桥、水泥桥，桥桥加固；新四军公园、法治公园，园园敞亮。为民利民，提升民生质量。紫叶李、碧桃树，樱花、石楠、海棠、月季，十里花香，争奇斗艳；瓜蒌、黄蜀葵、粉黛乱子草、油菜花，生机勃勃，烂漫遍野。亮化优化，发展生态农业。军民路、三师路、十旅路、红军桥、八路军桥、七旅桥……以红色命名，彰显老区特色。

秋天是收获的季节。家门口的柿子树泛红了，田地里的大豆饱满了，黄灿灿的玉米收割了，沉甸甸的稻谷成熟了。三五成群的村民，身挎大布口袋，在沃野里采摘名贵中药材黄蜀葵。这是国内单体种植黄蜀葵最大的基地。老区与省内一家制药厂合作，花朵采下晒干后就可进厂。金色的花瓣在阳光下闪闪发亮，一朵朵盛开的黄蜀葵落入大布兜，像兜住一个个金娃娃，笑容在村民脸上绽开，比花儿还美。春季里大片郁郁葱葱的油菜，已变成了香喷喷、黄澄澄的菜籽油。收下油菜籽，售出、榨油、变现，那是乡里招商引进合作的惠农项目。

诗人艾青曾写道："为什么我的眼里常含泪水？因为我对这土地爱得深沉……"对红色老区的热爱，已融进老区人的血液，深入内心，贯穿于一言一行、一举一动之中。埋头苦干的老区人，你们的勤勉与付出令人景仰。在生态文明与红色文化的齐头并进下，看，呈现于眼前的，是万顷翠竹的挺拔，是油菜花海的生机，是银杏园、蜡梅园的蓬勃，是朝霞飞上脸庞的活力，是详细介绍淮海行政公署演变历程的文化墙，是展示新四军战士昂扬志气的塑像、彩绘，是鲜红的国旗、党旗、军旗，是镏金的国徽、党徽、军徽，是墙面上"人民有信仰，国家有力量，民族有希望"激励人心的标语。听，回荡在耳畔的，是《义勇军进行曲》《新四军军歌》等革命歌曲的旋律声，是服饰公司、化纤合成厂机器转动的轰隆声，是村民们欢快的谈笑声。张圩，这处处充满红色印痕的革命老区，正日新月异，大踏步地向前。它在奋发、蝶变、飞跃，迎接越来越美好的明天。

站在国泰门前，极目远眺。绿色的田野里，"因圩有你"四个红色大字，映入眼帘。我想，这个"你"，是为抗战的胜利冲锋陷阵、做出巨大牺牲的英烈，是铸就国魂、为革命不屈不挠斗争的淮海人民，是目光高远、矢志不渝的领路人，是紧跟时代步伐、砥砺前行的奋斗者，是捧出丹心、身上流淌着沸腾热血，为新时代的建设无私奉献的人，也是抗日根据地老区传承下来的一种红色精神吧。

（原载于 2020 年第 3 期《石榴》，入选 2021 年宿迁文联"我心向党，建党百年征文作品选登"第 5 期。）

人间四月处处春

　　四月，春和景明，最适宜外出游玩。今天天气晴好，恰逢清明小长假，先生说，我们带爸妈出去转转，到宿迁三台山森林公园去看梨兰会。

　　离景点还有一段路，车速就慢下来，路两边能停车的地方都停满了车。到了景区门口，里面的停车场早已停满，先生叫我和爸妈先下车，他找地方停车。我们在一个高柱子的台阶上小坐。路上前后都是车，身边左右皆是游客，熙熙攘攘，摩肩接踵。有自驾游的，也有坐大巴跟团的，无论是附近还是远道而来的游客，多是带着老人、孩子，一家人出来游玩。此情此景正如欧阳修在《醉翁亭记》中所描述那样：至于负者歌于途，行者休于树，前者呼，后者应，伛偻提携，往来而不绝……丝毫不是夸张。

　　站在柱子后面阴凉处的一群女士，像是也在等人。她们衣着鲜亮，拿着自拍杆，戴着旅游帽，每人颈间都挂一条色彩明艳的丝巾，神采奕奕。她们徜徉于红花绿柳间，构成了一幅生动的踏春图。年轻小伙有不少人已穿着T恤、短裤，姑娘们更是花枝招展，长裙、短裙，一个赛一个的美，还有穿汉服的，娉娉袅袅，婀娜多姿，比花儿更娇艳动人。

　　母亲说气温真高，幸好刚刚把外套都脱在车里了。等了近半小时，先生才打电话来，说开了好远才在一家私人停车场停了车，现在刚刚往回来，叫我先买点水和吃的，怕景区里面没有卖的。

售票处也要排队，先生带母亲去买票。父亲有老年证，我有作家协会会员证，可以免票，我俩就先进去，又等了二十多分钟，他们才通过检票口。先生说今天的游客好多，近十万人。三台山我来过几次，彼时秋冬时节，不是节假日，不像现在这般热闹非凡。这次正赶上绝美的梨兰会，白色的梨花和紫色的二月兰，同时绽放，交相辉映，纯美的白与梦幻的紫，形成独特的盛世景观，引人争相前往。

我们随行人慢行，老远望见道路左边闪亮的河流，像被风儿吹皱的白绸。待近些，可见许多优雅的黑天鹅自由自在地浮水，河两岸都是游人，仿佛并不曾扰到它们的悠闲。我心里想着衲田花海和梨兰会，没多做停留。走了一段路，我们在凉亭处小憩。母亲拿出包里的水果来吃，父亲取出一个方便袋，装果皮、果核等。我说父亲想得真周到。父亲说现在人不仅生活上富裕了，素质也提高了，你看这么多游人，路边还这么干净，没有人乱扔垃圾，不要说纸屑果皮，一个饮料瓶、塑料袋都看不见，环境多好。我问父亲累吗？他说这才多远，和散步差不多，他年轻时爬的山可比这高陡，还要打柴、背柴。唉！那时候都贫穷啊，谁还有心思游山赏景，脑子里就想着多打点柴卖钱，哪儿能找到点吃的充充饥。春天只有野山蒜，夏天能找到野蘑菇，但多数会有毒，秋天最好，有野果子吃。我知道父亲又想起了他小时候的事。我爷爷是干革命到河南大别山区安家的，父亲读书、工作都在那边，后来才调回江苏老家。

"那里出门就是大山，有山有水，景色是美的，空气是好的，可当时就没觉得，就是肚子饿，就想着怎么填饱肚子，哪还顾得上风景不风景的。你看如今的人，都是想着如何吃得好、吃得营养、吃得健康、玩得好、玩得开心、玩得环保。放在以前是想都不敢想的，真是天差地别，变化太大，归根结底还是党的政策好哇！"父亲接着说道。

我边点头边向父亲竖起大拇指，您老人家不愧是老党员，觉悟就是高。父亲出生于20世纪40年代，和共和国同龄。他们那代人，和新中国一起成长，走过了蹉跎岁月，经历了风雨坎坷，身上载满时代的印记，更懂得富足生活的来之不易，更懂得珍惜和感恩。

美景在前方，抓紧赶路。说话间，不时有载满游客的观光小火车经过，我看手机导航，离衲田花海和梨兰会还有五六里的路程。就对先生说，我上次来是坐观光小火车的，天热，走路太远，怕爸妈累，何况这么大的公园，逛一天也逛不完，我们坐小火车吧。先生去那边问过回来，说票是在门口卖的，而且已经售完，今天游客太多，坐不上。父亲说："这点路就累啦，我和你妈都不累，你还嫌累？你们这代人哪，就是生在好时代，没吃过苦。走走，锻炼锻炼，你看空气多好，花草多美，好景致就要慢慢看嘛。"

到了衲田附近，就望见醒目的彩虹桥，如长龙般逶迤而卧，斑斓亮丽。可惜衲田花海的花大多没有开放，再过一个月才是盛花期，此时仍是块块的青绿。再往前走不远处，就是大片迎风摇曳的浅紫色兰花。我们准备休息一会儿再去游览。我翻看手机里拍下的照片：清澈的流水、玲珑的小桥、高雅的黑天鹅、粉红的海棠花、碧绿的草坪、青翠的竹林、高大的天和塔、肃穆的寺院，还有好多不知名的花草……一帧帧天然图画，精彩纷呈，叫人眼花缭乱。

亭子不远处有卖各种小吃和盒饭的，但爸妈说不饿，包里还有苹果、香蕉和橘子等，大家分吃了，减轻背包重量。我们边吃边闲聊。我和母亲紧挨在一起挑选好看的照片。母亲说你们看这个房子，还挺漂亮的。刚刚在车上沿途看到好多建筑，粉墙黛瓦、翘角飞檐，掩映于花叶婆娑间，灵动如水墨，就拍摄了下来。简单、素净的徽式民居看起来有一种清新的气质，整齐好看，像一栋栋精巧的别墅，正好与这里淡雅的风景相衬，形成颇似江南风韵的别致风光。

先生说三台山是国家级森林公园，周边的各种设施当然与时俱进。就是现在的农村也将农、林、水、田、路、桥、房全新布局，并配套公共设施。既保留了田间作物、水系河道和古树，又新建道路和桥梁，疏浚河道，打造小桥流水和充满乡间野趣的绿化，赏心悦目，处处都留下美的足迹。生活条件越来越好了，物质文明和精神文明也同步了。无论是都市还是乡村，都向往大自然的滋养、文化的浸润。

"是呀，你是好长时间没去老家了，我有时会骑上电瓶车到附近转转。我们老家那里也开始由小村庄变成花园新居了。整齐划一的两层半或者三层半小楼，自带小院，有停车库，前院能莳花弄草，后院还可以种菜养鸡。厨房功能齐全，安装燃气，通了水电，有太阳能、洗澡间……整体布局基本到位啦，老家的村民就等着欢欢喜喜地入住了。没规划到的都盼着早点规划呢。城乡一体化了，和过去相比，简直是天壤之别。"父亲又是一番感慨，"写文字的人更要贴近生活、深入生活，你有时间要经常出去走一走、看一看才是。"父亲不忘提醒我。

稍事休息后，我们继续探幽寻芳。千畦梦幻般的二月兰和万株雪片似的梨花就呈现于眼前，芳香迷人，如诗如画，让人陶醉其中，流连忘返。如此佳境，怎能不拍照留影？"咔嗒、咔嗒"，每个人的手机都不得空闲。让人惊喜的是，那边还有一大片盛开的郁金香。深红、绯红、亮黄、橙黄……热情奔放，每一种色彩都饱满到极致，美得惊心动魄，像肆意流淌的河流，波涛荡漾间就溅落你一身的花色花香。

蓝天白云的纯净、鸟语花香的明媚、水丰草美的生机，好一派旖旎风光！美丽的三台山是祖国大花园中的一朵秀美之花，是自然之笔描绘出的一幅瑰丽图画。亲近自然，享受生活，愉悦身心。绿水青山是大自然的恩赐，是人与自然相依相通之境，也是人们用不懈努力精心打造出的充满和谐之美的人间天堂，需要我们去热爱、呵护、保持。

四月芳菲，人间春色，处处美景。不负春光，在这幅宏大的画卷里与家人同行，与春天同行，是多么幸福与满足。

（原载于 2019 年第 6 期《石榴》。）

诗意的安居

　　"风恬日暖荡春光，戏蝶游蜂乱入房。"院门外左右两侧，竹枝围起来的油菜花，明艳艳、黄灿灿，热闹地绽放。砖石路前，花木繁多，葱郁一片，似乎要占尽春光。我们从院前的花径穿过，那香气便弥漫开来，沁入肺腑。

　　白墙黛瓦，错落有致的两层小楼，风格上注重传承与创新，颇得江南徽派建筑的神韵，在草坪和花卉的簇拥下，宛如一幅淡雅的水墨。老牛、牧童、短笛，一组雕塑，悠然如斯，是从一首古诗里逸出的意境？小桥流水衬映屋宇院落的安谧，停下来，侧耳细听，淙淙汩汩，恍如时光走过的声息。一幢幢别墅，独门独栋的庭院、精巧雅致的造型、平缓开阔的天际线，美得像幅画。你在心生羡慕的同时会发出疑问，这里不像是乡村，一定是哪座城市的新区吧？悄悄告诉你，这里可是乡村的民居哟。它是沭阳县陇集镇墩前小区，集团规划上不仅执行一星级绿色建筑的标准，提供五种户型满足不同类型的农户需求，还坚持低差价安置，确保大家"稳得住""住得进"。

　　来到装修简约的样板房。映入眼帘的是院中的各种绿植，不似商品房中摆放的盆栽，它们落地生根，接地气，生得蓬勃、高大，养眼洗心。能在房前栽花种树，可于院中采菊修篱，多么简单而充实的家园。素朴的格调，无时不让人感受到安逸、清新的气息。拾级而上，阳光照进来，把明媚的春色搬进屋子，与它们同住，仿佛将爱与善意一起拥入怀中。楼上简洁的小书房别具匠心，坐在临窗的书桌前远眺，窗外的景致一览无余，小区门外平坦的大道，向前展开，一直延伸到宽广的远处。

步入村情馆，就像走进一个村史博物馆。这是一座古朴的四合院，前房后院，庭轩长廊，非常整齐、宽敞。室内外的陈设生动地展示了老百姓的住房变迁史。村情馆以农房改善为主题，收集了很多的老物件及农用工具，现如今已不常见，像石磨、石碾、石磙、石臼、铁犁、牛槽、木车等。墙面上的文字叙述和配图，更是详细记载了农房改善的变化进程。从最初利用自然地貌简易搭建的窝棚、取物美价廉材料构建的山头冲，到打地基的草屋、用砖头做基础的砖泥混合结构的土墙瓦面，再到砖砌墙的瓦屋、两头带厢房的四合院式的锁廓瓦房；后来是楼板结构、室内水泥地坪的平房和设计专业，道路、绿化、下水道配套设施齐全的楼房；最后是现在的品牌公司规划设计的新式农房，不仅考虑到公共设施、环境美化的居住问题，而且考虑到就业、入学、医疗、文化等周边配套问题，经济实用，生态宜居。

有古墩的地方必有古物。陇集自古流传着"九里十八墩"的传说，墩前地界就独占五墩。在农房改善过程中，惊现陇集版"狮身人面像"——浑身是谜的滚纹石臼。古物是历史的留存，挖掘地方历史，保护并一代代传承下去，是这片土地上生息万物的见证。房子的变化史就是时代变革的见证史，也是乡村发展的一个缩影。

留住乡愁记忆，是为建筑注入灵魂。建筑大师贝聿铭说：

"建筑是有生命的，它虽然是凝固的，可在它上面蕴含着人文思想。"世上的生灵，终日碌碌，不敢停歇，所求所想，唯有一安。小到一只燕雀、蝼蚁，都知道衔枝筑巢、撮土为居，何况我们人类。拥有相对安全、宽敞舒适的住所更是人心之所愿。芸芸众生，没有谁不想营造个好住处，拥有一处良居，方能上奉养父母，下意寄妻儿，身之所安，心之归宿。房子是装满生活的地方，寄托着人的情感，有烟火气也有温度，是内心安定与温馨的归宿。唯如此，钢筋水泥砌成的建筑才不会冰冷，才会变得温暖生动起来。

春秋时，老子向往"甘其食，美其服，安其居，乐其俗"式的安定、美满，他的理想社会是"鸡犬之声相闻，老死不相往来"的状态，是小国寡民的安居乐业，今天人们对安居乐业的解读与老子的观点有所不同。

我们生活在大时代，生活在有多种选择的新时代。若你心怀梦想和激情，就去追逐诗与远方。

从小区返回，有个文友说，这里的房子不知卖不卖？有没有二手房出售？真想买一套。同行的友人搭话，你在县城有房，工作也在那里，在这边买房干什么？他回答："你不懂啊，我老家就在这附近。你看这里种植花木两千多亩，引进苏北花卉，像金森女贞、杜鹃、红花檵木、茶梅等，与之相近的有海棠园、石楠园，还有土娃娃合作社等农业龙头企业，临镇创业园区可提供岗位一千多个，就业渠道非常广，我还想在老家这边就业呢。况且小区环境好，比住商品房敞亮。即便现在是在县城上班，节假日也可以过来住住，放松一下身心。"

他的一番话，引人遐思。此心安处是吾乡。暂且放慢脚步，远离城市的喧嚣，给灵魂放个假。蝴蝶轻吮挂着露珠的花瓣，飞鸟盘旋在如烟的柳行，听树上新生的斑鸠练习发音的咕咕声，看一只白鹭从白绸样的水面掠过……天空是安静的，大地是安静的，徜徉在广阔的天地间，一颗心，是自由的，也是踏实的。游走于阡陌，漫步在花蹊，风夹带清香，徐徐吹过，仿若自己也是草木中的一株。这触手可及的柔软与温和，足以安顿疲乏的心灵。

从繁杂的工作中抽离，亲近蓝天白云，拥抱自然，是给自己的身心充电，让身心重新焕发活力。眼眸清亮，步履铿锵，有充沛的精力去奔跑，才是真正的热爱生活。于平凡之境见快乐，把日子过得舒适、怡然。从心底爱上一个地方，发现它的美，才能创造更美的生活，这才是诗意的安居。

（原载于 2021 年第 3 期《楚苑》、2021 年 4 月 27 日《宿迁日报》。）

文赋

宿迁赋

斯宿迁者，乃春秋之钟吾也。秦置下相，两郡三县。汉武元鼎，泗水古国，传五代六王，国历一百二十五年。晋设宿豫，至唐，避代宗李豫之讳，遂易名宿迁。旧时形胜，多生英贤。宝地出将儒，名邑冠中原。其北望齐鲁倚骆马，南接江淮临洪泽；傍西豫砥平逐鹿争雄，依东海瑶池福地洞天。居两水中道，扼二京之喉，淮水之阳，龙脉奇雄，百万黎烝，千顷良田。

其境内昔有八景之说，乃宿豫早春、司吾清晓、仓基莲唱、白鹿渔歌、龙泉夜雨、马陵秋月、草堰耕云、梅村煮雪。乾隆六下江南五次驻跸宿迁，兴建行宫，挥毫辞赋，赞曰："古韵生香真宝地，第一江山春好处。"山仰其秀兮，水察其灵，游人痴，墨客醉。引三江贵宾，拜龙王庙宇兮，瞻帝王行宫；聚五湖诗家，恋湖光山色兮，乃人间奇绝。

夫三县两区，集山水灵气，藏侠士风流，蕴美都妖娆。华姿俊仪，各领风骚。

泗洪者，乃昔之泗州也。其境内天岗湖，惊现长臂古猿化石，距今千万年之久矣；下草湾，亦现远古人化石，乃数万年旧石器遗址矣；古徐国挂剑、子敬泉、射戟台，高古朴拙思历史；雪枫墓地，庄严肃穆，缅怀往昔敬先烈；湿地荷园，芦苇迷宫，迤逦彩舫过莲塘。平原林海，世外桃源，威名泗阳。龙山青莲岗，文化远流长；看尽风色好，佳景意杨乡。洋河美人泉琼浆绵柔，双沟淮河水玉液甜香；甘酿绝品，双栖龙凤；匠技传承，浸百谷而酿醇厚；琥珀香色，喝醉猿而味悠长。得天地之精华，冠四海之美觞。临西楚之雄风，醉酒都之醇芳。

　　宿豫下相，霸王项羽，奇貌重瞳，拔山扛鼎，千古雄倬，跨骓巨像，塑于故里。梧桐巷里，常见瞻望之姿；古槐树下，时闻敬慕之谓。赏盖世雄风，添宿城威势。绿海之都，草木葳蕤，花团锦簇；花乡沭阳，红紫芳菲，千娇百媚。出倾城美人，国色虞姬。矫健红装，伴夫君出征飒爽英姿；一腔碧血，染红虞美人花色如泪。赞虞姬坚贞，增间阎沭城靓丽。

　　水润宿迁，淮沂运河河如练，骆马洪泽湖若珠，八河二湖，阡陌桥堤，汤汤无涯。碧浪泛玉，凌波生烟；波涛澎湃，吐纳江流；华东净水，涵澹旷荡；湖贯南北，航运要冲；两珠并蒂，天然氧吧。环城烟波浩渺，滋园林青黛，养沃野丰嘉。生态湿地，鸟翔鱼潜；荷花千池送清爽，蒹葭迷宫舞婆娑；垂钓锦鳞，抬望沙鸥，一碧万顷风物胜，千里长堤映朝霞。

　　毓秀宿迁，底蕴深厚兮，荟萃人文。项籍虞姬，侠义豪情，英烈千古；随园主人，知县袁枚，行法制，多政绩；梦溪丈人，主簿沈括，撰《梦溪》，集大成；张相文《地文学》执地理学之牛耳，列生物兼并创举；虎将朱瑞，炮神之名震遐迩；扫眉才子倪瑞璇，著《大学精义》不逊须眉；吴印咸摄影，夫天地之奇观，尽缩于方寸影像之间矣。丰饶宿城，物华人杰，韬略精英，福泽乡民。

　　嗟乎！夫佳丽地兮，格清奇也。丽山秀水，若梦若画；歌韵诗意，亦真亦幻；苏北美城，胜却江南。嶂山公园，峰峦叠

251

嶂；茂林修竹，谧境幽深；山水沟壑育古朴莽苍，秀树翠木成蓬勃参天。观霸王鼎雄伟，赏运河景壮丽；游乾隆行宫叹皇家之气度，览项王故里慕古槐之葱茏；品骆马湖银鱼味足，尝穆墩岛青虾生鲜。是处楼台高耸，舟楫云排；酒肆林立，街市繁华；四时风景，气象万千；八方锦绣，游人骈肩。

美哉宿迁！繁花茂树，绿色家园。亭台楼阁，星罗云布，鸿业远图，魅力倍现。

壮哉宿迁！日新月异，再换新颜。梧桐引凤，在彼高冈，八方才俊，科技创变。

赞吾宿迁，古邑故地，新城崛起，若明珠璀璨之夺目；威吾宿迁，英姿勃发，雄鹰高空，翱翔九天扶摇万里；赋吾宿迁，安一隅而独秀，立高台于春秋。

辗然咏叹，吾抚袂以慷慨，维笔墨不可尽述矣，遂纪言云尔。

（2018 年 2 月在"文脉江苏·江苏城市赋"征文活动中获得优秀奖［群众杂志社］。）

家风赋

　　上古之时，海州佳处，得自然造化，一湖平皋，形若斛舟，横泊黄海。其上承鲁地之水，下接海潮之灌，滋濡草木之葳蕤，泽被乡民以安泰。夫水质咸淡兼容，生物鱼虾丰腴，汤汤碧波尽显水之灵性，浩浩湖泽繁衍一方人脉。

　　盖湖之东，累数百年之久，积淤成岗，是为杨岗者也。是处方物嘉良，得四时之华茂，集天地之精气。汇聚灵秀，氤氲万物，出人才，益福祐，赓祥瑞。

　　有杨氏大族，安居于此，其族中二太祖，温和宽厚，秉性淳良。弱冠之年，娶妻朱氏，育八子，八子天福，无一夭折，得以开枝散叶，良木槮橡，多出栋梁。昔家境贫窭，任世道艰难，保家族之兴昌。后辈经商入仕，兴旺发达，扬帆远航。

　　古人云：天将降大任于斯人也，必先苦其心志，劳其筋骨，饿其体肤。杨二祖卅八之年，患恶疾，渐危笃。家徒四壁，无医药之资，中年卒。太祖朱氏以柔弱之肩，担持家之重任，育子成人，历经磨难，含辛茹苦。

　　彼时拮据十分，温饱成忧，少银钱，缺衣衫，落魄逃荒，几近乞讨。饥寒交迫，未忘礼义廉耻之训；窘蹙困苦，犹记忠孝节义之道。贫户虽窘，唯美德不失，言传身教。思暖巢富足，须奋勉自强；怀清梦香甜，应努力辛劳。且修屋漏之时，更待阳和之日，鹏路必振拔以翱翔。

太祖母教子有方，乱世之中，不行苟且之事。贤淑通达，送三子上疆场，保家卫国，重公轻私。决大计，崇仁义，懂取舍，大格局，严家治。斯胸襟气度，巾帼不让须眉，纯朴良贵。其嘉声乐善，外行忠义，内效明德，颇具杨门女帅佘太君之风范也。

新中国成立后，八贤人成家立业，各有所成。清风庐舍，可抱鸿鹄高远之志；厚蕴良门，能奏蟾宫折桂之歌；仕途青云，立功成名就之骄狷；文章妙笔，拥出类拔萃之博学；商道酬信，盈日进斗金之昌盛；青鬓稚子，成茁壮强实之蓬勃；白发翁妪，颐矍铄健壮之神形。

凡事皆有因由，杨氏家风廉洁，质朴勤俭。世代清白做人，规矩行事，栉风沐雨，历经沧桑，终得圆满。血缘之宅，眷属共栖，谐和悠然。持本分，赡父母，哺子孙，兴家业；爱家国，遵法制，守公德，义刚廉。孝诚奉老，悉心育小，和睦康安。矜老恤幼，有细致关爱之意，无钩心斗角之变。缘敦厚纯良，延家族耀灿。

岁月不居，春秋代序。家之老幼更迭，福德荫庇后代儿女。毓秀精英，人才辈出，学有所成，遍及寰宇。近趋中华名庠，南大、河海、扬州、淮海，巍巍之黉堂；远赴异域学府，柏林、剑桥、东京、耶鲁，赫赫之兴举。青年才俊，志趣远大，海外本邦，锦绣同辉，荣光共度。

善人种德，降祥于天。杨家重情意，讲诚信；敬长舆怀幼，怜恤孤寡贫；忠勇丹心，修身恭谦。传承祖辈贤德，弘扬崛起，裕后光前。

有百世之德者，必有百世之子孙保之。后辈佼佼，世济其美矣。当齐心协力，展鸿业远图；望携手共谋，成事业辉煌；愿并肩创建，延幸福怡怿。家族共勉之。

桑墟赋

　　桑墟者，东连郁州，西接彭城，毗邻鲁地，滨近东海，光域美乡，地灵人杰，膏腴之壤。

　　古称穷桑。上古之时，乃海滨之大丘，东夷之地，淮夷之国，少昊之乡。浩浩洪荒，汪汪四洋。桑田碧海，荏苒流光。川流退，良田现，是为市墟，乃今日之桑墟也，盖陆地尽头，得名穷桑。

　　夫少昊者，名玄嚣也，史称白帝，又号青阳。嗣芳乎轩辕，夙秉于嫘祖，天帝之一，显尊五方。穹汉现大星之瑞象，坤舆落彩翼之美祥。少昊立国，创煌煌之凤国，启赫赫之文明，开熙熙之阜康。以凤鸟为图腾，彰部族之鼎昌。

　　海州俊邑，平原沃壤。百鸟汇集，凤鸾呈祥。少昊持矩治国，善权衡，绳行为，引礼法，通人世，开辟鸿蒙，耀明炎黄。临下以仁，宽缓御众，携黎庶治水、制陶、观象制历、养蚕种桑。帝乃人文始祖，令民不复为蒙昧也。造福苍生，繁衍生息，惠泽焕扬。

　　江流不息，绵延不绝，一方福祉，承嘉惠神德，传白帝声芳。

　　至若前贤闻名兮，群英驰誉；指不胜屈兮，典故传奇。汉光武帝刘秀留宿之地"留驾厅"，乃今之刘厅也；唐大将樊梨花，剿贼寇，灭海盗，守海防，筑点将台，英姿俊逸，豪侠巾帼；宋梁山好汉宋江，桑墟湖率兵鏖战，骁勇当先，孝义男儿；明进士张朝瑞，品廉洁，格高标，赈灾民，修书院，有治绩，以疾卒，圣咨闵，谥清恪，"天下清官第一人"也。

美居毓秀，奕世华辉。悠悠历史，厚重旷远，佳处蕃昌，袭兴如斯。昔舟车过往，商贾云集，通波漕运至海州驿站，繁盛于明清；市肆始设元代，商铺旺于洪武；建天齐庙、皇姑庙、大虹桥……盛况一时。

"金湖落雁"，浮沉饮啄，缭绕斜阳，桑墟湖也。澄湖东注，胜过潇湘，乃沭阳八景之一。文人骚客，吟诗作赋；雅士方家，泛舟于此。西湖刀鱼、水牛化龙，愈添神秘。进士胡琏有诗云："芳草桑墟嫩绿抽，凉云一宿小亭幽。鸡声野店三更月，骢马长嘶下海州。"景秀色兮，藏风得水；帝故土兮，瀛寰宝地。水木明瑟，物华茂美；气候宜人，四季分明；富饶州壤，草碧花丽。

生态风物，不一而足；底蕴深厚，赓续辉煌。白帝盛德，长庆饴受，永年兴邦；桑墟热土，人文荟萃，创业富乡。

吁嘻！墟里古韵，物华钟萃；桑梓新风，草木扬菁。地美人间兮，有凤来仪，霓帔瑞羽；人物俊彦兮，擘画蓝图，其势如虹。

其壮乎？红色土地，革命老区，忠勇犹存；镰锤旗展，肩革命担，圣地丰碑；先驱精神，宏愿铭记，谱写新章。专书郡乘，载记乡荣，手工技艺，传承弘扬。工厂校序，雾涌云蒸，方滋未艾，耀目辉光。

夫伟哉！春风骀荡，煦润人间。改革开放，盛世空前。民营企业，板厂兴建；筹经略壮其志，启开拓之风；领老庄凝其力，达光耀之巅。斯特色苗木、楹联文化、欣欣产业、巍巍黉校，创新争优，并进清冠，淮甸称羡。

大美矣！"三春诗韵三春画，十里桃花十里梅。"灼灼桃枝兮，竞开明艳，迷仙境旖旎；盈盈梅朵兮，暗送幽香，醉芳林娟妍。霞蔚万顷兮，风月无边；春之绘卷兮，叹羡天然；游朋摩肩兮，陌头徜徉；嘉友携手兮，花径流连。

渥沃新区，民风淳信，骏声流播；丰融古镇，阜盛延祚，硕响当先。嘻嘻！少昊之墟，众誉青阳，芳懿千载；恩煦故邦，百业荣熙，鸾翔凤集；逸侪拔萃，鹊起前列，蓬勃振兴；如日方升，腾焰飞芒，弘毅致远。

宿迁马拉松赋

　　杲杲春阳，浩荡东风；芊芊草木，夹路争妍。岁在辛丑，时维花朝，亮丽宿迁，嘉卉承迎，万人长跑，赛事空前。

　　人类善跑，溯自远古，何为？趋益避害，护利保身尔。赛事竞比，兴于番邦，极于中华；场馆角逐，盛于当世，昌于尧年。夫动者，天地之真元，万物之本性，亘古不易之理也。周而复始，若日月之经天乎；奔流不息，如江河之行地矣。乃生生不息之源也。时之驰走，则强身健体，娱性陶情焉。

　　泱泱华夏，文明之脉，源远流长；亹亹宿城，古都风韵，底蕴绵延。

　　宿迁马拉松，起始于项王故里也。项王雄风，故里英姿。扬臂扛鼎，千古赫赫；施手植槐，万载祎祎。循道步趋，入目岜巍。气势恢宏兮，龙王庙行宫，彰显皇家风范；繁华兴昌兮，东关口城墙，见证漕运盛时。迎旭日兮，沐金光；嗅芬芳兮，助跑兴；游胜景兮，引遐思。绿海之都，百草滋荣，风光诱人，激情放飞。

　　路转旖旎，水韵名城，辉耀明霞。古黄河、大运河，玉潋激荡；骆马湖、洪泽湖，瑶波修婍。双河两湖，朝晖夕阴，吐纳江流，汤汤无涯。浩渺烟波，一碧万顷，鱼虾肥美，涵养黎烝，滋濡休嘉。森林花海，天然氧吧。梨兰相会，若雪似云，

258

莹白粉紫，惊艳琼葩。梦幻邂逅，朦胧浪漫，逸驰其中，如诗如画。游赏新城，云兴霞蔚，胜却江南；徜徉美都，荟萃人文，尽览芳华。

举足酒都，肆迹炜煌。古猿醉酒，仙醪美镇，湿地生态，滋育万觞。萃五谷之精华，取清泉之甘冽，成金醴之绵柔，冠四海之杜康。探寻洋河之天香；细品双沟之醇芳。窖藏陶储，封坛原浆，技艺妙绝，传承倡扬；樽飞盏换，酢酬长酣，醇醲畅享，至味飘香。臻经典于天下，达寰宇之鼎昌。闻美酒兮，醉情怀；跨大步兮，意气发；追红日兮，逐白云；挥锦旗兮，鼓胸帆；乘东风兮，奔远方。

噫嘻！雄姿英飒，金标竞夺，勇毅当先，猛士争强。壮哉！吾马拉松之角跃，康庄大道任驰奔，万民齐奋，凯歌赓扬。赞曰：第一江山春好处，楚风流韵，宿迁迈越，运动新章。

（获得2021年宿迁"迁马"全国诗歌征集大赛特等奖。）

未名园赋

君知北大之未名湖，以未名而扬名天下，可晓吾沭阳之未名园焉？沭阳豪园之未名园，亦因未名而闻名矣。其主人未名，学养深厚，循善见贤。未名园鸿儒文宗悉知，远朋近邻哗传。

斯清秀婉约，匠心独运。应势而造兮，古香古色；虚实借景兮，亦幻亦真。徽建之范，饬朴和均。集山川风物之灵气，拥八方歆慕兮，雅人奉访；融诗书文娱之精华，享四城誉称兮，方家相闻。名流咸集，儒墨韬韫。宝地安居，栽桐引凤，瑶台逢昌，福至高门。

夫园中一步一景，移步换景也。

"古韵时韵清风韵，书香花香翰墨香"，乃砚墨舫也。内置筝琴笙箫，调丝竹妙音，传清吟乐歌；案备字画棋书，展笔墨纸砚，题丽章华赋。外盘石雕石鼓，祈如意安好，顺吉祥贵富。蹊径蜿蜒，锦石相迎，坐卧侍立，各安其布。嶙峋怪石，叠峰垒垛，憨态可掬，林列两旁，形神各异，环绕双组。如虬龙、像睡狮、宛麋鹿、若脱兔、似猛虎。砖雕、木雕，雕镂精湛；镌刻、摹刻，观之叹服。

诗杰命笔，词客吟观，书家跋印，丹青画图。舫外林芳，花气袭人，徜三径兮思逸，恋九蕊兮纡徐。石淙涓涓，桃源觅胜；嘉卉菲菲，通幽闲步。但见仰俯依势，幻化自然；峰回路转，遇合跂趋。得天成，运地利；增新意，添游兴；富层次，多平愉。迷神往而魂仪，醉情驰而心娱。

左右回廊，百草拥簇；前后花坛，繁花相依。近矗石壁，藤蔓缠萦兮，挂高空而如瀑；远卧碧池，水波轻漾兮，清见底而鱼嬉。光影陆离，氤氲生香，久立沁衣。石凳、石桌数个，素韵守朴兮，互为映衬；绿萝、吊兰几架，菲薇垂枝兮，相生矜奇。

风亭水榭，典雅玲珑，天工人巧，别样风致。"清华水韵凝诗意，浪漫书吧悦性灵。"荷柳绕溪，莺燕啼脆。五时景，逐殊妙；七辰色，映瑰丽。赏朝夕明秀兮，阅四序茂美；聚挚友真朋兮，会俊彦吉士。

高斋携友，丽姝流连，恋美景兮激文思，回眸霞晕飞；昌庭结伴，墨客忘返，贪佳处兮抒情怀，落笔起云烟。同声自相应，同心自相知，茗人弈友心往，画家弦师情牵。袅袅琴音，盏茶浅抿；呖呖莺声，闲书静读；喁喁私语，朋伴怡然。

笑语一苑，客主两欣。主人未名，亦商亦文。扫眉才子，知性颐真。其品性淳良，优容大度，高标为君。值良友游园，甜果、香蔬，金玉堆盘；甘醴、美肴，温腹暖心。其笃意盛情，当感念倍珍。

嗟乎！此人间仙境，不可辜负矣。佳色千处，入眼入怀；情味万种，入魂入神。草香花韵，景生园中景中景；妍影韶苑，人游画中画中人。

噫吁嚱！名可名，非常名。未名之名曰敦德、砺行、厚学也；未名园之名曰蕴智、绝妙、奥博也。维笔墨不可尽述矣。草赋兮！赞佩哉！纪颂也！

悦园赋

悦园者，悦来庠序之园也。其雅致精巧，百象纵览，盖美之集成者也。叠山置石，宛若天开；造桥引泉，行尊自然。修篁昂枝，月桂舒影，草木含蕴兮，衬四时之奇趣；琅邪书院，羲之长廊，卷帙盈壁兮，纳八方之精博。黛瓦飞檐，熠熠朝晖，呈时新之面貌；微径风亭，悠悠流水，效古意之绵延。昔群贤流觞曲水，畅叙幽情，今悦园染画行文，炳烺驰翰。诗文朗吟，寄心志以耳濡；嘉卉映道，浸芳菲而目染。石桌砚池，纸上龙蛇腾跃；毫锥墨饱，笔下酣畅蹁跹。

夫子曰：近者悦，远者来。毓秀才俊，逸侪卓异，众众叹慕，教绩斐然。师之本，乃乐教之本，教学相长，乐在其中，乐教者为之恒也。师德师风，润物无声，齐心隽誉；育人育才，文体并举，登榜夺冠。足球振扬，驰骋绿茵，兴悦风采，腾茂黉门；墨香为魂，立字立人，书法折桂，鹊起杏坛。仰书圣之精芒，兰亭临翰；仿右军之画堂，泽被悦园。

夫黉之所倚，修为求是矣。勤修身，广纳思，范铸其言行；传知睿，陶性灵，依道于前贤。嗟夫！十年之计，莫如树木，百年之计，斯校树人也。莘莘学子，志存高远，奋翔习练，振鹏翼于九霄；殷殷园丁，心怀厚德，载物力耕，育桃李以万千。淬励才识，一心治学，探求无涯；笃行致新，九载业成，尚真达远。

　　噫嘻！文庠之兴，朝气勃发，民族之旺也。悦园之美，启智创思，昭懿新颜。筑梦有怀，且乘长风，再续华篇。

东兴小学赋

沭水古邑，承晖簧宇；虞姬故里，东兴新庠。顾瞻历史，承晖耀芒。溯自公元一九〇七，乃沭阳庠序之先行者也。校史载列，曾膺省厅嘉奖，十次有余，督学视察，呈报优良。夫教学认真、服务勤恳、课程切实，懿绩斐然，名扬一方。岁月不居，更迭相承，改易其名，是为东兴小学者也，秉底蕴深厚，延教泽绵长。

昔旧址陋舍，今新地轩宇，仿依徽建起筑，粉墙黛瓦幽韵，飞檐翘角典雅，融溢古色古香。银杏挺拔，彰无限生机兮，亭亭于砥路；紫藤香霞，竞攀缘而上兮，蔓蔓于高廊。翠屏假山，曲水流演；小桥玲珑，石亭静庄。细观慢赏兮，呈错落有致，物态不同，无限旖旎；移步换景兮，现仰俯生趣，风光各异，愈现莹煌。

斗艳花圃，引学子遐思；绿茵场地，扬健儿畅想。蜂鸣悦近，萦耳畔，绕身旁；清馥幽远，入肺腑，沁书香。洋洋盈耳兮，师言谆谆；袅袅余音兮，童诵琅琅。

簧舍巍张，治学备详；师道尊严，民敬门墙。两排书院，东曰晨晖，西曰春晖；三道长廊，井字架构，回形堂皇。匠心独运，气宇轩昂。设施齐全务求精，操场宽阔任驰骋；文体双修求并进，德才兼备两兴昌。六载在学有镕范，千度修习无彷徨；三尺之台传慧智，百年树人桃李芳。

斯校风纯正，东风化雨，兴文立德也；教风严谨，育之以爱，教之以方也；学风浓厚，文质兼善，学思并济也；刚健笃实，辉光日新，是为校训也。创思进取，发奋有为；知行合一，修身达良。重以修能，培植栋梁。寓教于乐，特色彰显：小印咸摄影，于国家影展、省市比赛，频获嘉奖，声名鹊起，炯耀花乡。师教专于国学，注重传统，点化龀童学子，浸润翰墨书香。规范礼仪、潜修诗词、研习武术，博采众长。蓬勃朝气，情智兼备，习君子之文也；彬彬文质，谦谦儒雅，养君子之行也；身心俱健，广学多思，立君子之品也。融爱于行，潜移默化；蕴聚涵养，自信达观；知学无涯，志在四方。

承晖之晖，博爱之泽；德慧润生，照亮心灵；包容关爱，沐浴春阳。立正范，严治学，精授业；乘东风，传文明，续辉煌。赞高识远见，先忧后乐；羡鸿儒智育，辉焯文庠。经典为源，文化铸魂，校徽设计，尽阐其精妙也。绿符回圆，赤凤环镶；浴火重生，喷薄朝阳。蛟龙腾云兮，壮志豪情；鲲鹏展翅兮，风茂华光。

吁嘻！承晖开道，光耀昌衢，迁址新建，东兴益强。夫雄关漫道，而今再迈，豪情万丈，走向东方。蒙县政府之佑庇，乘新时代之航船，怀大教育之梦想，东兴人，长风破浪，扬帆起航。

南关小学赋

　　癸亥始兴，南关名庠。道宇为舍，观名紫阳，迎薰门外，百年沧桑。历览前贤，盛德厚学，执着坚守，勤勉名扬。古城幼学，位列鼎足，口碑载道，沭水流芳。壬辰丙午，黉移东关，因陋就简，桃李经霜。县府垂爱，易地兴建。戊辰丙申，举校迁徙，欣浴清风，阳和盛旺，万象更新，开来继往。

　　红墙黛瓦，生态景象，绿色发展，锦簇呈祥。多姿多彩，童真烂漫，多维体验，童心飞扬。书香校园，润泽童年，菁菁杏坛，学子圣堂。佳木秀，蜡石立，萃林峦精妙；晨昏景，四时异，蕴万千气象。盼五园争荣，一巷飘香；丹霞生晕兰心醉，轻黄体柔沉香桂，叶发华滋百树密，花开欲燃石榴红，翠崖红栈盆景园，映阶春色百草巷。顾四路芳菲，一场葱茏；月钩初上紫薇枝，雪点素妆红梅梢，浅浅匀红樱花舞，霏霏凉露下苍梧，三叠水映玲珑石，绿荫如盖红榉场。红梅紫薇路转角，枝头枇杷放幽香。桃李杏并肩，携春风秀色；松竹梅比邻，妆寒冬浮苍。幽篁藏风兮，传鸟鸣啾啾；莲池泛波兮，映雅榭荡漾。月朗银辉兮，照草堂之充栋；霞蔚金芒兮，映稚子之茁壮。

　　远志向，有梦想，校训载道；立学先，读书本，诲源欧阳。舒童性，扎根长，崇德向善；童文化，新课章，幽眇张

266

皇。吟诵经典，流韵益彰。梦想舞台，创编形象。童绘满园，个性成长。陶艺气韵，羽球飞扬。

方略既定，初心不忘，风正帆悬，莫负春光，传衍建树，光耀紫阳。

三沙赋

三沙者，乃南海之南沙、中沙、西沙诸群岛也。西沙潆荡，中沙幽邃，南沙浩瀚。赞天净风清，日朗月明；礁岛屿峙，妙出天然。沧波浩渺兮，岩礁神工；椰姿棕影兮，鸥鸟翩飞；光怪陆离兮，水族斑斓。胜景盈眸，眺远心舒，有美于斯，盛衍其昌，光耀千年。

昔秦疆汉土，珠崖、儋耳为郡；隋强唐盛，临振、三州而治。王朝皇恩，泽被黎烝；栖居繁衍，天涯自恣。彼时振兴航运，云帆直挂，商旅拓丝绸之路；至舸舰横穿，沧海明灯，郑和下西洋之史。九段线镌刻，诚非虚也，名标载于史册，记凌云之鸿志。

噫嘻！然珠宫聚宝，珍藏丰饶，引虎视狼眈、群魔觊觎。吾中华骤奋，惊涛骇怒，捍遏险阻。铁甲铮铮，天兵驱雷；旌旗猎猎，狂澜可伏；安内攘外，龙腾通途。琼崖奏凯，主权吾据。

威哉！吾中华之海疆，斯时强盛，资源丰茂，沧溟清荡，大国永兴。今决策于物华之乡，设市于钟秀之地，复兴大计，远瞩高瞻，尽显昌明。斯千里长沙，万里石塘，辽阔浩荡，乃集天地之致精矣。

金沙岸堤，帆影霞蔚；蓝天碧水，鸟翔鱼潜；熠熠珠贝，幽幽椰桐；文螺异彩，珊瑚奇珍。若遇瑶台之仙池，恍临蓬莱之怡神。鸟鸣逐浪，聆乐歌空灵之妙音；沙滩如画，踏晶莹软柔之逍遥；诗意万象，蕴神韵姿美之缤纷。

奇乎！美矣！壮哉！吾三沙之博大，气吞海国之烟云。驰神运思，歌之咏之，览其耀目璀璨，明艳于朝晖，乃九州之明珠，中华之南门也。

大运河赋

　　苍茫大地，四海江河，孰为河之大焉？唯吾华夏之大运河也！其耗功之巨、历时之久、利民之博，盖为诸水之冠矣。夫疏渠为先，凿川为长，驭水为巅。吾大运河之寥廓，雄哉！奇哉！玉带天落，系燕赵吴越；白练地镶，牵两江三河。横跨九州八省，纵贯南北交通；通达五大水系，穿越东部平原。

　　运河浩浩，碧水汤汤，越两千载沧桑，记五千里漭漭。昔时混沌，天清地浊，水烟氤氲，恣意汪洋，洪流泛滥。运河疏堵有道，旱涝可控；缓急顺势，千帆通航；百川归海，一脉相牵。

　　岁月遑遑兮，千秋历历；天工造化兮，鬼斧神工；跨山过岭兮，危沟险壑；筑坝造闸兮，劳作艰难。斯大运河兮，肇始于春秋，吴王夫差，筑城池，挖邗沟，合江淮，世相沿。隋帝杨广，通五水之涵澹，拓九江之迂曲，开渭水而畅黄淮，凿京淮复至江南。嗟夫！漕运要道，集大成之功矣，造渠维艰。帝恋琼花之盈盈，多植杨柳之依依，民洒血泪之斑斑。元代弃弩，一统中原。疏浚苏杭，直下清江，始通京杭；泽被民生，滋养城乡，惠益万载；澎湃亘古，奔流不辍，无超其前。

　　运河皎皎，樯旌云天，浪涌若诗；运河滔滔，千舟万舸，长帆似画；运河潨潨，贸易商阜，喧嚣如歌。登高望远，兴一

270

河而润八方，排涝、蓄水、灌溉、通航，泽良田万顷丰嘉，滋草木千里婆娑。天涯咫尺，东西横澜，南北连波。养黎烝富庶，得蕃昌祥和。碧波如镜兮，照日月之清辉，鉴朝代之兴衰，察史籍之功过。唐皮日休《汴河怀古》有诗云：尽道隋亡为此河，至今千里赖通波。若无水殿龙舟事，共禹论功不较多。

浩瀚运河，亦经清廷无能，闭关锁国，航运停断；军阀混战，内忧外患，淤堵不畅；水患频繁，官吏腐败，乡野哀伤。莫叹蹉跎，昨日如水，一逝悲怆。日转星移，东风入律；河清海晏，物阜民丰；时和岁稔，民富国强。且看方今之大运河，兴城郭人烟之阜盛，旺村伍衢市之荣昌，美哉！壮哉！

天因水媚，地以河娇，山依滟妆。岸堤春雀，临水照影梳锦羽；绿柳夏荫，纤枝婀娜点轻漪；秋水长天，兼葭疏狂絮飞雪；冬津冰封，月冻瑶波一河霜。四季美景，无限风光。夫水天一色，熠熠耀目，河流激荡；云倾霞落，鹭翔鹜飞，莺啼燕唱；南运北调，经济动脉，蕴蒸辉煌；蟠龙作甘，造福人间，威吾中华！

吕庄文化大院赋

沭阳城东，七雄吕庄，富集镇，美村邑，吕庄文化大院，坐落其间，耀目煌煌。文化大院乃吕氏族人手创，其底蕴深厚，传颂城乡。内设七雄电影馆、老工匠馆、广播室、书法室、图书阅览室、电子阅览室、乡贤堂、少儿阅览室等功能室，建有吕氏文化园、孝思文化广场。书墨诗文丰富，健身娱乐精良。己亥仲春，日丽风和，明媚怡人，花绽朱红，柳发鹅黄。吾幸与群贤同游，春意浓浓，别样风光。

吕氏后人名继彦者，崇德尚善，弘毅宽厚，名德重望。做公益，多贤劳，甘奉献；树新风，引正义，领风尚。家族自筹资金，倾囊而出，修缮大院，无偿为民，施善于乡。幸得亲朋相助，添薪加柴，续力火旺。亲情友情乡情，出资出力出人，同谋共建，齐创新庄。求知求识，健儿靓女，朝气蓬勃；自娱自乐，苍翁老妪，体康身强。吕氏家人贤明达观，关爱留守儿童，立德树人，重帮扶义，传递正能量，扩展新资源。

书屋莹煌。案台笔墨平铺，落纸千张云烟；书柜四壁充盈，图书万册珍藏。哲学宗教、生物医学、农业技术、自然科学、天文史地、文学艺术……左图右史，坐拥百城，浩如烟海，宸游徜徉。字画轴诗幅幅高挂，书刊报纸排排成行。中外经典，本土名篇，雅俗共赏，童叟能详。吕氏族谱传祖训，中华文化多弘扬。夫祖德宗功，厚德载物，吕庄文化大院，乃村民休闲之寓所，大众精神之食粮。

渭水家声远，丰溪世泽长。宅院古朴，历百年沧桑。吕氏祖辈品性坚韧，追求极致，发奋自强。老工匠馆，家族技艺，匠心圆梦，声名远扬。木匠、瓦匠、铁匠，奋勉一念执着，精技咫尺匠心；担当社会基石，堪作国家脊梁。兴办纸坊，创新突破，敬业报国，走出吕庄。机械模具奠基人，悉心钻研，造就辉煌。秉工匠精神，延事业兴旺。

匡扶正道，探求精微，文化大院之旨也。倡国学，拜孔圣，学仪范，知仁礼。光荣榜上，乡贤明星，开拓进取，真心系民；学习墙面，奖牌行列，莘莘学子，品学兼优，皆出闾里。"忠厚传家久，诗书继世长。"醒世古训，书香立家，家风传承，胸怀远志。雪胎梅骨，凌寒留香，雅士风姿。倾力于众，功成事济，福泽乡梓。

春风送暖，得遇清时；涵濡霈泽，情满人间。吕庄文化大院，顺势而生，依托于草根，造福于家园。大德为本，不以燕雀蜗居为困，犹怀鸿鹄高远之志；赤子之心，英姿爽气兼爱无私，栉风沐雨砥砺向前。吉地灵秀兮民风淳，义士仁厚兮情意绵。慕名者众兮，络绎而来；四时谐乐兮，八方同欢。

夫大美矣！至善哉！当赞也！

秋菊赋

菊者，美盛于秋也。斯三秋九华，安于篱下栏外，悄立道上舍边，静卧轩前榻旁。葳蕤纷披兮，华茂多彩；临风而开兮，默送幽芳。李义山赞曰："暗暗淡淡紫，融融冶冶黄。陶令篱边色，罗含宅里香。"不吝笔墨，颂其色，吟其香。

夫秋，天高气爽，又兼阒然苍凉。喜嘉禾之成熟，忧花木之枯落；感天地之空旷，叹飞逝之流光。当此际，百花凋零，万木萧条，唯有佳菊之姿，清香断续来，无惧冷风凄雨，不畏夜露晨霜。霞耀金英兮，团团金甲锦簇，使观客流连；徐徐暗香盈袖，令访者徜徉。似添诗境之雅韵，欲工画意之炫妆。月映女华兮，淡紫冶黄，层层叠叠，清可绝尘，步蟾光而陶陶然；太清流霜，蕊含冷香，猗猗郁郁，傲然不屈，凝晓露而盈盈焉。悠悠遐思予秋风，滔滔情怀入大荒。恰若人生之际遇，五味相融，悲欣交集，尝尽个中况味，方悟世事沧桑。

菊者，当为此季之奇秀也。荣润如玉，亦妙亦佳，怡然自处，不堕秋风；隽俗洒脱，或卷或舒，缱绻伸展，凌寒傲霜。赢诗家笔下之殊宠，高洁若屈子"朝饮木兰之坠露兮，夕餐秋菊之落英"；平实如刘梦得"家家菊尽黄，梁园独如霜"；孤独似杜子美"寒花开已尽，菊蕊独盈枝"；清新宛苏子瞻"轻肌弱骨散幽葩，更将金蕊泛流霞"。皆为菊之雅致、平和、隐逸之气，亦如人之恬淡之性，素心如简，不露锋芒。

余独爱菊之品性，纯净清雅，韵致天成，温婉亲和，慧质内藏。梅有美人之华誉，兰有王者之鸿称，或以色媚悦，或以香夸诱，皆不如菊之格清逾常。莫趋月季之艳，勿附菡萏之幽；不逐芳菲春夏之炎，独隐金蕊于清秋之凉。

"孤标傲世偕谁隐，一样花开为底迟？"林黛玉《问菊》道出其标高气逸、轻俗傲世之孤冷矣。斯疏情淡性，虽不争妍于群芳，然静默坚守、抱团怒放，实乃花中君子，诚非孤芳自赏也。

君子盛德，不争不显，仿若菊之藏光。轻名利兮，远繁华诱惑，淡红尘之烦忧；避喧哗兮，离蜂蝶纷扰，亲本性之温良。披晨霜之寒，沐夜露之凉，坚韧从容，以柔美之姿，绽飘逸芬芳。

人淡如菊，愿作菊般雅淡之淑女也。非羡目无下尘之清高，唯效田园陶公之雅兴，且赏南山士人之娱情，窗前瘦影听夜雨，酣畅东篱醉重阳。

秋菊一朵，淡泊如斯。古今爱菊者众，誉菊之诗文甚繁，笺咏黄花，寄寓情志，诸多华章。余不敢以菊者自居也，言之以赋，似不成赋，且则以闲文记之尔。

石榴赋

石榴者，乃美树嘉果也。夫叶碧绿似翡翠，花灿红若云霞，籽粒晶莹如玛瑙。沐三春之风华，滋盛夏之繁茂，缀九秋之丰实。

吾庭园一株，十载有余。斯树虬根错节，繁茎枝密，丰干叶盛。其叶秀扬绿，花绽艳红。炎夏璀璨，绿肥红腴，华光耀目。"碧油枝上尽煌煌"，绿叶摇青兮，丹华灼烈。

花尽果成兮，芳华不消；细琢天工兮，美形精巧；玲珑有致兮，华盅秀宝。若金罍盛玉液之芬芳，似美人启朱唇之明光。

榴枝婀娜榴实繁，榴膜轻明榴籽鲜。华颜贵质兮，丹葩结秀；秋桂香飘兮，榴果馥彩；硕硕于枝兮，胜却春浓。金房相隔，千籽如玉；莹白素粒，赤紫丹珠。凝光冰晶，甜酸清爽；入腹神驰，甘饴醉人。其花果枝叶，皆成入药之珍。果液养颜，润肤解酒；皮叶驱虫，止痢缓痛；花枝奇效，消炎明目。

夫石榴者，为吉为祥、为和为贵。九室同膜，千籽如一。寄佳果祝吉，兴旺繁荣；寓子孙繁衍，福贵昌盛。

华实并丽兮，质朴妍庄。庭中院隅，房前屋后，山地公园，高原土坡，随遇而安，生机蓬勃。

君子之馨德兮，俯低不夺其志，瞻高非傲其态。谦谦和姿，翩翩卓度；叶花果枝，尽倾其华；悦目锦腹，慷慨不啬。日月之精，自然之馈，谨当珍之！

松　赋

　　夫松之亭亭，落落高洁。深山险路，悬崖幽涧，株柢须实，跨险凌云。百丈栋梁，明堂之材。非逐桃李春阳艳美之姿，不慕梧桐秋月婆娑之影。秋风起，草木黄，百卉花叶尽凋，松犹苍翠。薿霜雪以孤绝，迎秋冬以苍劲；沐山岚之清泠，吸日月之光华。晓露微曦滋润泽，暮霭轻雾笼盘柯。

　　松与梅竹为朋，世称岁寒三友。子曰："岁寒，然后知松柏之后凋也。"历寒暑，知劲节。承烈日之曝，覆凛冽之冰，昂扬挺拔，坚韧茁壮。至平地之松，亦朴实庄严，贞洁高风。"翠色本宜霜后见，寒声偏向月中闻"。

　　郁郁伟岸，蔚然成林。聆风萧萧兮阵阵，观木摇摇兮滔滔。如琴如瑟，天籁之声，忘红尘之烦忧；若歌若诗，清韵之语，脱凡宇之拘泥。曙光晨普，珠露莹光；绮霞晚照，橙彩绚烂。遒劲苍密，生机勃勃。虽志远而才高，非位下而心屈。乃君子之质，雅士之品。

　　美哉！河山壮丽，英姿漫野。春勿夺芳菲之秀，夏遮炎热馈浓荫；秋不步万木萧条，冬披积雪枝葳蕤。朝气蓬勃，顽强峥嵘；坚挺劲直，矗立无弯。余敬仰之！

虎 赋

皮黄毛褐兮，黑纹为章；短耳圆面兮，额上镶王；粗尾长身兮，矫健尤壮；天赋神力兮，日月之煌。

夫虎，常处山地林间，喜独往，不善群居，乃百兽之王也。踏叶巡山，风生八面威。咆哮震地，气吞万里，百兽俯顺，凛凛称首。是故有狐假虎威之典，"山中无老虎，猴子称霸王"之俚语。亦足道其骄豪也。

斯虎，皮毛华美，骨血为宝，爪锋齿利，身姿矫捷。喜水善游，池中猛将；舌刺尖锐，收发自如；虎爪粗壮，强健灵敏；直立进攻，大力搏击；虎啸声威，霸气外溢。嗟乎！斯技颇多，独不精于攀爬矣。民间有传猫为虎之师，传其技艺，独留爬树一招未授之说。其白昼潜伏，养晦韬光，静若处子；黄昏独步，精锐威扬，矫若神龙。

昔谢惠连有诗云：猛虎潜深山，长啸自生风。而今之所见，则常居于园囿，围栏几道，高墙丈许。虽体健膘壮，然受制于此，野性锐减，哀其神伤矣。饥寒历尽雄心志，未许人前摇尾生。当思枯树岩前，幽泉涧畔，走入丛林万木披。而今饥餐渴饮，饱暖随宜，平生勇猛，难任纵横。雄风倾世，自当"来去风吹石，萧然日月光"。

盖余所述也，唯愿吾中华之子民，皆能承虎之志兮，扬华夏之威；效虎之刚兮，震寰宇之雄；耀虎之气兮，霸万方之豪。则虎之精神当可显扬。

猴　赋

　　短毛灰绒兮，敏捷灵巧；股红尾长兮，面喜目俏；身姿多健兮，攀树善跑；聪慧狡黠兮，犹赞其脑。

　　"金猴奋起千钧棒，玉宇澄清万里埃。"猴者，申也。申属金，故常誉之为金猴也。书中咏猴之佳句甚广。《诗经·小雅·角弓》诗云："毋教猱升木，如涂涂附。君子有徽猷，小人与属。"曹植《白马篇》有曰："矫捷过猿猴，勇剽若豹螭。"皆言其矫健灵敏矣。

　　猴，常作俗语白话。古人多喜以猿字为文："流波激清响，猴猿临岸吟"，"风急天高猿啸哀，渚清沙白鸟飞回"，"猿啼客散暮江头，人自伤心水自流"。诗句皆以水为衬，隐含"哀"字，令人如闻其声。愁人断肠，多有伤感。窃以为猴字入句者似更为亲和，让人如观其态。诸如："麋鹿游我前，猿猴戏我侧"，"唯有猕猴来往熟，弄人抛果满书屋"者。

　　夫猴，聪黠多智。其性固慧，其形也巧。食瓜果，辄剥皮食之；食杂物，污则濯水而食。犹善模仿，民间多有猴戏之乐。武则有华佗首创之"五禽戏"，其戏者，猴也。其拳者套路，紧中有慢，刚柔相济，以柔克刚，灵活多变，出奇制胜。实乃仿猴之秉性也。

　　盖猴之民俗传说亦多矣。码头有"护航猴"，取其水性好，敬之则可保驾护航，人船平安。马桩有"避瘟猴"，乃弼马温之谐音"避马瘟"是也；贺寿有"抱桃猴"，猴爱食桃，孙行者偷食王母蟠桃，以仙桃贺寿喻其长寿耳；祈功名有"马上猴"，取其谐音吉祥口彩"马上封侯"……余不赘述。丙申猴年，唯愿吾等，皆精通孙大圣七十二变奇幻之术：聚日月之光兮，拢天地之精英；探碧海之深兮，攀高山之万仞；迎良辰之朝兮，驰千里之勃兴。

马 赋

　　夫马，常称之为骏，乃畜中之佼佼者也。"奔腾千里荡尘埃，渡水登山紫雾开。"卧如钟之稳实，亮眸明澈，顾盼有情，四蹄跪，不散于地，净雅尚洁，具绅士之度；立如松之劲健，高形秀骨，器宇轩昂，静立肃目，安恬远眺，乃君子之风；行如风之狂放，俊美不凡，英勇无畏，电掣奔腾，为威猛之势。色姝鬃丽，雨鬣霜蹄，嗒嗒蹄声，滚滚尘烟，盖勇者之质也。

　　其品高贵，其骨也傲。赤兔神骏，运遇忠义关羽。乌骓宝驹，追随神勇霸王。幸得遇良主，方不只辱于奴隶人之手，骈死于槽枥之间也。适逢虎将，方可所向无敌，日行千里，驰骋疆场，闪耀辉煌。叱咤风云，忠心耿耿，殉身为主，壮怀激烈。

　　斯马长鸣，虽若龙吟虎啸，然无虎之傲态、龙之戾气。丹青泼墨，描雄姿气魄，惊鸿艳美之姿；生花妙笔，誉柔性朴质，温厚婉和之品。龙马精神，赞骏逸昂扬；老骥伏枥，犹刚健豪迈；千金市骨，求贤才俊杰；赛事威武，探马术之魅。皆显吾华夏之精髓智慧。

　　慕诗中之马。有踏花归来马蹄香之浪漫、春风得意马蹄疾之潇洒、欲饮琵琶马上催之边关情思、铁马冰河入梦来之爱国

281

壮怀、马蹄催趁月明归之空灵、碧云天上作凤鸣之气势也。

甚喜草原之马。蓝天白云之下，萋萋芳草之中，策马扬鞭，驰如疾风，享扬眉酣畅之意；余霞散成绮，斜日晚照明，踏马归来，苍野茫茫，赏空旷辽阔之境。斯自由豪放之姿，神秘高贵之态，乃草原之精魂矣。

"骁腾有如此，万里可横行。"马之骁健勇猛，高昂热烈，升腾饱满，明亮昌盛，乃吾国之魂魄。"天行健，君子以自强不息！"美哉如斯，刚劲雄健，积极前行。愿吾民族，皆拥其乐观向上之精神。壮哉如斯，纵横千里，荣耀八方。愿吾中华，立寰宇强盛而愈伟大矣！

跋：

用心去发现，用爱去写作

○ 池　墨

　　我一直认为，袁敏是一位很有才气的作者。

　　她从辞赋写作开始，一路写来，又尝试了现代诗和散文的写作，收获颇丰，发表了大量的辞赋、诗歌和散文作品。不仅如此，她对小说也有涉猎。可以说，袁敏正由过去的单一的辞赋作者，向多面手转变。

　　在我的印象中，包括在很多周边人的印象中，袁敏擅长写作辞赋，她的辞赋作品在很多平台发布，扩大了她在这方面的知名度。不过，因为辞赋作品包括古诗词的发表阵地有限，很多优秀作品无处发表，这让她陷入了思考之中。自己该如何写、写什么？今后的写作方向在哪里？

　　爱思考的作者，注定与众不同！后来，袁敏开始了现代诗歌的写作，然后，又开始了散文的写作，并相继在很多纯文学刊物，如《诗歌月刊》《诗潮》《散文百家》《青海湖》等发表了作品。

　　我认为，袁敏的这种转变或者说选择是对的。每一个作者，都要去适应写作，选择适合自己的体裁去创作，而不是让写作来适应作者。事实上，写作也不会去适应作者，只有作者去迎合和适应它，才能在写作中寻找到写作的乐趣。简而言之，作者既要写自己喜欢和擅长的，也要写被刊物和读者大众所接受的。从发表的角度来看，要迎合和适应刊物栏目的风格，刊物不可能为了某一个作者而去改变自己的办刊要求和风格。写到这里，让我想起了那个著名的参禅悟道的故事——山不过来，我过去。是的，既然我们无法让山到我们的这一边来，我们就到山的那一边去，我们看到的是一样的风景！换言之，既然我们无法改变别人，那就改变自己。"适者生存"这个词，在写作者的身上同样适用，只有适合刊物的要求和风格，刊物才能采用我们的文章，我们的文章才能得以发表。

值得高兴的是，袁敏的选择结出了硕果，近年来相继发表了大量的诗歌、散文和小说作品，这说明她的选择是正确的。当然，写作现代诗、散文和小说的同时，袁敏仍然在辞赋的写作道路上继续前行。

今天，她的第一本散文集即将出版，这是她这些年来辛勤努力的结果，也是对她创作上的一种肯定，可喜可贺！

这是一个经济大潮风起云涌的时代，写作变得枯燥和艰难，以一篇文章名扬天下的年代早已过去，用文字挣取稿费来养活自己，更是变得非常困难。

让人欣慰的是，在当下却仍然有一群痴迷的写作者。我知道，他们不一定是为了让自己的文字流芳百世，而是用自己的文字去滋润自己的内心，让自己的内心变得柔软、温暖、真诚、善良。这些写作者通过自己的柔软、温暖、真诚、善良的文字，去照亮世界，影响他人，从而让人性多一份美与善的光辉，也让我们的社会变得更加美好与和谐。由此来看，写作，是一项伟大的工程，而写作者，则是伟大的建设者。

必须承认，热爱写作的人，一定是热爱生活的。热爱写作的人未必是一个慈善家，但他的内心，一定会有美与善，他的灵魂一定是真实、真诚的，他的向往会是美好的，他会试图通过自己的写作来让社会发生改变，让真、善、美遍及世界的每一个角落。袁敏就是这群写作者的一分子。她用爱去写作，用心去发现，用文字去滋润自己的灵魂，用善去感召读者。她在《藏》一文中，对人性的缺点进行了剖析，她这样写道："人的一生是不是都在藏，藏缺点，藏短处，藏忧伤，藏苦痛，藏自己的短板……可总有一些是藏不住的。"她认为，"只有藏起不足和负能量，不让一颗心负重，才能轻松前行，才能展露灵魂的真善美，这样的人生才是积极的。"

《藏》（发表于《散文百家》）是一篇很不错的随笔。古人云："人之初，性本善"。其实，人之初，是中性的，就像一杯清纯无色的水，你为它注入什么颜色，它就是什么颜色，你为它添加什么调味元素，它就是什么味道。人会随着环境的变化而改变，所以古人接着云"苟不教，性乃迁"。人若是没有受到良好的教育，人性会改变的，美也会变丑，善也会变恶。为了社会的美好，每一个人都应该藏起内心蠢蠢欲动的假、恶、丑，向他人向社会多展示人性中的真、善、美，这样的人性才是善良的，这样的社会才是美好的！

亲情一直是温暖我们精神世界的营养，毋庸置疑，亲情会影响我们人格的形成，它会改变和影响我们的一生。在这篇集子里，有相当多的篇幅描写了亲情，如《童年与父亲》《父亲的家风》《父亲的老玉米》《母亲的电话》《母亲的年味》《温馨的陪伴》《姥姥家的老房子》等，作者写父爱、写母爱、写祖辈给我们的爱，我们在长辈对我们的每一个爱意中逐渐成长，直至成为对社会有用的人。

植物也成为袁敏关注的对象，这本集子里有相当多的篇幅写到了植物，如《木香花开》《芦蒿清香》《悠悠稻香情》《秋黍之实》《荠菜》等。在《木香花开》中，作者去感受人生，在作者的眼里，木香花是朴素的、娇媚的、低调的，作者赋予木香花以人格，木香花像人那样活着，却又比人类多了一份闲适和与世无争；在《芦蒿清香》里，作者写母亲用芦蒿做出了清香可口的各式菜肴，通过鲜美的菜肴，赞美了母亲的心灵手巧，感受到浓浓的母爱；在《悠悠稻香情》里，作者写了农民的辛劳，他们用自己的劳动和汗水，浇灌了庄稼，收获了粮食，默默无私地为国家做出了自己的贡献。

除了亲情和植物，袁敏写作的目光还捕捉到自然现象和生活美景，如《夏有凉风》《临窗听雨》《刻名字的宝葫芦》《小草的快乐》《骆马湖观花灯》等篇什，作者写风、写雨，写小草、写葫芦，写骆马湖的花灯。在作者的眼里，一草一木皆风景，一景一物皆文章。

写作不是简单的写字，写作需要作者用心去感受，用心去发现，用心去书写。用心去感受人性中隐藏的善，去发现生活中隐藏的美，去书写生活中需要讴歌和值得赞美的真。因此，写作需要我们去捕捉生活中看到或者感受到的隐约闪现的东西，这些隐约闪现的东西，就是我们写作的素材和作品的主题，是我们讴歌赞美的对象。如何发现这些隐约闪现的东西？需要作者用心去发现；如何将这些隐约闪现的东西呈现在人们的面前？需要作者用爱去写作。

袁敏，就是这样一位作者，她热爱写作，我想，她也一定是热爱生活的！

池墨，江苏省作家协会会员，忽然花开文学网总编，《花开文学》主编。曾在《中国企业报》《法制周报》《宿迁日报》《宿迁晚报》辟有专栏。著有《相见不如怀念》《故乡深处的草垛》《野有蔓草，千年不老——生长在〈诗经〉里的植物》《鱼跃于渊，有鸟高飞——生活在〈诗经〉里的动物》等书。其中《野有蔓草，千年不老——生长在〈诗经〉里的植物》《鱼跃于渊，有鸟高飞——生活在〈诗经〉里的动物》被国内某大学选作教辅用书。